Anni E. Lindner

Franzi und das Medaillon von Burg Rosenfels

Anni E. Lindner

Franzi und das Medaillon von Burg Rosenfels

SCM Kläxbox

SCM
Stiftung Christliche Medien

Für meine fünf wunderbaren Kinder. Seid mutig!

MIX
Papier aus verantwortungsvollen Quellen
FSC www.fsc.org FSC® C006701

Bodenborn 43 · 58452 Witten
Internet: www.scm-klaexbox.de | E-Mail: info@scm-klaexbox.de

Umschlaggestaltung und -illustration: Ventura:Design, Iserlohn | www.vaurore.de
Satz: Burkhard Lieverkus, Wuppertal | www.lieverkus.de
Druck und Bindung: CPI–Ebner & Spiegel, Ulm
Gedruckt in Deutschland
ISBN 978-3-417-28586-4
Bestell-Nr. 228.586

Inhalt

Kapitel 1 · Unerwarteter Besuch

»Fräulein Franziska, heute ist schon wieder ein Artikel über Sie in der Zeitung!« Franzi hatte kaum die Haustür hinter sich geschlossen, als Frau von Bernheim ihr ein Foto unter die Nase hielt.

»Oh«, machte Franzi nur und warf einen vermeintlich interessierten Blick auf das Klatschblatt. Seit sie vor fast vier Wochen gemeinsam mit Ben und Emma einen Schatz in dem bis dahin unbedeutenden Wasserschloss gefunden hatte, das zur Burg Rosenfels gehörte, war fast jeden Tag in irgendeiner Zeitung etwas über diese spektakuläre Entdeckung zu lesen gewesen. Ganz zu schweigen von dem Aufsehen, das die drei erregt hatten, als sie den Burgbesitzern kurz nach ihrem Fund den Zugang zum unterirdischen Gängesystem des Technikus gezeigt hatten. In diese Räume und Gänge unter der Burg konnte man nur über gut verborgene und gesicherte Eingänge gelangen. Franzi und Ben hatten einen dieser Gänge bereits Anfang des Sommers bei einer Klassenfahrt gefunden und waren heimlich hinuntergeklettert.

Sie hatten sich nicht getraut, jemandem davon zu erzählen, weil sie befürchteten, dass sie und ihre Lehrer dann Ärger bekommen würden. Doch nach all den Dingen, die in den vergangenen Wochen passiert waren, wollten die beiden das Geheimnis nicht länger für sich behalten. Eine riesige Horde von Archäologen und anderen Forschern machte sich seitdem über die Funde von Burg Rosenfels her. Die Presse überschlug sich mit Meldungen über die »Entdeckung des Jahrtausends«, wie das gelüftete Geheimnis der Burg mittlerweile genannt wurde.

»Ich kann immer noch nicht glauben, dass Sie das wirklich sind«, bemerkte Frau von Bernheim mit ehrfürchtiger Stimme und strich mit der Hand über ihr perfekt frisiertes schlohweißes Haar.

Ich auch nicht, wenn ich dieses hässliche Foto von mir sehe, dachte Franzi, behielt das aber wohlweislich für sich. Stattdessen lächelte sie höflich und zog ungeduldig an dem Riemen ihres Schulrucksacks, der auf der Schulter drückte.

»Es ist schon beeindruckend, was jetzt alles in der Burg gefunden wird«, stimmte sie Frau von Bernheims Ehrfurcht zu. Hoffentlich gelang es ihr, den Small Talk mit der Vermieterin ihrer Wohnung schnell zu beenden.

»Nicht nur beeindruckend«, behauptete diese nun mit einer Begeisterung, die Franzi der alten Dame niemals zugetraut hätte. »Das sind Schätze der Geschichte, von denen jeder Archäologe kaum zu träumen wagt! Dass ab und an Fundstücke aus dem 16. Jahrhundert auftauchen, mag ja nicht mehr spektakulär sein. Aber eine seither unberührte, komplette Laboreinrichtung nebst Erfindungen, die heutige Wissenschaftler noch zu verblüffen vermögen? Das ist unglaublich!«

Franzi lächelte weiter, doch die Mundwinkel fühlten sich schon ein wenig verkrampft an. Dieses künstlich freundliche Gesicht hatte sie schon den ganzen Morgen gemacht, obwohl sie in Wirklichkeit schrecklich nervös gewesen war. »Ich bin auch sehr glücklich, dass Burg Rosenfels so viel dazu beitragen kann, unser Wissen über das Mittelalter zu verbessern.«

»Und Sie haben den Eingang entdeckt. Bitte, Sie müssen uns irgendwann die ganze Geschichte einmal selbst erzählen, ja?«

Franzi nickte rasch. »Ja, natürlich, das mache ich gern, Frau von Bernheim. Aber jetzt würde ich wirklich gern nach oben gehen, wenn es Ihnen nichts ausmacht. Die Schule war heute ziemlich anstrengend.«

Die alte Dame riss ihren Blick widerstrebend von dem Zeitungsartikel los, den sie immer noch wie einen Schatz in ihren Händen hielt. Wahrscheinlich hatte sie keine Ahnung, dass heute der erste Schultag nach den Sommerferien gewesen war. »Oh, selbstverständlich, bitte sehr. Grüßen Sie Ihre Mutter von mir.«

Franzi schenkte ihr ein erleichtertes Lächeln, das diesmal von Herzen kam. Eigentlich mochte sie das Ehepaar, in dessen Villa die Dienstwohnung ihrer Mutter lag, mittlerweile wirklich gern. Im Gegensatz zu der Zeit kurz nach ihrem Einzug machte es ihr meist sogar Spaß, sich mit den beiden vornehmen Rentnern zu unterhalten. Aber jetzt brauchte sie dringend Ruhe, und die würde sie nur oben in ihrem Zimmer finden.

»Das mache ich, wenn sie heute Abend nach Hause kommt«, versprach Franzi und eilte die Treppe hinauf. »Auf Wiedersehen!«

Im Dachgeschoss angekommen hörte sie, wie unten leise die Tür der von Bernheims ins Schloss fiel. Franzi streifte die Schuhe von ihren Füßen und trat in die Diele ihrer Wohnung. Sie ließ den Rucksack von ihrer Schulter gleiten und atmete tief durch. Endlich Stille! Die alten, hohen Räume, in denen sie seit Mitte des Sommers wohnte, strahlten eine wohltuende Ruhe aus. Die Nachmittagssonne fiel in einem breiten Streifen auf den Teppich und das dunkle Parkett. Zu hören war nur das Ticken der Wanduhr im Wohnzimmer. Was für ein Unterschied zu dem Trubel, der in der Schule und auf dem Heimweg geherrscht hatte! Franzi ging in die Küche und füllte sich ein Glas mit Wasser. Sie trank es in einem Zug leer und ließ es auf der Anrichte stehen. Dann sah sie nach, ob ihre Mutter ihr eine Nachricht an der Schreibtafel hinterlassen hatte, die neben der Küchentür hing. Doch dort stand nur, was heute Morgen schon zu lesen gewesen war: *Viel Glück in der Schule, mein Schatz.* Franzi zog die Augenbrauen in die Höhe und machte sich auf den Weg in ihr Zimmer.

Den Schulaufgaben würde sie sich später widmen. Jetzt musste sie erst einmal durchatmen. Sie warf sich auf ihr Sofa, das unter dem Hochbett stand. Ein Kissen in den Nacken gestopft starrte sie nach oben, wo ein bunt gemustertes Tuch den Blick auf den Lattenrost des Bettes verdeckte. Das war er also gewesen, der erste Tag an der neuen Schule. Sie hatte ganz schön viel Angst davor gehabt. Aber so schlimm war es eigentlich gar nicht gewesen, nur super anstrengend. Sie war schließlich keine gewöhnliche »Neue« an der Schule, denn die Nachrichten waren voll von Bildern und Berichten über das Abenteuer, das Ben, Emma und sie in den Ferien erlebt hatten. Anstatt neugierig und distanziert beäugt zu werden, war Franzi schon auf dem Weg zur Schule von etlichen Schülern bestürmt worden. Jeder wollte mit ihr reden, ein paar kleinere Kinder hatten sogar gefragt, ob sie ein Autogramm bekämen. In der Klasse wurde sie genauso belagert. Franzi hatte das Gefühl, als wären ihr an diesem Schultag mehr Fragen gestellt worden als in ihrem ganzen Leben zusammen – von den Interviews auf Burg Rosenfels einmal abgesehen.

Seufzend schloss Franzi die Augen. Ob es Ben und Emma heute wohl ähnlich ergangen war? Waren sie an ihren Schulen auch gefeiert worden, als wären sie Helden? Gleich nachher würde sie nachsehen, ob Emma schon etwas auf Facebook geschrieben hatte. Und mit Ben telefonierte sie sowieso gegen sechzehn Uhr, das hatten sie abgemacht. Bis dahin konnte sie noch eine Runde schlafen, um den Trubel des Vormittags zu verarbeiten. Franzi machte die Augen zu, doch sie konnte nicht einschlafen. Sogar die Augenlider weigerten sich, geschlossen zu bleiben, und flatterten unruhig.

Nach zwei Minuten gab Franzi auf und setzte sich wieder hin. Sie konnte genauso gut jetzt schon ihre Hausaufgaben machen, dann hatte sie das wenigstens hinter sich. Sie zog die Schulbücher aus ihrem Rucksack. Fünf von ihnen warteten darauf, von ihr einen Schutzumschlag zu bekommen. Franzi wusste, dass ihre Mutter – gut organisiert, wie sie immer war – schon Umschlagfolie gekauft und in Franzis Schrank gelegt hatte. Seufzend holte Franzi die Folie hervor und blieb anschließend ein paar Minuten unschlüssig vor dem Bücherstapel sitzen. Sie hatte keine rechte Lust, den Kampf mit der rutschigen Folie und den sperrigen Arbeitsbüchern zu beginnen. Stattdessen öffnete sie ihren Laptop und wartete darauf, dass die Verbindung zum Internet aufgebaut wurde.

Sie konnte sich immer noch nicht daran gewöhnen, plötzlich eine wohlhabende Mutter zu haben, die ihr einen nagelneuen Laptop kaufen konnte. Erst vor ein paar Wochen, zu Beginn der Sommerferien, hatte diese einen neuen Job angenommen. Franzis Eltern hatten sich getrennt, sodass sie und ihre Mutter aus dem gemeinsamen Haus auf dem Land ausgezogen und nach Bad Godesberg gekommen waren. Dort arbeitete die Mutter jetzt in einer Bank und zusätzlich als Privatsekretärin für die Vermieter ihrer Wohnung, die von Bernheims.

Frau Weber verdiente plötzlich richtig gut – und das war leider auch wichtig. Franzi merkte auf Schritt und Tritt, dass es hier in diesem Wohnviertel darauf ankam, nach außen hin etwas darzustellen. In der Schule trug jeder Klamotten, auf denen möglichst groß ein bekanntes und teures Label prangte. Ihre Mutter hatte versucht, sie ebenfalls neu einzukleiden, aber Franzi weigerte sich. Sie wollte sich nicht auf dieses Spiel einlassen und trug weiter das, was sie auch früher angezogen hatte. Ein paar neue Sachen hatte sie bekommen, aber die waren von einer ganz normalen Modekette. »Ist mir doch egal, was die von mir denken«, behauptete sie ihrer Mutter gegenüber immer.

Ben hatte nur gegrinst, wenn sie in den letzten Wochen auf dieses Thema zu sprechen kamen. »Ich geb dir drei Wochen, dann hast du deine Meinung geändert«, hatte er mit diesem speziellen Blick in seinen Augen gemeint. Der besagte, dass er ihre trotzige Naivität ebenso bewunderte, wie sie ihn amüsierte.

Der Laptop hatte sich ins Netz eingewählt und auf dem Bildschirm erschien Franzis Facebook-Profilseite. Am letzten Tag ihres Urlaubs auf Burg Rosenfels hatten Ben, Emma und sie die Seite gemeinsam eingerichtet, denn Franzi war vorher nicht in einem sozialen Netzwerk gewesen. »Wozu brauche ich digitale Freunde, wenn ich echte hab?«, war ihr Motto. Aber sie hatte eingesehen, dass es mit diesem Hilfsmittel einfacher war, mit Emma in Verbindung zu bleiben. Das Internat, das ihre Freundin besuchte, war schließlich mehr als fünfhundert Kilometer von Bad Godesberg entfernt. Allerdings hatten alle drei nicht ihre echten Namen verwendet, denn zu diesem Zeitpunkt war der Presserummel auf seinem Höhepunkt gewesen. Sie hatten keine Lust auf tausend Freundschaftsanfragen von unbekannten Leuten.

Eine neue Nachricht von Emmy Beau. Franzi lächelte. Sie freute sich immer, wenn sie die Profilnamen las, weil sie so viel Spaß dabei gehabt hatten, sich diese gemeinsam auszudenken. Emma hieß *Emmy Beau,* weil sie so eine Schönheit war. Diesen Titel hatte Franzi dem Mädchen verpasst, das während der zwei Wochen auf Burg Rosenfels von ihrer Beinahe-Feindin zur Freundin geworden war. Die wiederum meinte, dass Franzi sich *Fran Courageous* nennen sollte, weil sie so mutig war. Und Ben bekam den Namen *Smartboy Ben,* obwohl er sich heftig gegen diese Ehre wehrte. Aber er hatte keine Chance gegen die beiden Mädchen gehabt, zumal Emma die Herrin über die Tastatur des Computers an der Rezeption von Burg Rosenfels gewesen war.

Franzi schaute auf den Bildschirm und biss sich auf die Unterlippe. Sie wurde plötzlich ganz wehmütig. Dieser Sommer auf Rosenfels war der beste ihres Lebens gewesen. Dabei hatte er nicht gerade gut begonnen, doch das war eine andere Geschichte. Schade, dass Emma jetzt so weit weg wohnte. Aber dafür war Ben nicht fern. Franzi atmete tief durch und genoss das Kribbeln im Bauch, das sie bei dem Gedanken an Ben bekam. *Schluss jetzt mit traurigen Gedanken!*, sagte sie sich selbst und klickte auf Emmas Nachricht.

»Hey Franzi, na, hast du den ersten Schultag gut überstanden? Bei mir geht es erst nächste Woche los, aber ich geh ja zum Glück nur wieder zurück ins Internat. Dort kenne ich eh jeden. Bei dir ist es dafür sicher richtig spannend, oder? Wehe, wenn die nicht nett zu dir sind. Dann komm ich vorbei und geige denen die Meinung. Puh, ich sag dir, die Burg sieht aus wie ein Schlachtfeld. Wir haben Sonderführungen für Touristen, aber die dürfen noch nicht in die Gänge. Meinen Eltern raucht der Kopf, weil sie entscheiden müssen, inwiefern das Labor und alles zugänglich gemacht werden soll. Außerdem findet man immer wieder neue Hinweise auf weitere Gänge und Kammern. Die Fachleute sind davon überzeugt, dass es auch in der Burg noch eine richtige Schatzkammer geben muss. Schade, dass ihr sie nicht suchen könnt. Ehrlich gesagt bin ich froh, dass ich nächste Woche wieder hier weg bin. Ohne euch beide ist das alles nur noch halb so aufregend, und ich hab erst mal genug von Kameras und Reportern. So, jetzt will ich wissen, wie es dir geht. Schreib mir schnell! Hdl, Emma.«

Angehängt war ein Foto vom Burghof, auf dem mehrere Fahrzeuge dicht gedrängt parkten. Außerdem war dort ein Pavillon aufgebaut, unter dem wohl Fachleute damit beschäftigt waren, Fundstücke zu sortieren. Auf einem Tisch unter der Linde stand eine überdimensionale Thermoskanne mit der Aufschrift »Kaffee«. Emmas Mutter war am Rand des Bildes zu sehen, in einem pastellfarbenen Kostüm, wie sie es immer trug. Sie sah ein wenig gestresst aus.

Franzi trommelte nervös mit den Fingern auf ihren Schreibtisch. Sie wusste nicht so genau, wo sie anfangen sollte zu erzählen.

»Danke für das Bild«, tippte sie schließlich. *»Bei mir war eigentlich alles gut. Bin ganz schön bestürmt worden. Mal sehen, wie es sich entwickelt.«* Sie machte eine Pause und überlegte. Eigentlich gab es ja wirklich noch nichts zu berichten. Sie konnte überhaupt nicht sagen, wie die neue Schule war. Das würde sich erst in den nächsten Tagen zeigen, wenn der Trubel abflaute und sie ihre Mitschüler und Lehrer im normalen Alltag kennenlernte. Sie versuchte, sich an einzelne Gesichter aus der Klasse zu erinnern, aber irgendwie vermischte sich alles zu einer wirren Masse. Ihr fiel auf, dass sie nicht einmal beschreiben konnte, wie ihre Banknachbarin aussah. Nur, dass diese eine langärmlige Sweatjacke getragen hatte. Franzi hatte sich die ganze Zeit gefragt, wie sie das aushielt, denn es war ein ziemlich heißer Spätsommertag.

»Ich melde mich später wieder. Muss erst mal meine Gedanken sortieren. Ich vermisse dich. Franzi.«

Sie schickte die Nachricht ab und wandte sich wieder ihren Schulbüchern zu. Als sie diesen endlich einen Umschlag verpasst hatte, klingelte ihr Handy. Franzi nahm es und schaute verwundert auf das Display. Ben! War es wirklich schon sechzehn Uhr? Das war unmöglich. Ben konnte es offenbar auch nicht erwarten, ihr die Ereignisse seines Tages mitzuteilen.

»Hey Ben«, meldete sie sich fröhlich. Sie hörte das Lächeln in seiner Stimme, als Ben sie begrüßte.

»Hi Franzi.«

Obwohl sie inzwischen so etwas wie beste Freunde waren, meinte Franzi, bei jedem Anruf und jedem Treffen mit Ben immer nervöser zu werden. Sie hätte nie geleugnet, dass sie in Ben verliebt war. Aber es erstaunte sie, dass dieses Gefühl immer noch stärker zu werden schien.

»Wie geht's dir?«, fragte Ben.

Franzi grinste. *Super, seit ich deine Stimme höre,* dachte sie – sagte es aber nicht. »Gut!«, meinte sie stattdessen. »Ich bin ziemlich kaputt, aber es war alles nicht so schlimm. Ich lebe noch. Und du?« Sie hörte, wie er leise lachte.

»Ich lebe auch noch, aber nur knapp«, erwiderte er. »Sag mal, hast du heute Nachmittag Zeit? Ich will dir die ganze Geschichte irgendwie nicht so gern am Telefon erzählen. Hast du was dagegen, wenn ich vorbeikomme?«

Franzis Herz schlug noch ein wenig schneller vor Freude. »Nein – ich meine: Nein, ich hab nichts dagegen. Ich freu mich. Wann kannst du denn hier sein?«

»Ich muss nachschauen«, gab Ben zur Antwort. »Ich würde jetzt zum Bahnhof fahren und mich dann bei dir melden, wenn ich weiß, wann die Bahn in Bad Godesberg sein wird. Ist das okay? Du weißt ja, dass es etwas mehr als eine Stunde dauert.«

»Okay. Ich komm dann zum Bahnhof.«

»Alles klar. Bis gleich.«

Es klickte, und Franzi nahm das Telefon vom Ohr. Ben würde also gegen vier da sein – oder eine halbe Stunde später. Er musste schließlich erst von seiner Wohnung zum Bahnhof kommen und dann eine knappe Stunde S-Bahn fahren. Es war typisch für Ben, dass er die Zeit immer zu großzügig einschätzte. Deshalb war er auch immer ein wenig im Stress. Aber Franzi fand seine leichte Verpeiltheit süß. Sie freute sich total, dass er sie heute überraschend besuchen wollte. Es war tausendmal schöner, live mit ihm zu reden, als nur zu telefonieren. Allerdings wunderte sie sich, dass seine Eltern ihm das erlaubten. Ihre Mutter war zwar nicht besonders streng, aber sie achtete schon darauf, dass Franzi an Schultagen nicht zu viel unterwegs war. Sie hätte sicher etwas dagegen, wenn sie unter der Woche nach Köln fahren wollte, um sich mit Ben zu treffen. Doch das war jetzt nicht ihr Problem.

Während Franzi ihre restlichen Schularbeiten in Angriff nahm, überlegte sie, wann ihre Mutter heute von der Arbeit nach Hause kommen würde. Es war Montag, also arbeitete sie lange. Wahrscheinlich kam sie auch gegen vier nach Hause, wenn sie keine Überstunden machte. Franzi beschloss, sie auf der Arbeit anzurufen, um ihr Bescheid zu geben, dass Ben sie besuchen wollte. Sonst war ihre Mutter am Ende noch sauer, weil Franzi nicht zu Hause war, um ihr von ihrem ersten Schultag zu erzählen.

»Ben will dich besuchen? Hat er denn keine Schulaufgaben zu erledigen?«, wollte Frau Weber wissen.

Franzi verdrehte die Augen. Diese Reaktion war typisch für ihre Mutter. »Heute war der erste Schultag, Mam. Da gibt es noch nicht viel zu lernen. Wir haben auch nur ein paar Mathe-Aufgaben bekommen«, sagte sie mit beruhigender Stimme. Gleich würde ihre Mutter fragen, ob sie ihre Bücher schon eingeschlagen hatte.

»Hast du deine Bücher auch schon eingeschlagen?«

»Klar, Mam. Ich bin mit allem fertig, und Ben wahrscheinlich auch, mach dir mal keine Sorgen. Ich wollte nur fragen, ob du böse bist, wenn ich erst später Zeit hab, dir von heute zu berichten.« Ihre Mutter seufzte leise. Franzi hörte, wie im Hintergrund ein Telefon klingelte.

»Nein, bin ich nicht«, antwortete die Mutter schließlich. »Pass auf, wenn du sowieso mit Ben unterwegs bist, kann ich auch ein bisschen länger arbeiten. Ich habe hier noch viel zu erledigen. Wenn es dir nichts ausmacht, komme ich dann gegen sechs nach Hause, okay?«

»Ja, super«, stimmte Franzi zufrieden zu. »Ich freu mich auf dich.«

Sie war wirklich froh, dass es diesmal keinen Stress gab. Normalerweise war ihre Mutter nämlich schnell sauer, wenn Franzi kurzfristig die Tagesplanung über den Haufen warf. Aber seit dem Umzug war sie in dieser Beziehung irgendwie entspannter geworden und ließ Franzi mehr Freiheit.

Bis Ben in Bad Godesberg ankam, blieb Franzi noch ungefähr eine Stunde Zeit. Sie beschloss, so lange noch an den Rhein zu gehen. Sie fand es total entspannend, am Wasser zu sitzen und zuzuschauen, wie die Schiffe sich gegen die Strömung den Fluss hinaufquälten oder schnell und ruhig stromabwärts trieben. Manchmal stellte sie sich vor, auf einem der Lastkähne mitzufahren. Es wäre spannend, die verschiedenen Landschaften vorbeigleiten zu sehen, zwischendurch richtig anzupacken und zu arbeiten und dann wieder mit einer Tasse Kaffee an Deck zu sitzen, neben einem der riesigen Kieshaufen vielleicht, und in den Abendhimmel zu sehen.

Sie schlüpfte wieder in ihre Turnschuhe, stopfte den Haustürschlüssel in die Tasche ihrer Jeans und hüpfte die

Treppe hinunter. Mit leichten Schritten schlenderte sie zum Rheinufer und setzte sich auf eine niedrige Mauer, von wo aus sie in Ruhe auf den Strom schauen konnte. Seit sie hier wohnte, war sie schon oft hergekommen. Manchmal nahm sie ein Buch mit, ab und zu auch ihren Skizzenblock, um ein bisschen zu zeichnen. Aber meist saß sie einfach nur da und versank in ihren Gedanken und Tagträumen. Die wenigen Menschen, die ab und an vorbeiliefen, ignorierte sie einfach, so wie die auch nicht auf sie zu achten schienen. Es war zwar nicht so ein perfekter Ort wie ihr Kletterbaum zu Hause in ihrem Heimatdorf, aber er konnte es beinahe damit aufnehmen.

Auch heute genoss Franzi die Besonderheit dieses Platzes. Die Steine der Mauer waren warm von der Sonne, das Gras auf dem schmalen Rasenstück dahinter trocken und schon ein wenig vergilbt. Der Nachmittagshimmel schimmerte hellblau mit einem dünnen weißen Wolkenschleier. Von Zeit zu Zeit zog ein Vogelschwarm darunter hinweg. Am Ufer waren nur wenige Menschen unterwegs; ein Stück stromabwärts spielten zwei Jungen mit einem Hund, der immer wieder ins Wasser lief und mit lautem Geschrei zurückgerufen wurde. Franzi lehnte sich mit dem Rücken gegen den Betonklotz, der aus ihr unerklärlichen Gründen in die Wiese direkt hinter der Mauer eingelassen war, schloss die Augen und ließ sich von den Sonnenstrahlen das Gesicht streicheln. Die Luft roch nach einem ersten Hauch von Herbst. Was ihr vorhin in ihrem Zimmer nicht gelungen war, passierte hier an diesem Ort von ganz allein. Die Gedanken schienen sich aus dem Karussell zu lösen, in dem sie sich den ganzen Nachmittag gedreht hatten, und Franzi wäre beinahe eingeschlafen.

Das Vibrieren ihres Handys riss sie aus dem Halbschlaf. Erschrocken blinzelte Franzi in die Sonne, schüttelte sich kurz und kramte das Telefon aus der Hosentasche. Ben natürlich.

»Hey, ich bin in zehn Minuten da«, sagte er.

Franzi sah erschrocken auf ihre Armbanduhr. »Schon? Wow, du warst echt schnell!« Sie sprang von der Mauer und schlug den Weg zurück in die Stadt ein. »Ich bin dann am Bahnhof«, ließ sie Ben wissen und legte einen raschen Schritt ein. Ihr Herz schlug schon wieder unnötig schnell, und in ihrem Magen flatterte ein Gefühl, das ein bisschen schaurig und gleichzeitig total schön war. Weil sie es gewohnt war, lange Strecken zu Fuß zurückzulegen, dauerte es nicht lange, bis sie am Bahnhof ankam. Mit einem glücklichen Grinsen im Gesicht, das sich ganz unwillkürlich dort festgesetzt hatte, wartete sie auf die S-Bahn, mit der Ben ankommen würde.

Ben sah gut aus, wie immer. Franzi musste schlucken, als er aus dem Zug stieg. Seine braunen Haare sahen leicht zerzaust aus – eine kreative Unordnung, die Franzi total mochte. Sie liebte die Art, wie er sich immer anscheinend unbewusst mit einer Hand durchs Haar fuhr, wenn er nachdachte oder verlegen war. Ein Lächeln huschte über sein Gesicht, als er auf den Bahnsteig sprang.

»Hey Franzi!« Mit federnden Schritten kam Ben auf sie zu und umarmte sie kurz zur Begrüßung.

Franzi wünschte, dass dieser Moment länger dauern würde, aber er ging leider schnell vorbei. Doch als sie nebeneinander die Treppe zum Bahnhofsvorplatz hinunterliefen, berührten sich ihre Arme immer wieder kurz und wie zufällig, und Franzi konnte an Bens Gesichtsausdruck erahnen, dass er das ebenso mochte wie sie.

»Wohin gehen wir?«, fragte Ben, als sie auf der Straße angekommen waren.

»Keine Ahnung«, erwiderte Franzi schulterzuckend. »Sollen wir einfach weiter durch die Gegend laufen? Dabei kann man doch gut reden. Oder wir gehen zu meiner Mauer. Da ist es auch schön.«

Ben sah sie an. »Zu deiner Mauer?«, fragte er heiter. »Ich wusste gar nicht, dass du hier deine eigene Mauer hast.« Er grinste sein spitzbübisches Grinsen.

Franzi zeigte ihm mit gespielter Beleidigung die Zungenspitze. »Pah, du weißt so einiges nicht«, gab sie zurück. »Aber wenn du mich damit aufziehst, überleg ich mir noch mal, ob ich dir meinen Lieblingsplatz zeige.«

»Entschuldige«, sagte Ben versöhnlich. »Also ehrlich gesagt ist es mir ganz egal, was wir machen. Entscheide du, du kennst dich hier besser aus.«

»Na gut, dann lass uns ein Stück gehen. Ich hab Lust, mich zu bewegen. Wir können ja Richtung Burg gehen. Durch das Wäldchen, meine ich, nicht den Touristenweg.«

»Was immer du sagst«, stimmte Ben zu.

Franzi führte ihn in Richtung der Godesburg, die das Stadtbild zierte. Franzi war bisher nur einmal dort gewesen. Die Burg lockte sie nicht besonders, weil sie ein Nobelrestaurant beherbergte und sie es nicht mit dem Charme von Burg Rosenfels aufnehmen konnte. Aber es war schön, mit Ben durch das kleine Wäldchen zu laufen. Er fing an, Franzi über ihren ersten Schultag auszufragen, und sie erzählte, was sie erlebt hatte. Sie waren schon auf halber Höhe des kleinen Hügels, als Franzi endlich dazu kam zu fragen, wie es ihm denn ergangen war. Ben zog die Augenbrauen hoch und schwieg eine Weile. Dann blieb er stehen und sah Franzi in die Augen.

»Du hattest recht«, sagte er ernst. »Es war nicht nur cool und mutig, in diesen ersten Geheimgang einzusteigen. Es war auch ziemlich leichtsinnig.«

Franzi schaute ihn etwas verwirrt an. Natürlich war es auch nicht ungefährlich gewesen, das wusste sie. Deshalb hatte sie ja die ganze Zeit ein schlechtes Gewissen gehabt. Aber wie kam es, dass Ben plötzlich so dachte? Er war doch immer derjenige gewesen, der meinte, ein bisschen Wagemut und Abenteuer könnten nicht schaden.

»Du hast also Ärger bekommen?«, folgerte sie daraus.

Bens Blick wanderte auf den Waldboden. »Oh ja«, gab er zu. Er stupste einen Tannenzapfen mit dem Fuß an, sodass er in eine Mulde kullerte.

Franzi wusste nicht, was sie sagen sollte. Eben hatte sie ihm berichtet, dass sie an ihrer Schule wie eine Heldin gefeiert wurde – und er hatte Stress mit seinen Lehrern. Sie fühlte sich wirklich mies.

Aber Ben hielt die beklommene Stimmung nicht lange aus. »Tja, so ist es eben«, meinte er nun betont gelassen. »Meine Lehrer sind echt ausgeflippt. Ich meine – nicht nach außen hin, aber ich schätze, der Direktor hat dem Spechtmann und der Müller richtig den Kopf gewaschen. Die beiden haben mich vor dem Unterricht ins Büro zitiert und mir eine Moralpredigt gehalten. Ich musste hoch und heilig versprechen, so was nie wieder zu tun. Ohne Abmeldung in Geheimgänge kriechen, meine ich. Sie haben mir vor Augen gemalt, was alles hätte passieren können. Nicht, dass du das nicht schon gemacht hättest.« Er lachte leise und stupste gegen Franzis Arm.

Sie lächelte schief. »So was passiert eh nicht zweimal im Leben.«

Jetzt war Ben wieder der Alte. »Nicht dreimal, meinst du«, lachte er. »Schließlich war die Schatzsuche mit Emma auch so eine mehr oder weniger unvorsichtige Aktion.« Das konnte Franzi nicht abstreiten. Bei ihrem zweiten Versuch, in die unterirdischen Gänge der Burg Rosenfels zu gelangen, waren sie zwar nicht in Gefahr geraten. Aber auch bei diesem Unternehmen in den Sommerferien hatten sie keine Ahnung gehabt, worauf sie sich einließen.

»Na gut, du weißt schon, wie ich das meine. Ich finde es total super, was wir erlebt haben, aber mein Bedarf, in dunklen Kellergängen herumzukriechen, ist erst mal gedeckt. Wir können also beim nächsten Mal vernünftiger vorgehen. Falls wir noch mal auf irgendwelche außergewöhnlichen Zeichen in einer Burg stoßen sollten oder so.«

Ben sah sie von der Seite an und hatte dieses verschmitzte Funkeln in seinen Augen. »Gut, werden wir also vernünftig«, stimmte er zu. »Ich schätze, aus diesem Grund studieren manche Leute Archäologie. Weil sie genau wie wir neugierig auf verborgene Schätze aus der Vergangenheit sind. Aber sie sind ›vernünftig‹ geworden und keine vierzehn mehr.«

Sie stiegen weiter bergan. Trockenes Laub raschelte unter ihren Schuhsohlen. Franzi überlegte, was sie wohl machen würde, wenn sie in ein paar Jahren ihr Abitur in der Tasche hatte. Und Ben hing der Vorstellung nach, mit Franzi in einem professionellen Forscherteam zu arbeiten und die Welt mit unerwarteten Entdeckungen in Atem zu halten.

Schließlich erreichten sie die Burgmauer. Sie gingen nicht hinein, sondern setzten sich auf den Boden und schauten auf die Stadt hinunter.

»Gut, es gab also Ärger«, nahm Franzi den Faden wieder auf. »Aber hat es irgendwelche Folgen?«

Ben schüttelte den Kopf. »Nein, es ist ja nichts passiert. Deshalb haben sie es dabei belassen, mich vor der Klasse für mein eigenmächtiges Verhalten zu rügen.« Er zog kurz die Stirn kraus, doch dann stahl sich wieder ein Grinsen auf sein Gesicht. »Aber die anderen sind trotzdem beeindruckt«, fügte er hinzu.

Das wusste Franzi schon, denn als die ersten Bilder von ihnen durch die Nachrichten gingen, konnten Ben und sie sich kaum retten vor E-Mails, Anrufen und SMS ihrer Freunde, die nicht glauben konnten, was sie im Fernsehen sahen.

»Du kannst einfach froh sein, dass du umgezogen bist«, stellte Ben fest, stand auf und klopfte sich die trockenen Ästchen vom Hosenboden. »Komm, lass uns zurückgehen. Ich muss meine Bahn um kurz nach sechs erwischen.«

»Okay.« Das Mädchen folgte ihm, und gemeinsam hüpften und schlitterten sie den Abhang wieder hinunter. Als sie am Fuß des Hügels ankamen, begannen sie übermütig zu rennen.

»Wir sind Helden!«, schrie Ben und sprang über einen Baumstamm.

»Halt die Klappe«, lachte Franzi und warf mit einem Tannenzapfen nach ihm.

Außer Atem erreichten sie den Rand des Wäldchens, der direkt im Zentrum des kleinen Städtchens lag. Völlig überraschend nahm Ben Franzi plötzlich in die Arme. Sie hatte das Gefühl, ihr Herz würde gleich stehen bleiben. Vorsichtig lehnte sie ihr Gesicht an seine Schulter.

»Es hat Spaß gemacht, das alles mit dir zu erleben«, flüsterte Ben neben ihrem Ohr. Sie sagte nichts, sondern genoss einfach seine Umarmung. »Ich weiß nicht, ob ich Lust habe, vernünftig zu werden«, murmelte er weiter. »Aber ich schätze, selbst das könnte mit dir zusammen spannend werden.«

Franzi lächelte, hob den Kopf und sah ihm ins Gesicht. »Danke.« Dann nahm sie seine Hand und lotste ihn zurück zum Bahnhof.

Kapitel 2 · Ärger mit den Eltern

Im Zug setzte Ben sich Kopfhörer auf die Ohren und ließ sein Smartphone laute Musik spielen. Er wusste genau, dass er noch mehr Stress bekommen würde, wenn er nach Hause kam. Schließlich hatte er seinen Eltern nicht Bescheid gegeben, dass er den Nachmittag bei Franzi verbringen würde.

Seit ihrer Rückkehr von Burg Rosenfels herrschte nicht die beste Stimmung zwischen ihm und seinen Eltern. Nachdem die drei Jugendlichen den Schatz gefunden hatten, waren die Erwachsenen zunächst gar nicht auf das Risiko eingegangen, das Ben und Franzi bei ihrer Suche in den Geheimgängen der alten Gemäuer in Kauf genommen hatten. Aber je mehr Zeit verging, desto strenger wurden die Erwachsenen. Ben war der Meinung, dass er genug Schelte bekommen hatte. Seine Eltern schienen ihm allerdings nicht zuzutrauen, dass er lernfähig war. Nicht nur, dass er ihnen hoch und heilig versprechen musste, nie wieder so eine Aktion zu unternehmen. Nein, sie ließen ihn neuerdings auch noch kaum aus den Augen. Als ob er nun in Köln anfangen würde, Stollen zu graben und U-Bahnschächte auf Geheimnisse zu untersuchen! Oder erwarteten sie vielleicht, dass er die Relikte der römischen Zivilisation auf eigene Faust weiter erforschen wollte? Sie schienen zu befürchten, dass er von jetzt an ständig unerlaubt in unsichere Tunnel eindringen wollte. Dabei hatte er nichts dergleichen vor. Er wollte einfach nur genießen, was er in diesem Sommer mit Franzi und Emma erlebt hatte. Und ansonsten wollte er der ganz normale Ben sein, der zur Schule ging und sich in ein braunhaariges Mädchen verliebt hatte. Na ja, die mittelalterlichen Erfindungen des Technikus, auf die die Jugendlichen bei ihrem Abenteuer gestoßen waren, interessierten ihn natürlich weiterhin brennend. Doch darüber wurde er von Emmas Vater und dem Forscherteam auf Burg Rosenfels auf dem Laufenden gehalten.

Es machte ihn verrückt, dass seine Eltern ihn jetzt am liebsten von früh bis spät unter Kontrolle halten wollten. Und genau deshalb hatte er Franzi heute nicht nur angerufen, sondern war zu ihr gefahren. Seinen Eltern hatte er nur einen Zettel auf dem Wohnzimmertisch hinterlassen, auf dem stand, wo er war und wann er zurück sein wollte. Sein Telefon zeigte ihm sechs verpasste Anrufe an. Ein Streit war also vorprogrammiert.

Ben beneidete Franzi. Sie war so unbekümmert, selbst wenn die Umstände nicht brillant waren. Er hatte zwar schon erlebt, dass sie auch mal traurig oder richtig aufgewühlt sein konnte. Aber sie fand immer schnell zurück zu der ruhigen Fröhlichkeit, die sie normalerweise ausstrahlte. Er dagegen war zurzeit dauergenervt. Es kam ihm vor, als wären die Ferien auf Burg Rosenfels Teil eines anderen Lebens gewesen. Jetzt war er zurück im Alltag, in dem er kein Held war, sondern ein unauffälliger Typ, der es sich mit seinen Lehrern und den Erziehungsberechtigten verdorben hatte. Die Zeitungen schrieben immer noch von den »mutigen Kindern«, die den »Jahrtausendfund« gemacht hatten. Die Erwachsenen in seiner Umgebung redeten aber nicht von Mut, sondern nur von gefährlichem Leichtsinn.

Ben fischte einen Kaugummi aus seiner Hosentasche. Er sah aus dem Fenster auf die vorbeiruckelnde Landschaft und versuchte, seine Gedanken mit der Musik aus den Kopfhörern zu übertönen.

Und die Sache mit Franzi? Er war wirklich froh, dass sie jetzt in der Nähe wohnte. Sie zu besuchen bedeutete, wieder in dieses andere Leben einzutauchen. Sie steckte ihn mit ihrem Vertrauen in die Schönheit des Lebens an. Und nebenbei löste sie noch ganz andere Gefühle in ihm aus. Ben wusste, dass er mehr sein wollte als ihr bester Kumpel. Aber darüber konnte er im Moment unmöglich mit ihr reden.

Die S-Bahn kam endlich in Köln an, und Ben machte sich lustlos auf den Heimweg. Im Fahrstuhl in seinem Wohnhaus überlegte er, wie er einem neuen Streit mit seinen Eltern ausweichen konnte. Er hatte keine Idee. Resigniert schloss er die Wohnungstür auf und stellte sich seinem Schicksal.

Seine Mutter stand schon wütend im Flur und wartete auf ihn. »Was soll das, Ben?«, war ihre Begrüßung, kaum dass er über die Schwelle getreten war.

Ben ließ den Rucksack von der Schulter gleiten und schob die Kopfhörer in den Nacken. »Ich wollte mit ihr reden«, sagte er, ohne seine Mutter anzusehen. Er versuchte, direkt in sein Zimmer zu gehen, doch sie hielt ihn fest.

»Ben, so geht das nicht weiter!«

»Was mache ich denn so Schlimmes?« Ben schüttelte ihre Hand ab und baute sich vor ihr auf. »Ich habe lediglich eine Freundin besucht. Früher war das nie ein Problem!«

»Früher haben deine Freunde nicht sechzig Kilometer entfernt gewohnt«, entgegnete seine Mutter ihm. »Und sie haben keine gefährlichen Gänge mit dir durchsucht.«

Ben pustete entrüstet Luft aus. Es klang wie ein Fauchen. »Ich kann es nicht mehr hören. Wir sind nicht mehr auf der Burg! Wie oft soll ich noch sagen, dass wir keine Verrückten sind, die überall Abenteuer suchen? Das mit der Burg hat sich einfach ergeben. Und wir haben längst kapiert, dass es nicht besonders schlau war, das auf eigene Faust zu machen. Auch Teenager können aus sogenannten Fehlern lernen, okay? Aber wenn es dir lieber ist, dass ich mich nur mit alten Freunden treffe, dann muss ich Franzi wohl vergessen und wieder mit Robert heimlich hinter der Fabrikhalle Zigaretten rauchen. Vielleicht probieren wir ja demnächst mal das

Kiffen. Wird auch mal Zeit.« Damit ließ er seine Mutter stehen, drückte sich an ihr vorbei in sein Zimmer und schmetterte die Tür hinter sich ins Schloss. Wie er so etwas hasste! Er wollte nicht so herumschreien, sondern einfach nur in Ruhe gelassen werden. Und er wollte, dass seine Eltern ihm endlich vertrauten.

Es blieb still vor der Tür. Ben warf sich auf den Sitzsack in der Ecke seines Zimmers und begann unwillkürlich, an seinen Nägeln zu kauen. Schließlich hörte er, wie seine Mutter wegging. Kurz darauf ertönte aus der Küche wildes Topfgeklapper. Ben seufzte. Wenn sie sich wenigstens einmal richtig aussprechen könnten! Aber jeder Versuch, seine Gefühle zu erklären, endete in einem Streit.

Das Telefon klingelte, und Bens Mutter nahm den Hörer ab.

»Fallob? Ja. Nein. Nein, er ist … Gut, wenn es sein muss.«

Bevor seine Mutter an die Tür klopfen konnte, war Ben aufgesprungen und hatte die Tür geöffnet.

»Für dich«, sagte seine Mutter mit hochgezogenen Augenbrauen und drückte ihm das Telefon in die Hand.

Ben schenkte ihr ein versöhnliches Lächeln, das sie zu verwirren schien, und blieb an der Tür stehen. Wie er gehofft hatte, war Emmas Vater am anderen Ende der Leitung.

»Hallo Ben, wie geht es dir?«

Ein wenig verlegen fuhr sich Ben durchs Haar und lugte zu seiner Mutter hinüber, die etwas unschlüssig im Türrahmen zum Wohnzimmer stand. Ben ärgerte sich ein bisschen über das, was er eben zu ihr gesagt hatte. Natürlich hatte er es nicht ernst gemeint. Er beschloss, dass es eine Geste der

Versöhnung wäre, wenn er sich jetzt zum Telefonieren nicht in sein Zimmer verzog. Vielleicht verstand sie es ja.

»Ach, es geht so«, antwortete er leichthin. »Die Schule hat wieder begonnen.« Er lachte.

Emmas Vater lachte ebenfalls. »Das hat ja auch sein Gutes.« Dann wurde er ernst. »Ich wollte dir nur sagen, dass jetzt mit dem Durchforsten des Labors begonnen wurde.«

Ben fühlte, wie sein Herzschlag sich beschleunigte. Das Labor des Technikus war ein Raum im unterirdischen Gängesystem der Burg Rosenfels. Franzi und er hatten es entdeckt, als sie während der Klassenfahrt die Gemäuer erforscht hatten. Dort unten lagerten nicht nur eine Menge antiker Bücher, sondern auch technische Geräte. Ben war sich sicher, dass die Forscher Dinge entdeckten, die für Aufregung sorgen würden.

»Das hat ganz schön lang gedauert.«

»Nun ja, du weißt ja, dass der Weg an mehreren Stellen durch die Fallen versperrt war, die ihr damals ausgelöst habt.«

Ben schluckte. Und ob er das wusste. Die Fallen waren es nämlich gewesen, die besonders seine Mutter so in Panik versetzt hatten. Einen Schatz in einem Keller zu finden, wie die drei Jugendlichen es im Wasserschloss getan hatten, war die eine Sache. Damit konnten seine Eltern ganz gut leben. Doch als die Forscher versucht hatten, auf dem Weg in das Gängesystem zu gelangen, den auch Franzi und Ben benutzt hatten, entdeckten sie all die Hindernisse, die damals vor und hinter den Jugendlichen heruntergerasselt waren. Diese Fallen hatte der Technikus gebaut, um es Eindringlingen schwer zu machen, die geheimen Räume zu finden. Ben wusste das aus dem Buch, das sie bei ihrem ersten

Abenteuer auf Burg Rosenfels gefunden hatten. Eigentlich waren die Fallen so angelegt, dass sich keiner ernsthaft verletzen sollte – doch fünfhundert Jahre nach ihrer Erbauung sah das alles dramatischer aus. Bens Eltern hatten im Nachhinein einen riesigen Schrecken bekommen. Je mehr Details über die Gänge bekannt wurden, desto beängstigender fand Bens Mutter die Vorstellung, was ihrem Sohn alles hätte passieren können.

Aber nun waren die Fallen wohl ausgiebig genug untersucht worden, sodass die Forscher sich dem Labor zuwenden konnten.

Ben fühlte, wie die Aufregung in ihm stieg.

»Hat man die Kristalle schon weiter untersucht?«

»Daran wird gerade gearbeitet«, erklärte Emmas Vater. »Zu den Archäologen haben sich seit gestern Wissenschaftler aus den USA und Japan gesellt«, fuhr er fort. »Die deutschen sind ja schon länger mit dem Kristall in unserer Kellertür beschäftigt. Allerdings haben sie noch keine Ergebnisse bekannt gegeben. Selbst mir gegenüber bleibt das alles noch streng geheim.«

Ben war enttäuscht. Am liebsten wäre er sofort nach Burg Rosenfels gefahren und hätte gefragt, ob er mitmachen dürfe. Das wäre doch die Gelegenheit für ein Praktikum in Physik und Geschichte!

»Ich fürchte, wir müssen die Pressemeldungen abwarten«, redete Emmas Vater weiter.

Im Hintergrund hörte Ben die Stimmen von Emma und ihrer Schwester Lisa. Wahrscheinlich nutzte Emmas Vater das Telefon an der Rezeption in der Halle der Burg. Ben biss sich auf die Lippe und runzelte die Stirn. »Schade.«

Sie wechselten noch ein paar Worte, aber es gab nicht viel Neues zu erfahren. Schließlich verabschiedeten sie sich, und Ben brachte das Telefon zurück zur Ladestation.

»Danke«, sagte er, als er an seiner Mutter vorbeiging. Die sah ihn ein wenig skeptisch an, erwiderte aber nichts. Irgendwie schien dieser Blickwechsel genügt zu haben, denn Bens nicht abgesprochener Ausflug nach Bad Godesberg kam an diesem Abend nicht mehr zur Sprache.

Kurz vor dem Einschlafen überlegte Ben, was er tun konnte, um seine Eltern davon zu überzeugen, dass er vernünftiger war, als sie dachten. Vielleicht war es am besten, wenn er versuchte, ihre unnötigen Sorgen einfach auszuhalten und nichts Impulsives mehr zu tun, bis sie sich von selbst beruhigt hatten. Ben ahnte, dass ihm das nicht gerade leichtfallen würde.

Kapitel 3 · Willkommen im Schulalltag!

Als Franzi am Montagmorgen die Klasse betrat, merkte sie sofort, dass die Stimmung sich verändert hatte. Der Trubel um ihre Person hatte sich schon nach zwei Schultagen gelegt, und sie war ziemlich erleichtert gewesen. Immer im

Mittelpunkt zu stehen strengte an. Aber heute fühlte sich alles ganz komisch an. Franzi ging ein wenig verunsichert an ihren Platz. Sie war früh dran, und so saßen erst wenige Schüler im Klassenraum. Drei Mädchen steckten die Köpfe zusammen und senkten die Stimmen, als Franzi an ihnen vorbeiging. Sie grüßte, bekam aber keine Antwort. An der hintersten Bank hockten zwei Jungen, die sie unverhohlen ansahen. Franzi lächelte sie verlegen an, woraufhin sie sich abwandten.

Wow, was ist denn heute los?, dachte Franzi und packte ihr Mäppchen und die Arbeitsmaterialien aus, die sie für die erste Stunde brauchte. *Habe ich vielleicht einen Fleck am T-Shirt? Oder sehe ich so aus, als hätte ich die Pest?* Sie hängte ihre Jacke über die Stuhllehne und sah sich unschlüssig um. Sollte sie versuchen, sich zu den Mädchen zu gesellen? Ein Blick von einem der Mädchen genügte, dass Franzi diesen Gedanken sofort wieder verwarf. Sollte sie einfach an ihrem Platz sitzen bleiben und in einem Buch blättern? Dann würde sie sicher gleich als Streberin abgestempelt. Franzi seufzte leise und sah sich im Raum um. Ihr Blick fiel auf die Fensterbank. Die war ihre Rettung! Das alte Schulgebäude hatte hohe Fenster, die tief in die dicke Mauer eingelassen waren. Franzi schwang sich auf das Fensterbrett neben ihrem Tisch und machte es sich gemütlich, so gut es ging. Nun konnte sie scheinbar gelassen nach draußen schauen, gleichzeitig aber auch aus dem Augenwinkel beobachten, wie die anderen Schüler nach und nach in den Raum trudelten.

Die Bänke füllten sich allmählich. Das Gymnasium war keines von denen, die besonderen Wert auf Individualität legten. Es ging ziemlich streng zu, das war schon an der Anordnung der Tische zu sehen. Die Schulbänke standen in klassischer Formation einzeln hinter- und nebeneinander im Zimmer. Franzi versuchte, sich an die Namen ihrer Mitschüler zu erinnern. Ganz vorn, direkt vor dem Lehrertisch, saßen Emilio und Lara. Emilio war ein südländisch aussehender Typ, der anscheinend auch ziemlich temperamentvoll war. Franzi war nicht sicher, ob die Sitzordnung frei oder von den Lehrern vorgeschrieben war. Ihr wurde jedenfalls am ersten Tag direkt ein Platz zugewiesen. Das war auch nicht schwer gewesen, denn es gab sowieso nur zwei freie Stühle. Zu ihrer Klasse gehörten 28 Schüler, und bis zum ersten Stundenklingeln stellte Franzi fest, dass sie erst elf Namen kannte.

Es klingelte zum zweiten Mal. Franzi wollte eben von der Fensterbank springen, als Frau Neumann das Zimmer betrat. Sie sah Franzi mit einem Blick an, der jeden Science-Fiction-Laseraugen-Helden in den Schatten stellte, und rief mit scharfer Stimme: »Die Fensterbänke sind nicht zum Sitzen da! Wenn ich dich noch einmal dort erwische, Franziska Weber, erteile ich dir einen Verweis!«

Die Klasse lachte gedämpft, und Franzi rutschte erschrocken herunter. »Entschuldigung, das wusste ich nicht«, murmelte sie betroffen.

»Mach dich mit den Schulregeln vertraut«, entgegnete die Lehrerin unbeeindruckt. Franzi schlüpfte an ihren Platz und wünschte sich, im Boden versinken zu können. Ihre Banknachbarin sah sie kritisch an, sagte aber nichts.

Der Unterricht begann. Frau Neumann hatte die Klasse im Griff wie ein Feldwebel. Sie hielt die Schüler mit einem mündlichen Vokabeltest in Atem, und Franzi war heilfroh, dass sie am Wochenende Französisch gepaukt hatte. Sie wurde zwar nicht an die Tafel gerufen, aber während der ganzen Stunde nahm die Lehrerin immer wieder einzelne Schüler dran und sagte einige Worte aus der letzten Lektion auf Deutsch, die dann ins Französische übersetzt werden mussten. Franzi war erleichtert, als die Stunde zu Ende war.

Die nächste Pause war kurz und die Klasse musste in den Chemieraum umziehen. Das war Franzi nur recht. Die Schüler zogen mehr oder weniger gemeinsam durch die Flure der Schule und stürmten dann das Zimmer. Weil die Schule in der letzten Woche am Mittwoch begonnen hatte, war es die erste Chemie-Stunde des Schuljahres. Die Schüler schienen feste Plätze in dem Raum zu haben. Die Zweiertische waren schon alle besetzt, als Franzi als Letzte eintrat. Sie sah sich suchend um. Nur in der ersten Reihe gab es zwei Lücken. An dem einen Tisch saß ein blonder Junge – er hieß Justus, wie Franzi sich zu erinnern meinte. Und in einer weiteren Schulbank hockte Liv – das Mädchen, neben dem Franzi auch in ihrem Klassenzimmer saß. Warum war sie eigentlich immer allein? Es war ihr schon aufgefallen, dass Liv auch in den Pausen meist still an ihrem Platz blieb. Sie kritzelte dann auf einem Block herum, ließ aber keinen hineinschauen.

Franzi ging zu Livs Tisch, weil sie sich nur ungern neben einen Jungen setzen wollte.

»Ist bei dir noch frei?«, fragte sie Liv.

Das Mädchen blickte kurz auf und zog schon wieder die Augenbrauen in die Höhe. »Wenn es sein muss«, sagte sie genervt und nahm die Tasche herunter, die sie auf den freien

Stuhl gelegt hatte. Dann wandte sie sich wieder ihrer Beschäftigung zu, nicht ohne demonstrativ den Arm auf die Bank zu stellen, den Kopf abzustützen und ihr Haar so weit wie möglich nach vorn fallen zu lassen. Franzi zuckte mit den Schultern. Gut, Liv wollte also nicht angesprochen werden. Signal verstanden.

Franzis Bauch verkrampfte sich. Warum um alles in der Welt wurde sie von heute auf morgen von der ganzen Klasse ignoriert und von Liv noch dazu so offensichtlich abgelehnt? Immerhin schaute sie im Moment keiner komisch an. Alle waren irgendwie beschäftigt. Die Mädchen saßen und standen in Grüppchen zusammen, die Jungs spielten mit ihren Handys. In der Mittagspause würde sie einfach versuchen, mit jemandem ins Gespräch zu kommen, beschloss Franzi. Vielleicht war nur die Neugier der anderen verflogen und sie musste jetzt selbst aktiv werden.

Es klingelte zur nächsten Stunde, und schon betrat der Chemielehrer den Raum. Franzi sah ihn an und war total überrascht. Er entsprach überhaupt nicht dem Bild, das sie von Chemielehrern hatte. Da war zunächst die Tatsache, dass er jung war. Bisher hatte Franzi immer den Eindruck gehabt, dass zumindest die Lehrer im naturwissenschaftlichen Bereich mindestens vierzig Jahre alt sein mussten, um in ein Klassenzimmer gelassen zu werden. Herr Vogel dagegen war höchstens dreißig. Außerdem sah er ziemlich gut aus. Wenn er nicht im weißen Kittel in das Chemielabor gekommen wäre, dann hätte Franzi ihn eher für einen Sportlehrer gehalten. Bestimmt verbrachte er jede freie Minute auf dem Sportplatz oder im Fitnessstudio. Seine Frisur war perfekt gestylt und er trug einen frechen, sauber geschnittenen

Kinnbart. Unter dem Kittel lugten Jeans hervor und seine Füße steckten in schwarzen Sneakers.

Er begrüßte die Klasse mit einem sympathischen Spruch, und Franzi sah aus den Augenwinkeln, wie einige der Mädchen sich demonstrativ übers Haar strichen und den Lehrer anhimmelten. *Wie albern,* dachte sie etwas abschätzig, als Herr Vogel sie plötzlich ansprach. Wider Willen fing ihr Herz an zu rasen und das Blut schoss ihr in den Kopf.

»Hallo, Franziska Weber. Willkommen in meinem Unterricht«, hörte sie den Lehrer sagen. Sie wusste nicht, was sie tun sollte, und bemerkte, wie ihr Gesicht sich für ein dümmliches Grinsen entschied. Herr Vogel grinste sie unverschämt fröhlich an. Liv warf der erröteten Franzi einen Blick zu und schüttelte missbilligend den Kopf.

»Schade, dass ich keinen Geschichtsunterricht gebe«, fuhr der gut aussehende Lehrer fort. »Sonst hätte ich mit dir eine perfekte Referentin und könnte mich ein wenig entspannen.« Er sah sie immer noch an und Franzi spürte, wie ihre Handflächen zu schwitzen begannen. Sie wusste immer noch nicht, ob er eine Reaktion erwartete, aber ihr fiel sowieso keine schlagfertige Antwort auf diese Ansage ein. Zu ihrer großen Erleichterung klatschte Herr Vogel nun tatendurstig in die Hände und wandte sich von ihr ab. »Also dann, Leute, lasst uns nach diesen unendlich langen Sommerferien endlich wieder in die Geheimnisse der Chemie eintauchen.«

Während Herr Vogel begann, den aktuellen Unterrichtsstoff zu präsentieren, atmete Franzi tief durch. Puh, was war das denn eben gewesen? Hoffentlich gewöhnte sie sich schnell an diesen Lehrer, das war ja mehr als peinlich, wenn sie sich von ihm so aus der Fassung bringen ließ.

Ein kleiner, zusammengefalteter Zettel flog auf ihren Tisch. Franzi faltete ihn neugierig auseinander. *»Bilde dir bloß nichts darauf ein, dass er so nett mit dir geplaudert hat!«*, stand in großen Buchstaben darauf. Franzi runzelte verwundert die Stirn und drehte sich um, um zu sehen, wer hinter ihr saß. Es war Kira, die ihr einen ziemlich bösen Blick zuwarf. *»Keine Sorge, ich denke mir nichts dabei«*, schrieb Franzi darunter und gab den Zettel unauffällig zurück. Sie hoffte, dass Kira damit zufrieden wäre. Doch gleich darauf wurde der Zettel wieder auf ihren Platz geworfen. *»Das will ich hoffen. Du kannst nicht überall mit deiner Berühmtheit punkten. Ruhm ist vergänglich.«* Oha. Das war es also. Vielleicht sprach Kira da im Namen aller Mädchen der Klasse: Sie hatten genug davon, dass Franzi wegen ihrer Erlebnisse auf Burg Rosenfels die ersten paar Schultage unaufhörlich im Mittelpunkt gestanden hatte. Wenn das das Problem war, dann konnte sie damit leben. Die Klasse würde sicher bald merken, dass Franzi gar keinen Wert darauf legte, etwas Besonderes zu sein. *»Ich bin doch nicht berühmt«*, kritzelte Franzi deshalb auf das Papier. *»Alles gut.«* Sie wartete, bis Herr Vogel etwas an die Tafel schrieb und somit nicht zu den Mädchen herübersehen konnte, und gab den Zettel wieder nach hinten. Hoffentlich war die Sache damit erledigt. Sie war froh, dass Kira ihr während der Stunde keine Briefchen mehr zuwarf, und versuchte, sich auf den Stoff zu konzentrieren. Dafür, dass Chemie nicht ihre Stärke war, fand sie den Unterricht wirklich interessant. Die neunzig Minuten vergingen schneller als gedacht, und eine neue Pause wartete auf Franzi.

»Oh, meine Güte, hast du das gesehen?« Die drei Mädchen, denen Franzi auf dem Weg durch die Flure zu ihrem Klassenzimmer folgte, begannen laut zu kichern und schauten einer Siebtklässlerin hinterher, die eben an ihnen vorbeigegangen war. Franzi versuchte zu entdecken, was an ihr so lächerlich gewesen war.

»Dieses Oberteil ist doch schon seit Jahrzehnten aus der Mode!« Die drei lachten noch lauter und zupften selbstbewusst an ihren eigenen Klamotten herum.

Eines der Mädchen sagte gehässig: »Die trägt doch immer die Klamotten ihrer Schwester auf. Das ist die Tante mit der gruseligen Brille aus der 10 c. Wisst ihr, wen ich meine?«

»Klar«, entgegnete die andere.

»Sicher, dass es die Sachen ihrer Schwester sind?«, gab die dritte jetzt ihren Kommentar dazu. »Es sieht eher aus, als wären es die von ihrer Oma!«

Franzi zog entsetzt scharf die Luft ein. Wenn die Mädchen so über Fremde lästerten, was würden sie dann über sie, Franziska Weber, das Landei, sagen? Sie verwarf ihr Vorhaben, einen Small Talk mit den dreien zu versuchen, und ließ sich ein wenig in der Schülermenge zurückfallen. Als sie das Klassenzimmer erreicht hatte, sah sie sich wieder suchend um. An den Tischen am Fenster saßen zwei Mädchen, die nicht ganz so aufgemotzt aussahen. Franzi nahm all ihren Mut zusammen und ging zu ihnen, nachdem sie ihren Schulrucksack an ihren Platz gebracht hatte.

»Hi«, sagte Franzi etwas unbeholfen. Sie merkte, dass sie vor Nervosität unwillkürlich ihre Hände zu Fäusten geballt hatte, und lockerte sie rasch.

Die Mädchen sahen auf. »Oh, hi Franziska.« Sie rutschten ein wenig zur Seite, und Franzi setzte sich dankbar auf die frei gewordene Ecke des Schultisches.

»Du bist Zoe, richtig?«

Die Angesprochene nickte. Sie war blond und hatte eine strubbelige Frisur aus halblangem Haar, das sich nicht entscheiden konnte, ob es lockig oder glatt war.

»Und ich heiße Clara«, mischte sich die Zweite jetzt ein.

»Danke, ich hoffe, ich kann es mir jetzt merken«, lächelte Franzi. Langsam entspannte sie sich. Bestimmt hatte sie es sich vorhin nur eingebildet, dass alle aus der Klasse plötzlich etwas gegen sie hatten.

»Und, wie findest du es bis jetzt hier bei uns?« Sie unterhielten sich ein wenig über die Schule und die Stadt, und Franzi schöpfte neuen Mut, dass sie sich bald gut in der Klasse eingelebt haben würde.

Als es zur Stunde klingelte, ging sie erleichtert an ihren Platz zurück. Liv würdigte sie keines Blickes, und Franzi versuchte, sie für den Rest des Tages möglichst wenig zu stören. Denn Liv schien in ihrer eigenen Welt zu leben und Franzi als Eindringling zu empfinden, weil sie den Tisch mit ihr teilen musste.

Am Nachmittag ging Franzi zusammen mit Clara und Zoe aus der Schule. Sie hatten ein Stück des Heimwegs gemeinsam, und Franzi war glücklich, dass die beiden sie so bereitwillig begleiteten. Vielleicht würden sie ja mit der Zeit Freunde werden.

Die Sonne schien so freundlich wie auch in den letzten Tagen vom Spätsommerhimmel und das Leben fühlte sich wieder leicht an. Ein Lied blubberte in Franzis Herz auf, als sie sich von den beiden Mädchen verabschiedet hatte. *Danke, Gott!*, dachte sie und ging beschwingten Schrittes nach Hause.

Kapitel 4 · Der Überraschungsgast

Ben saß vor seinem Computer und spielte *Minecraft*. Er hatte schon ein beeindruckendes Haus gebaut und einen Pferch für die zahlreichen Tiere angelegt, die er gefangen hatte. Er war gerade auf der Suche nach einer Kuh, mit der er seine Zucht erweitern könnte, als es an der Haustür schellte. Seufzend erhob er sich und nahm den Hörer der Gegensprechanlage ab.

»Hallo?« Es knisterte im Hörer, und für einen Moment konnte er nur das Rauschen des Verkehrs draußen hören. »Hallo, ist da jemand?«, fragte er ungeduldig noch einmal.

Da drang eine fröhliche Stimme an sein Ohr, die ihn beinahe dazu brachte, vor Überraschung den Hörer fallen zu lassen. »Hey, ich bin's, Emma! Lass mich rein!«

»Was? Wie … was machst du denn hier? Warte, ich mach auf. Elfter Stock.« Ben drückte auf den Summer und machte die Wohnungstür auf, um zum Fahrstuhl zu laufen. Im letzten Moment fiel ihm ein, dass der Wohnungsschlüssel noch auf dem Flurschränkchen lag, und er stellte rasch den Fuß in die zufallende Tür. Mann, wäre das peinlich gewesen, wenn er sich ausgerechnet jetzt ausgesperrt hätte! Er angelte sich den Schlüssel und ging über den kahlen Flur, von dem die verschiedenen Appartements abgingen, zum Treppenhaus. Hier waren auch die Aufzüge. Er war gerade dort angekommen, als der Fahrstuhl das elfte Stockwerk erreichte. Die Tür öffnete sich zischend und knackend, und der blonde Wirbelsturm von Burg Rosenfels fegte auf Ben zu.

»Hey, es ist so cool, dich zu sehen!«, rief Emma und warf sich Ben um den Hals. Der umarmte sie kurz und drückte sie dann sanft von sich weg.

»Ja, ich freu mich auch, dich zu sehen«, sagte er lächelnd. »Aber was hat dich hierher verschlagen? Ich dachte, heute beginnt bei dir auch die Schule?«

Emma warf ihr langes blondes Haar über die Schulter und strahlte Ben an. »Muss ich es hier auf dem Flur erklären oder gibt es eine Wohnung, wo man in Ruhe reden könnte?«, fragte sie frech wie immer.

Ben schüttelte amüsiert den Kopf. »Ist dir der Flur etwa nicht gemütlich genug, oder was?«, entgegnete er schlagfertig. »Komm mit.« Er ging voran in die Wohnung, wo Emma sich sofort auf das Sofa fallen ließ.

»Puh, das war eine Reise!«, stöhnte sie gespielt und grinste.

Ben versuchte sich wie ein Gentleman zu verhalten und holte ihr ein Glas Mineralwasser. Er hoffte, dass sie bald damit herausrückte, warum sie ihn heute besuchte. Emma rekelte sich auf der Couch, als sei sie eine Diva in Hollywood. Ben wusste, dass hinter dieser Show, die sie da inszenierte, nicht nur ein eingebildetes Mädchen steckte. Okay, es war nicht zu leugnen, dass Emmas Selbstbewusstsein auch für zwei reichte. Trotzdem hatte sie bewiesen, dass sie nicht so oberflächlich war, wie sie vorgab. Zum Glück brachte sie ihn mit ihrem super Aussehen auch nicht mehr so durcheinander wie am Anfang. Als er sie auf Burg Rosenfels kennengelernt hatte, war Franzi nicht ganz zu Unrecht ziemlich eifersüchtig auf sie gewesen. Aber jetzt war sie einfach eine echt gute Freundin, mit deren Auftauchen er heute nicht gerechnet hatte.

Emma nahm ihm das Glas mit einem belustigten Gesichtsausdruck aus der Hand. »Danke, wie aufmerksam von dir!« Dabei wirkte sie so vornehm, dass sie ihrer Abstammung alle Ehre machte. Schließlich hatte sie königliche Vorfahren. »Du wärst ein guter Butler«, fügte sie hinzu, ohne mit der Wimper zu zucken.

Ben ließ sich von dieser frechen Bemerkung nicht ärgern. »Ts«, machte er nur. »Pass nur auf, was du sagst, sonst höre ich gleich auf, nett zu dir zu sein.«

»Das kannst du doch gar nicht«, gab Emma zurück. »Deine Nettigkeit ist angeboren und nicht heilbar.«

Ben hatte sich in der Küchenzeile, die direkt an das Wohnzimmer angrenzte, die Hände gewaschen und spritzte ihr nun ein paar Tropfen ins Gesicht. »Dass du dich da mal nicht irrst!«, lachte er, während Emma sich entgeistert das Wasser abzutupfen versuchte. »Und jetzt sag schon, warum du hier bist.«

Emma hatte sich beruhigt und schaute ihn nun durchdringend an. Ben setzte sich auf die Lehne eines Sessels und erwiderte den Blick.

»Der Schulbeginn verzögert sich bei uns um eine Woche«, erklärte Emma endlich. »In einem der Wohngebäude des Internats wurde Schimmel an den Wänden gefunden, und irgendwie haben die es nicht rechtzeitig vor Ferienende geschafft, alles wieder in Ordnung zu bringen. Jetzt haben wir Hausarbeiten bekommen, dürfen aber erst am Samstag anreisen. Und ehrlich gesagt hab ich es zu Hause nicht mehr ausgehalten. Seit ihr weg seid, ist mir langweilig. Na ja, es ist schon interessant, was die im Moment auf der Burg so alles finden. Aber wir dürfen auch nicht überall reinschauen, und es ist einfach nicht dasselbe, als wenn ihr dabei seid.«

Ben fühlte sich geschmeichelt. Außerdem war er ein bisschen neidisch auf diese Ferienverlängerung. Aber er freute sich, dass Emma sich entschlossen hatte, nach Köln zu kommen. »Und wie lange willst du bleiben? Wo übernachtest du denn?«

Das blonde Mädchen lachte verschmitzt. »Keine Ahnung«, antwortete sie leichthin. »Ich bleibe bis Freitag. Und ich hoffe, dass ich bei Franzi auf der Couch schlafen darf oder so. Ansonsten suche ich mir ein Hotel. Und notfalls geh ich zur Heilsarmee.«

Ben schüttelte bewundernd den Kopf. Seine Eltern hätten ihm nie erlaubt, auf gut Glück für mehrere Tage zu Freunden zu fahren, ohne wenigstens vorher zu klären, bei wem er schlafen konnte. »Franzi weiß also auch nicht, dass du kommst?«, fragte er sicherheitshalber noch einmal nach.

»Nein, ich wollte euch überraschen. Aber du fährst doch mit mir zu ihr, oder?« Emma warf einen Blick auf die Uhr. Es war kurz nach vier.

Ben zog die Nase kraus. Wenn sie jetzt losgingen, wären sie gegen sechs in Bad Godesberg. Die Rückfahrt würde für ihn noch einmal mehr als eine Stunde dauern – und er musste sich noch auf die Biologie-Stunde morgen vorbereiten, denn seine Lehrerin hatte die gemeine Angewohnheit, zu Beginn jeder Stunde einen Schüler zur mündlichen Leistungskontrolle dranzunehmen. Ben bezweifelte, dass seine Eltern ihn gehen lassen würden. Noch dazu mit Emma, die schließlich auch an der Schatzsuche auf der Burg beteiligt gewesen war. Er wollte nicht schon wieder den nächsten Streit riskieren.

»Ich schätze, dass meine Mutter etwas dagegen hat«, sagte er deshalb bedauernd. »Ich rufe sie mal an, aber so, wie meine Eltern im Moment drauf sind, wird sie sicher Nein sagen.«

Emma erinnerte sich, dass Ben in einer Nachricht bei Facebook von dem letzten Zoff mit seinen Eltern berichtet hatte. Daran hatte sie bis jetzt gar nicht mehr gedacht. Sie sah Ben nach, der sich mit seinem Smartphone kurz in sein Zimmer verzog.

Kurz darauf kam er zurück und hob entschuldigend die Hände. »Tut mir leid«, sagte er zerknirscht. »Ich kann dich zum Bahnhof bringen, aber ich darf nicht mitfahren.«

»Puh, deine Mutter ist echt streng.« Emma stand auf, strich sich die Hose glatt und nahm ihre Handtasche. Ben griff sich die Reisetasche, die Emma vorhin neben der Wohnungstür abgestellt hatte.

»Sie sind zurzeit ein bisschen übervorsichtig«, versuchte er seine Eltern zu verteidigen.

Emma war mit ihren Gedanken schon längst woanders. »Aber wie soll ich dann in Bad Godesberg zu Franzi finden?«, fragte sie besorgt.

Ben warf ihr einen verwunderten Seitenblick zu, während er rasch eine Jacke überstreifte und Emma die Tür öffnete. »Zu mir hast du doch auch gefunden«, meinte er.

Das Mädchen verdrehte die Augen. »Das war leicht«, behauptete sie. »Die Stadtbahn fährt ja fast bis vor die Tür, und außerdem hab ich mir den Weg ausgedruckt, hier!« Sie hielt ihm ein zerknautschtes Blatt Papier unter die Nase, während sie zum Aufzug gingen.

»Das hätte ich auch noch machen können. Sollen wir schnell wieder zurückgehen und dir einen Plan ausdrucken?«

Der Aufzug kam just in diesem Moment an, und Emma winkte ab. »Nein, lass mal.« Sie betraten die enge Kabine und Ben drückte auf den Knopf für das Erdgeschoss.

Während der Fahrstuhl nach unten ratterte, erklärte Emma Ben ihre Idee. »Ruf du doch einfach Franzi an und sag ihr, dass sie zum Bahnhof kommen soll. Aber verrate ihr nicht, wer kommt! Ich will ihr überraschtes Gesicht sehen.«

»Gut«, stimmte Ben zu. »Das kann ich machen. Aber was, wenn sie keine Zeit hat?«

»Dann fällt mir etwas anderes ein«, winkte Emma ungeduldig ab. »Lass es uns versuchen.«

»Erst, wenn wir wissen, welche Bahn du erwischst.« Die beiden liefen zur Straßenbahnhaltestelle und fuhren zum Bahnhof. Für Ben war es ein vertrauter Weg, den er mit verbundenen Augen hätte finden können. Aber Emma sah sich überall neugierig um. »Komm, bevor du in die Bahn steigst, zeige ich dir noch schnell den Dom«, schlug Ben deshalb vor, als sie am Bahnhof angekommen waren.

»Das dauert doch ewig, oder?« Emma war skeptisch, doch Ben zog sie einfach an der Hand hinter sich her.

»Keine Sorge«, sagte er. Gleich darauf standen sie auf dem Bahnhofsvorplatz. »Voilà!«, rief er triumphierend und zeigte auf das beeindruckende Gebäude, das sich direkt neben dem Bahnhof gen Himmel reckte.

Emma war tatsächlich überrascht. »Wow«, sagte sie bewundernd. »Nicht schlecht! Echt riesig. Schon krass, was die damals mit so einfacher Technik gebaut haben.«

»Ja, finde ich auch«, stimmte Ben ihr zu. »Außerdem mag ich es, wie viele Details die da reingebaut haben. Heute sehen Häuser irgendwie immer so langweilig aus, selbst Kirchen meistens. Aber das hier – da steckt noch Liebe drin!«

Emma kicherte. »Wir hören uns an wie Rentner«, behauptete sie. Sie ließ ihren Blick über den Vorplatz und die große Freitreppe gleiten, die von zahlreichen Menschen bevölkert war. »Irgendwann in dieser Woche komme ich mal hierher und mache mit euch die Stadt unsicher, okay?«

Ben lachte. »Klar, mach mal. Aber jetzt sollten wir uns beeilen. Die S-Bahn fährt in neun Minuten.«

Sie drängten sich durch die Menschenmenge im Bahnhof zum richtigen Gleis. Dann zückte Ben sein Smartphone und wählte Franzis Nummer.

Franzi paukte schon wieder Vokabeln – diesmal allerdings nicht Französisch, sondern Englisch. Sie wusste nicht, ob der Englischlehrer auch so wild auf Vokabelkontrollen war, wollte aber vorbereitet sein. Außerdem hatte sie sowieso nichts Besseres vor. Auch wenn es heute in der Schule mit den beiden Mädchen gut gelaufen war, hatte sie noch keine richtigen Freunde, die sie besuchen konnte. Und jeden Tag an den Rhein hinunterzugehen, wurde ihr auf Dauer zu langweilig. Ihre Mutter arbeitete wieder bis achtzehn Uhr. Bis dahin würde sie noch ein bisschen lesen und irgendwann das Abendessen vorbereiten. Obwohl sie versuchte, nicht an ihre Freunde zu denken, hatte sie heute Heimweh. Sie musste sich richtig anstrengen, ihre Gedanken nicht zu ihrer alten Schule, Mareike, Susanne und Andrea wandern zu lassen. Davon tat ihr nämlich das Herz weh. Franzi schluckte und gab sich Mühe, sich auf die Vokabeln zu konzentrieren.

Das Klingeln ihres Handys zerriss die Stille, und Franzi ließ vor Schreck beinahe ihr Lehrbuch fallen. »Wer ist das denn?«, sagte sie laut, um sich selbst zu beruhigen, bevor sie auf den Annahmeknopf drückte. Ben stand auf dem Display.

»Ben! Du hast mich voll erschreckt!«, rief sie statt einer Begrüßung in den Hörer. Sie hörte Bens leises Lachen und Zuggeräusche im Hintergrund.

»Warum, was machst du denn gerade?«

Franzi spürte, wie ihr plötzlich ganz leicht ums Herz wurde, während sie mit ihm sprach. Wie wäre es wohl gewesen, wenn sie Ben nicht auf der Klassenfahrt im Juni kennengelernt hätte? Oder wenn sie mit ihrer Mutter nicht nach Bad Godesberg, sondern, wie ursprünglich geplant, nach Frankfurt gezogen wäre? Dann hätte sie bestimmt noch viel schlimmeres Heimweh. Und keinen, der einfach so anrief und ihr damit den Tag rettete. »Ach, ich hab nur gepaukt. Hier ist es so schön ruhig, und ich hab nicht mit einem Anruf gerechnet. Deshalb bin ich eben fast vom Stuhl gefallen.«

»Das ist gar nicht so schlecht«, stellte Ben amüsiert fest. »Ich hab nämlich einen Auftrag für dich.«

Franzi stutzte. Was hatte er denn jetzt schon wieder vor? »Okay. Was denn?«

Ben genoss ihre Ratlosigkeit und wartete einen Moment, um die Spannung zu erhöhen, bevor er weitersprach. »Pass auf. Wir machen es wie bei James Bond. Hier ist deine Mission: Geh zum Bahnhof und erwarte dort auf Gleis 2 einen Gast. Frag nicht, wer es ist, ich verrate es nicht. Aber du wirst ihn schon erkennen. Ankunft um 17.47 Uhr. Diese Nachricht kann nicht wiederholt werden.« Damit legte er auf und ließ Franzi völlig verwirrt zurück.

Sie starrte auf das Display ihres Handys, als könnte sie davon eine Erklärung erwarten. Dann zuckte sie die Schultern. Ein Überraschungsgast? Das sollte ihr recht sein. Sie brauchte nur ein paar Minuten bis zum Bahnhof, deshalb setzte sie sich wieder an ihren Schreibtisch, um die restlichen Vokabeln zu lernen. Natürlich konnte sie sich nicht mehr konzentrieren. In Gedanken nahm sie alle Leute durch, die Ben und sie kannten. Es waren eigentlich nicht allzu viele. Schließlich hatten sie sich erst vor ein paar Monaten kennengelernt. Sie hatten kaum gemeinsame Bekannte, nur ihre Familien, Emma und die Leute aus Bens Klasse. Oder war es jemand aus ihrer alten Schule? Von dort kannte Ben auch die, die mit auf Burg Rosenfels gewesen waren. Aber warum sollte er ihr Bescheid geben, dass jemand sie besuchen wollte? Hätte derjenige sie nicht selbst angerufen? Außerdem hatte Ben gesagt: »Du wirst ihn schon erkennen.« *Ihn?* War es ein Junge? Sie hatte keine Ahnung, welcher männliche Besucher auf dem Weg zu ihr sein könnte. So langsam wurde sie nervös. Sie kämpfte gegen die Versuchung, Ben noch einmal anzurufen. Aber er würde ihr bestimmt nichts verraten, also konnte sie sich das sparen.

Weil es sowieso keinen Zweck mehr hatte, die Vokabeln anzustarren und gleichzeitig über den Besucher nachzugrübeln, legte Franzi das Buch weg. Sie zog ihre rote Strickjacke über, fuhr sich vor dem Spiegel im Flur durch das halblange, braune Haar und schlüpfte in ihre Turnschuhe. Sie hüpfte die Treppe hinunter, ohne diesmal Rücksicht auf knarrende Stufen zu nehmen, und lief durch den ausgesprochen gepflegten Vorgarten hinaus auf die Straße. Die Sonne schien am hellblauen Himmel. Gleichzeitig spürte Franzi, dass Herbst in der Luft lag. Es war noch warm, aber der sanfte Wind roch schon ein bisschen nach verwelkenden Blättern. Das Sonnenlicht war nicht mehr so grell wie in den Sommermonaten, sondern bekam diesen melancholischen Glanz. Franzi liebte den Herbst. Sie freute sich auf die Tage, an denen das Laub der Bäume bunt und das Licht golden war. Ein Morgen mit Frühnebel und Raureif auf den heruntergefallenen Blättern – das waren ihre liebsten Tagesanfänge. Aber noch war es nicht so weit. Die Strickjacke wurde ihr schon nach ein paar Schritten zu warm und sie zog sie aus. Mit mühsam unterdrückter Spannung schlenderte sie durch die Straßen in Richtung Bahnhof. Immer wieder warf sie einen Blick auf die Uhr, aber die Zeit wollte nicht vergehen.

Schließlich hatte sie den Bahnhof erreicht – nicht ohne vorher an jedem Schaufenster stehen zu bleiben und die Waren zu begutachten. Es war erst 17.25 Uhr – noch 22 Minuten bis zur Ankunft des Zuges. Franzi setzte sich auf ein Metallgeländer vor dem Eingang zum Bahnhof und beobachtete die Menschen, die vorbeiliefen. Zu Hause in ihrem Dorf hätte sie in dieser kurzen Zeit schon mehrere Leute getroffen, die sie gegrüßt oder mit denen sie ein kleines Schwätzchen gehalten hätte. Aber hier kannte sie niemanden. Und auch die Leute untereinander schienen sich kaum zu beachten. Sie liefen einfach aneinander vorbei, jeder mit sich selbst beschäftigt.

Eben wollte Franzi von ihrem Geländer springen und in das Bahnhofsgebäude gehen, als sie auf der anderen Straßenseite ein bekanntes Gesicht entdeckte. Es war ein dunkelhaariges Mädchen, das ungeachtet der spätsommerlichen Wärme einen langärmligen Pullover und eine lange schwarze Hose trug.

»Hey Liv! Hallo!«, rief Franzi und winkte mit den Armen. Liv sah auf, verzog aber keine Miene. Franzi war sicher, dass sie sie erkannt hatte. Aber das Mädchen lief weiter, ohne zu grüßen. Franzi schluckte ihre Enttäuschung hinunter. Was hatte sie Liv nur getan? Sie hatte bisher kaum ein Wort mit ihr gewechselt, obwohl Franzi sich wirklich Mühe gab, freundlich zu ihr zu sein. Sie saßen seit vier Tagen mehrere Stunden nebeneinander in der Schule, aber Liv tat die meiste Zeit, als wäre Franzi Luft. Selbst an den ersten beiden turbulenten Tagen, als Franzi ganz neu in der Klasse war, hatte ihre Sitznachbarin ihr nicht einmal eine einzige Frage gestellt.

Franzi sah Liv nach, bis sie um eine Straßenecke bog und verschwand. Die Aufregung über den angekündigten Überraschungsgast rückte in den Hintergrund, und ein unbestimmtes Gefühl von Traurigkeit und Sorge machte sich in Franzis Herzen breit. Irgendwie hatte sie den Eindruck, dass etwas mit Liv nicht stimmte. Und ihr Herz schien ihr signalisieren zu wollen, dass es ihre Aufgabe war, dem auf die Spur zu kommen.

Okay, Gott, wenn du willst, dass ich Liv helfe, dann musst du mir zeigen, wie. Ich weiß ja nicht einmal, ob sie nur sauer auf mich ist oder ob sie ein anderes Problem hat. Franzi rutschte vom Geländer und schaute schnell in den wolkenlosen Himmel, als könne sie damit ihr kurzes Gebet besiegeln. Dann schob sie die Gedanken an Liv beiseite und stieg die Treppen zu Bahnsteig 2 hinauf, um ihren Gast in Empfang zu nehmen.

»Vorsicht! An Gleis zwei hat Einfahrt: S-Bahn Linie sechs von Köln-Hauptbahnhof. Dieser Zug endet hier. Bitte Vorsicht bei der Einfahrt des Zuges.«

Ungeduldig streckte Franzi den Kopf vor, um die Bahn zu erspähen. Endlich kam der Zug in Sicht, und kurz darauf hielt er mit quietschenden Rädern. Die Türen öffneten sich zischend und spuckten unzählige, mit Aktentaschen und Rucksäcken bepackte Menschen auf den Bahnsteig. Hoffentlich erkannte sie die ominöse Person auch wirklich! Würde sie – oder besser er – auf dem Bahnsteig stehen bleiben, falls sie sich vielleicht nicht gleich fanden? Oder …

In diesem Moment stieg ein schlankes Mädchen aus einer der Zugtüren. Sie war elegant gekleidet, trug hohe Schuhe und hatte eine Reisetasche dabei. Ihre beeindruckend langen blonden Haare leuchteten mit den großen blauen Augen um die Wette.

Franzi schnappte nach Luft. »Emma!«, schrie sie und stürzte auf die Freundin zu. »Was machst du denn hier? Ich dachte, du hast Schule?«

Emma ließ ihre Tasche fallen und umarmte Franzi. »Das dachte ich auch«, strahlte sie. Dann nahm sie ihre Tasche wieder in die Hand und sah sich neugierig um. »Aber jetzt bin ich hier!«, stellte sie triumphierend fest. »Hier wohnst du also?«

Franzi schüttelte lachend den Kopf. »Na ja, auf dem Bahnhof nicht gerade. Komm mit, dann zeige ich dir meine neue Heimat. Und du erzählst mir, was dich heute hierher verschlagen hat.« Mit einem Blick auf Emmas Reisetasche fügte sie hinzu: »So wie es aussieht, bist du auf einer längeren Reise?«

Die Freundin lächelte sie so unschuldig an, dass Franzi sofort ahnte, was als Nächstes kommen würde. »Hm … ich wollte dich eigentlich fragen, ob ich ein paar Tage bei dir bleiben kann.«

Oha. Franzi biss sich auf die Unterlippe. Eigentlich fand sie die Vorstellung super, Emma ein paar Tage bei sich zu haben. Obwohl sie sich in den ersten Tagen auf Burg Rosenfels so angezickt hatten, waren sie inzwischen richtige Freundinnen geworden. Die Wohnung war auch groß genug für einen Gast; Emma konnte sogar auf der Couch in Franzis Zimmer schlafen. Das Problem war Franzis Mutter. Die mochte es überhaupt nicht, spontan mit Übernachtungswünschen überfallen zu werden. Wenn Franzi Gäste oder Ausflüge nicht rechtzeitig anmeldete, konnte sie ziemlich ungemütlich werden.

Emma sah Franzi von der Seite an. »Ist das ein Problem? Ich kann notfalls auch …«

»Nein, nein«, fiel Franzi ihr ins Wort. »Das heißt: Ja, es ist schon nicht so einfach. Meine Mutter mag solche unangekündigten Sachen nicht. Aber ich werde sie schon überzeugen können. Hoffe ich jedenfalls.«

Die beiden Mädchen verließen das Bahnhofsgebäude und liefen durch die Straßen auf die Wohnung der Webers zu. »Und jetzt verrate mir schon, warum du nicht im Internat bist!«, forderte Franzi ihre Freundin noch einmal auf.

Emma lachte fröhlich und verlagerte ihre schwere Reisetasche von der rechten auf die linke Schulter. Dann erzählte sie Franzi, was sie zuvor schon Ben erzählt hatte. »Tja, und deshalb bin ich jetzt hier«, beendete sie ihre Erklärung schließlich. »Ich dachte, dass dir vielleicht ein bisschen moralische Unterstützung in deinen ersten Schultagen nicht schaden könnte.«

Sie waren inzwischen vor der Villa angekommen, in der Franzi wohnte. Emma pfiff anerkennend. »Nicht schlecht«, sagte sie und ließ ihren Blick über Haus und Garten gleiten.

Franzi boxte sie spielerisch an die Schulter. »Komm schon, so ein Häuschen kann eine Schlossbesitzerin wie dich doch nicht beeindrucken«, schmunzelte sie. Dann führte sie die Freundin nach oben in ihre Wohnung.

Wie es ihre Art war, tat Emma sofort so, als wäre sie hier zu Hause. Sie warf ihre Tasche unbekümmert neben Franzis Bett, untersuchte neugierig deren Regale und hielt das Englischbuch, das noch immer auf Franzis Schreibtisch lag, theatralisch in die Höhe. »Oho, du bist schon zu Beginn des Schuljahres fleißig!«, flötete sie übermütig.

Franzi hob abwehrend die Hände. »Ich will halt nicht gleich unangenehm auffallen«, behauptete sie ein wenig verlegen. »Und jetzt: Psst! Ich muss telefonieren.«

Emma ließ sich auf die Couch plumpsen, während Franzi die Nummer ihrer Mutter in das Telefon tippte. Ungeduldig wartete Franzi darauf, dass das Rufzeichen endlich aufhören würde. Schließlich nahm ihre Mutter ab, und Franzi schilderte ihr die Situation. Wie sie es erwartete hatte, war die Mutter nicht begeistert. Sie betonte immer wieder, wie ungern sie solche Überraschungsgäste aufnahm. Franzi verdrehte genervt die Augen und flehte Gott insgeheim an, dass er die Mutter umstimmen möge. »Bitte, Mam. Sie wusste doch nicht, dass sie eine Ferienverlängerung bekommen würde!«

»Aber sie hätte wenigstens anrufen können.«

»Sie wollte mich doch überraschen!«

»Aber ich habe auch schon Pläne für diese Woche«, entgegnete Frau Weber.

Franzi verließ der Mut. Emma beobachtete sie interessiert und warf ihr aufmunternde Blicke zu. »Ach Mam, ich weiß, dass du so was nicht gern hast. Aber Emma wusste es doch nicht. Und sie ist auch wirklich total nett und ganz unkompliziert.«

Emma hielt sich die Hand vor den Mund, um nicht laut loszulachen. Unkompliziert war sie ganz sicher nicht. Und darauf war sie stolz. Aber sie konnte sich ja einmal Mühe geben. Franzi sah sie mit einem Blick an, der genau das besagte: Gib dir einfach mal Mühe! Emma streckte den Daumen in die Höhe. »Ich werde der bravste Gast der Welt sein!«, flüsterte sie.

Endlich gab Franzis Mutter sich geschlagen. »Na gut«, willigte sie ein, und Franzi atmete auf. »Aber du darfst wegen ihr nicht deine Schulaufgaben vernachlässigen!«

»Natürlich nicht. Vielleicht kann sie mir sogar dabei helfen. Emma ist nämlich auf einem Internat für Hochbegabte, weißt du.« Sie einigten sich darauf, dass Emma in Franzis

Zimmer schlafen sollte und dass die beiden Mädchen sich um das heutige Abendessen kümmern würden. Erleichtert legte Franzi auf.

»Gib fünf«, sagte Emma triumphierend und hielt Franzi die Hand hin. Die schlug ein und sie machten sich daran, Emmas Nachtquartier vorzubereiten. Dann gingen sie einkaufen, schlenderten noch ein wenig durch die Stadt und unterhielten sich über all die Dinge, die sich seit dem Ende der Ferien für Franzi und Emma ereignet hatten.

Franzi war glücklich. Noch vor ein paar Wochen hätte sie es nicht für möglich gehalten, dass sie jemals mit diesem Mädchen befreundet sein könnte, das so anders war als sie selbst. Und nun war Emma hier, und die Tage, die vor ihnen lagen, versprachen, spannend und amüsant zu werden. *Wie sich die Dinge doch manchmal von einer Stunde zur anderen ändern können,* dachte Franzi und war erleichtert, dass das Heimweh vom Nachmittag sich verkrümelt hatte.

Kapitel 5 · Eine unglaubliche Entdeckung

Ben fragte sich, was die Mädchen wohl machten. Er war ein bisschen traurig, dass er nicht bei ihnen sein konnte. Mit den beiden war es einfach nie langweilig, und Franzi … In sie war er definitiv schwer verliebt. Das gestand er sich mittlerweile ein, auch wenn er nicht so ganz genau wusste, ob es ihr genauso ging oder ob sie ihn nur als richtig guten Freund ansah. Aber er traute sich nicht, sie danach zu fragen. *Mit der Zeit werde ich es schon herausfinden*, dachte er.

Es war inzwischen Abend geworden, und Ben saß wieder vor seinem Computer, spielte aber nicht mehr. Seine Eltern waren von der Arbeit nach Hause gekommen und Ben hatte sich bemüht, ein netter Sohn zu sein und brav mit ihnen zu Abend zu essen. Diesmal hatte es ganz gut geklappt. Die Stimmung zwischen ihnen schien sich wieder ein wenig zu lockern, und es hatte ausnahmsweise mal keine Streiterei gegeben. Ben war zufrieden. Er hoffte, seine Eltern dazu überreden zu können, dass sie ihn in dieser Woche ab und zu nach der Schule nach Bad Godesberg fahren ließen.

Eben wollte er den Computer herunterfahren, als sein Smartphone klingelte. Es war Emma. Sie berichtete ihm, dass sie gut angekommen sei und nicht auf einer Parkbank schlafen müsse. Ben hörte Franzi im Hintergrund freche Kommentare rufen und lächelte in sich hinein.

Schließlich nahm Franzi Emma das Telefon aus der Hand, und Ben spürte, wie sein Herz einen Hüpfer machte.

»Das war eine super Überraschung, Ben!«, rief Franzi fröhlich in den Hörer. »Ich hab mir den Kopf zermartert, wen du mit dem unverhofften Besucher meinen könntest.«

Er winkte ab, auch wenn sie das nicht sehen konnte. »War alles Emmas Idee«, erwiderte er, und seine Stimme hörte sich ein wenig kratzig an. Warum um alles in der Welt war er so nervös?

Franzi redete weiter, und er konnte an ihrer Stimme hören, dass sie ihr heiteres Franzi-Strahlen aufgesetzt hatte. »Egal, jedenfalls hast du gut mitgespielt. Aber wir fänden es blöd, ohne dich was zu unternehmen. Wir wollen morgen nach Köln kommen, wenn es geht. Hast du Zeit? Und willst du uns überhaupt sehen?« *Willst du* mich *sehen?*, dachte Franzi und fühlte, wie ihre Finger kühl wurden. Sie hatte immer noch ein bisschen Angst, dass Ben Emma attraktiver finden könnte als sie – schließlich sah Emma aus wie ein Mädchen, das gute Chancen als Topmodel hätte.

Bens Antwort enttäuschte sie nicht. »Ich will dich immer sehen!«, platzte er heraus und fügte dann rasch hinzu: »*Euch*, meine ich natürlich.«

Erleichtert und glücklich hüpfte Franzi mit dem Telefon durch ihr Zimmer auf die Couch zu, auf der Emma sich bereits niedergelassen hatte. »Super!«, sagte sie und strahlte

Emma an. »Ich hab bis halb drei Schule. Meine Mutter hat erlaubt, dass wir dann direkt nach Köln fahren.«

»Aber nur, wenn ich ihr dann abends bei den Hausaufgaben helfe!«, flötete Emma selbstbewusst aus dem Hintergrund.

Franzi warf ihr einen strafenden Blick zu, musste aber gleichzeitig lachen. »Ja, ja, meine Mutter hat Angst, dass ich sonst nichts lerne. Also – wo sollen wir uns dann treffen?«

»Ich hole euch am Bahnhof ab«, schlug Ben vor. »Aber ich kann nur bis kurz vor sechs was mit euch machen«, fiel ihm dann ein. »Ich hab dienstags Handballtraining.«

»Ist kein Problem.« Franzi überschlug rasch, dass sie dann nur etwa eineinhalb Stunden Zeit miteinander hatten, und schluckte ihre Enttäuschung herunter. »So viel länger können wir sowieso nicht bleiben, die Rückfahrt dauert ja auch.«

»Und vielleicht können wir im Laufe der Woche auch noch mal kommen«, tröstete Emma die beiden.

Ben und Franzi verabschiedeten sich voneinander und legten auf.

»Ihr seid so süß!«, sagte Emma.

Franzi sah sie überrascht an. »Was meinst du?«, fragte sie und zog die Stirn in Falten.

Emma sprang auf und streckte sich, als habe sie zu lange still gesessen. Dabei waren es gerade einmal fünf Minuten gewesen, die sie auf dem Sofa verbracht hatte. »Das fragst du noch?«, meinte sie und grinste wie jemand, der einen anderen bei etwas ertappt hatte. »Ihr seid das knuffigste Pärchen, das ich kenne.«

Franzi wurde rot und strich sich verlegen eine Haarsträhne

hinters Ohr. »Quatsch«, gab sie zurück. »Wir sind ja gar nicht richtig zusammen.« Dabei verzog sie so komisch das Gesicht, dass Emma lachen musste.

»Na, dann wird es aber Zeit«, sagte sie unverblümt. »Das sieht ja ein Blinder, dass ihr ineinander verliebt seid!«

Franzi schnappte sich ein Kissen und warf es auf Emma. »Misch dich da lieber nicht ein«, bat sie und duckte sich, um Emmas Gegengeschoss auszuweichen. »Das klären wir schon allein, wenn es so weit ist, okay?«

Emma schnappte sich eines der Kuscheltiere, von denen Franzi sich noch nicht getrennt hatte. »Na gut. In Gegenwart dieses Häschens hier verspreche ich dir hoch und heilig, dass ich mich nicht in den Beziehungsstatus von Franziska Weber und Ben Fallob einmischen werde«, erklärte sie, als stünde sie vor Gericht.

Franzi nahm ihr den Hasen ab und knuffte sie damit in die Seite. »Danke. Ich meine das übrigens ernst.«

»Ich weiß. Leider, leider, denn die gute Emma ist eine ausgezeichnete Heiratsvermittlerin! Frag meine Freunde.«

Jetzt warf Franzi ihr doch noch den Hasen gegen die Brust. »Grr! Mag ja sein. Aber jetzt will ich nichts mehr davon hören!«

»Schade«, grinste Emma. »Sonst hätte ich dir vielleicht auch noch meine kleinen Geheimnisse verraten.«

»Das darfst du ruhig trotzdem machen.«

Während die Mädchen sich angeregt plappernd ihr Nachtquartier zurechtmachten und sich schlafen legten, konnte Ben sich noch immer nicht von seinem Computer trennen.

Seine Gedanken kreisten die ganze Zeit um Franzi. Um sich abzulenken, fing er schließlich an, Informationen über die Burg Rosenfels zu googeln. Das Internet war überschwemmt von Nachrichten über die Burg. Doch die Schlagzeilen interessierten Ben schon lange nicht mehr. In den letzten Wochen hatte er schon so viele von ihnen gelesen. Er fand es viel spannender, die Websites und Blogs zu besuchen, auf denen Leute über die Erfindungen des Technikus diskutierten. Das waren keine reinen Meldungen und Artikel von Fachleuten, unter die seltsame Kommentare geschrieben wurden. Nein, es entwickelte sich so etwas wie ein Fanklub des ominösen Technikus der Burg Rosenfels. Das große Buch mit der Geschichte von Sonnhild und Ludewig wurde in Ausschnitten im Internet veröffentlicht. Auch einige Passagen aus dem Heft des Technikus, das Ben damals bei ihrer ersten Tour durch die Geheimgänge aus dem Labor mitgenommen hatte, wurden von Emmas Eltern online gestellt. Die vollständigen Werke wollten sie aber über einen Verlag als Buch veröffentlichen. Um diese Textstücke herum bildeten sich Fanseiten, auf denen irgendwelche Leute schlaue oder auch nicht so kluge Diskussionen über die Burg und die Erfindungen führten.

Ben interessierte sich am meisten für die Foren, die sich auf die technischen Details stürzten. Besonders die orangenen Kristalle erregten wie erwartet die Gemüter der Technikfans. Es war einfach sensationell, was der Technikus auf dem Gebiet der Piezoelektronik und Piezolumineszenz entwickelt hatte.

Ben las sich die neusten Kommentare in verschiedenen Foren durch und seufzte einmal mehr, weil er nicht mehr auf der Burg war und die Forschung nicht hautnah miterleben konnte. Diesen Gedankenaustausch im Internet zu lesen, hinterließ ein bitteres Gefühl in ihm. Alle diese Leute diskutierten, als hätten sie wirklich Ahnung von dem, was da in den unterirdischen Gängen der Burg zu finden war. Dabei hatten sie es – im Gegensatz zu ihm – nie mit eigenen Augen gesehen! Er vermied es aber, sich in die Unterhaltungen einzumischen. Ab und zu hatte er unter seinem nichtssagenden Benutzernamen ein paar Details eingestreut, aber er hatte keine Lust, die pseudointelligenten Kommentare zu beantworten, die darauf zurückkamen. Das machte ihn nur wahnsinnig, weil er nicht verraten wollte, dass er selbst dort unten gewesen war. Heute war nicht viel Interessantes in den Foren zu finden. Die Leute redeten sich die Köpfe heiß, hatten aber keine neuen Informationen. Ben wollte schon aufhören zu lesen und endlich ins Bett gehen, als er einen Eintrag fand, der ihn stutzig machte.

»Ich muss sagen, ich verstehe die Aufregung um diese Schriften nicht, die auszugsweise von den Hohen-Emsheims veröffentlicht werden«, las Ben zu seinem Erstaunen. *»Mein Bekannter hat bereits vor Jahren, genauer gesagt 2005, ähnliche Texte online gestellt. Ich verweise hiermit auf meine Website ›Medieval ideas about piezoelectronics – Mittelalterliche Ansätze zur Piezoelektronik‹, auf der ich seine Erläuterungen erneut der Öffentlichkeit zur Verfügung stelle.«*

Es folgte ein Link zu einer Seite im Internet, den Ben sofort anklickte. Sein Pulsschlag beschleunigte sich blitzartig, als die Seite sich öffnete. Es war eine amerikanische

Domain, auf der in Englisch ähnliche Kristalle wie die des Technikus beschrieben wurden. Ben war froh, dass seine Englischkenntnisse ganz gut waren. Das hatte er den vielen Programmiererartikeln zu verdanken, die er seit einigen Jahren las. Die Burg Rosenfels wurde auf der Website nicht erwähnt, auch nicht der Technikus. Doch die Beschreibungen passten so genau zu dem, was Franzi, Ben und Emma in den Geheimgängen und durch den Kristall aus der Bibliothek entdeckt hatten, dass es dem Jungen beinahe den Atem verschlug. Ben klickte sich durch die verschiedenen Menüpunkte auf der Seite. Der Betreiber der Seite hatte zahlreiche Texte verfasst, die für Ben absolut nachvollziehbar klangen, weil er gesehen hatte, was der Technikus entwickelt hatte.

Das Gästebuch quoll dagegen über von abwertenden Kommentaren. *»Komplette Spinnerei«*, war einer der letzten Einträge, verfasst im Jahr 2008. *»Wer auch immer sich das ausgedacht hat: Es ist Nonsens. Woher haben Sie die angeblich antiken Schriften?«* Eine Antwort auf diese Frage erschien auf der Website nicht. Ben suchte überall danach, aber der Autor gab nur bekannt, dass er im Besitz eines alten Buches sei, eines Erbstücks seiner Familie. Diese Schrift enthalte die Informationen, die er hier ausschnittsweise beschrieben habe. Das Interessanteste, was Ben fand, war eine schlichte Zeichnung, die als Bild eingescannt worden war. Sie zeigte einen Kristall, der in eine Vorrichtung eingespannt war, mit der Druck auf den Stein ausgeübt werden konnte. Ben starrte ungläubig darauf. Nicht nur, dass das Bild genau das zeigte, was Ben von der Burg kannte. Es enthielt auch einen kleinen, unauffälligen Schriftzug. Den konnte Ben zwar nicht entziffern, aber es war eindeutig die gleiche Schrift wie die, die sie in dem großen Buch und auch in dem Heft vorgefunden hatten, das er aus dem Labor entwendet hatte.

»Das kann doch nicht wahr sein!«, rief Ben aus, obwohl er allein in seinem Zimmer war. Der Ersteller der Website musste eine Schrift des Technikus haben. Gab es davon vielleicht noch mehrere? Warum wusste anscheinend keiner davon? Waren doch nicht alle bekannten Hinterlassenschaften des Technikus in den Gängen oder in der Bibliothek auf Burg Rosenfels? Gut, bisher hatte es keinen Anlass gegeben, solche Schriften und Zeichnungen angeblich mittelalterlichen Ursprungs ernst zu nehmen. Wer hätte schon gedacht, dass man sie wirklich umsetzen konnte? Aber diese Zeichnungen stammten ohne Zweifel aus der Feder des Technikus, davon war Ben überzeugt. Und er war der Meinung, dass zumindest Emmas Eltern darüber Bescheid wissen mussten. Warum hatten sie das nicht erwähnt, als die Forschungen um die Kristalle begannen? Oder hatte er, Ben, bisher nur nichts davon mitbekommen?

Ben beschloss, Emmas Vater eine E-Mail zu schreiben, um zu erfahren, ob dieser von weiteren Schriften des Technikus wusste. Er kopierte den Link zur Website hinein und schickte die Nachricht ab. Dann ging er ins Bett und fiel in einen unruhigen Schlaf, der ihm wirre Träume bescherte.

Kapitel 6 · Treffen im Eiscafé

Am nächsten Morgen hatte das Wetter umgeschlagen. Franzi machte sich mit tief ins Gesicht gezogener Kapuze auf den Weg zur Schule, während Emma sich von ihrer besten Seite zeigte und Franzis Mutter half, den Frühstückstisch abzuräumen. Frau Weber hatte an diesem Morgen viel Zeit, weil sie sich dienstags um die Angelegenheiten der von Bernheims kümmerte. Als deren private Sekretärin arbeitete sie an zwei Tagen die Woche für ein paar Stunden in der von Bernheimschen Wohnung. Mit ihrem Charme, den Emma an den Tag legen konnte, wenn sie nur wollte, hatte sie es geschafft, Franzis Mutter für sich zu gewinnen. Angeregt plaudernd räumten die beiden die Küche auf.

Franzi trottete unterdessen durch den Regen. Ihr Blick war auf den Boden gerichtet, wo unzählige Tropfen beständig in die großen Pfützen platschten. Matschiges Laub lag auf den Gehwegen, die sonst so sauber gehalten wurden. Doch das Wetter war in dieser Nacht schneller gewesen als die Menschen mit ihren lauten Laubbläsern. Je näher Franzi der Schule kam, desto mehr Menschen wimmelten um sie herum. Von allen Seiten strömten Kinder in bunten Regenjacken und Jugendliche mit ausgefallenen Schirmen herbei. Franzi versuchte, jemanden zu finden, der zu ihrer Klasse gehörte. Doch unter all den Schirmen konnte sie kein bekanntes Gesicht entdecken. Sie schlüpfte ins Gebäude und streifte erleichtert die tropfnasse Kapuze vom Kopf. Dann lief sie zur Treppe hinüber, die zu ihrem Klassenraum führte. Die erste Stunde heute war Mathematik. Ein paar Stufen vor sich entdeckte Franzi ein Mädchen mit dunklem Bobschnitt, das einen schwarzen, elegant geschnittenen Regenmantel trug.

»Liv!«, rief sie und nahm ein paar Stufen auf einmal, um zu ihr zu gelangen. »Hi«, sagte sie fröhlich, als sie neben ihr angekommen war. »Tolles Wetter, oder?«

Liv sah sie mit diesem genervten Blick an, mit dem sie Franzi immer bedachte, und ging weiter, ohne ihren Schritt zu verlangsamen. Sie brummte etwas, das man mit viel gutem Willen vielleicht als Erwiderung auf das »Hi« deuten konnte.

Franzi beschloss, sich heute nicht so schnell abschütteln zu lassen. »Dein Mantel steht dir super«, sagte sie mit ehrlicher Anerkennung. Liv blieb unbeeindruckt und sagte nichts. »Glaubst du, dass Herr Fedgenheuer uns demnächst einen Mathe-Test schreiben lässt?«, fragte Franzi tapfer weiter, um Liv eine Antwort zu entlocken.

Die zog die Brauen in die Höhe. »Er lässt in jeder Stunde einen Test schreiben«, gab diese patzig zurück, als sei das etwas, was jeder wissen müsse.

Franzi war ehrlich erschrocken. »Aber …«

»Nur in den ersten Stunden nach den Ferien nicht«, unterbrach Liv sie, bevor sie ihren Einwand aussprechen konnte. »Du wirst es schon sehen. Er nennt es ›TÜ – tägliche Übung‹.«

»Ach du liebe Zeit«, murmelte Franzi. »Ich hab doch in der letzten Stunde nichts kapiert und bin an den Hausaufgaben verzweifelt. Ich dachte, er erklärt es heute noch mal.«

»Macht er auch«, sagte Liv und zeigte so etwas Ähnliches wie ein Lächeln. Das sah allerdings nicht freundlich, sondern nur spöttisch aus. »Aber erst, nachdem wir den Test geschrieben haben.«

Franzi spürte ein Brennen in der Magengegend. Sie hatte wirklich nicht verstanden, wie die Aufgaben zu lösen waren. Dummerweise hatte sie Emma auch nicht um Hilfe gebeten, weil sie nicht erwartet hatte, dass es schon heute einen Mathe-Test geben könnte. Liv achtete nicht darauf, dass Franzi hinter ihr zurückblieb, und verschwand im Klassenzimmer. Betroffen folgte Franzi ihr.

»Hey Franzi!« Eine weibliche Stimme riss sie aus ihren sorgenvollen Gedanken. Es war Zoe, die schon an ihrem Tisch saß. Franzis Gesicht hellte sich auf. Mathe-Test hin oder her – etwas Gutes hatte dieser Tag schon: Liv hatte sich dazu herabgelassen, ein paar Worte mit ihr zu wechseln. Und Zoe begrüßte sie freiwillig.

»Hallo«, lächelte Franzi ihr zu. Zoe sprang auf und begleitete sie zu ihrem Sitzplatz. Liv hatte ihre Schultasche bereits abgestellt und hockte mit verschränkten Armen an ihrem Platz. Auf den Ohren hatte sie schwarz-silberne Kopfhörer, aus denen gedämpfte Beats zu hören waren.

»Legst du es auf Stress mit Fedgenheuer an, Liv?«, fragte Zoe, bekam aber keine Antwort.

»Warum?«, wollte Franzi wissen.

»Weil Kopfhörer in der Schule verboten sind.«

»Aha.« Franzi nickte und betrachtete Liv nachdenklich. *Was ist nur mit ihr los?*, fragte sie sich insgeheim. Sie zog ihre Jacke aus und hängte sie an die Garderobe im vorderen Teil des Klassenzimmers.

Zoe wartete, bis sie zurück war. »Bist du bereit für die TÜ?«, fragte sie.

Franzi schüttelte besorgt den Kopf. »Bis vor ein paar Minuten wusste ich davon gar nichts. Und ich bin grottenschlecht in Mathe.«

»Geht mir auch so«, meinte Zoe leichthin. Sie zupfte an ihren strubbeligen blonden Haaren und drehte den Verschluss ihrer Halskette nach hinten. Dabei schaute sie ein wenig gedankenverloren durch das Klassenzimmer.

Franzi folgte ihrem Blick und sah Emilio, der eben angekommen war und seine Schulsachen auspackte. »Magst du ihn?«, hörte sie sich fragen und hätte sich am liebsten die Zunge abgebissen. Hoffentlich war Zoe jetzt nicht beleidigt, weil Franzi ihr so eine Frage stellte. Doch die grinste nur ein wenig verzückt.

»Ups, ist das so offensichtlich?«, kicherte Zoe verlegen. »Ähm – ja, ich find ihn süß. Aber er ist mit einer aus der 9 c zusammen.«

»Hm, schade«, sagte Franzi.

»Aber das muss ja nichts heißen.« Zoe war zuversichtlich. »Typen ändern ihre Meinung manchmal ziemlich schnell.«

Ob das so gut ist?, fragte Franzi sich insgeheim, hielt aber den Mund. *Warum sollte er seine Meinung bei der einen Freundin schnell ändern und bei der anderen dann lange bleiben?*

»Die aus der 9c passt überhaupt nicht zu ihm, das wird er bestimmt bald merken.« Zoe sprang von der Tischkante und strich ihren Pullover glatt. »Da kommt Clara.« Sie ließ Franzi sitzen und ging auf ihre beste Freundin zu. Clara hob kurz die Hand, um Franzi zu grüßen, kam aber nicht an deren Tisch. Sie setzte sich an ihren Platz und begann, mit Zoe zu quatschen.

Franzi machte sich nichts daraus. Sie war froh, dass Zoe sich ein bisschen mit ihr unterhalten hatte. Die Angst vor dem Mathe-Test kam wieder in ihr hoch und sie holte ihr Arbeitsbuch hervor. Bis zum Stundenklingeln starrte sie noch in das Buch. Die Aufgaben ergaben für sie aber trotzdem noch genauso wenig Sinn wie vorher. Seufzend ergab sie sich ihrem Schicksal, als Herr Fedgenheuer schließlich den Raum betrat. Wie von Liv und Zoe angekündigt, ließ er die Schüler eine »TÜ« schreiben, die für Franzi genauso schlecht lief, wie sie befürchtet hatte.

Am Nachmittag hatte sich der Regen verzogen. Der Himmel war immer noch grau verhangen, als Franzi nach Hause lief, aber sie brauchte ihre Kapuze nicht mehr. Emma erwartete sie schon ungeduldig. In der Küche stand die Mutter am Herd und rührte in einem Topf, aus dem es verführerisch duftete.

Franzi begrüßte Emma und gab ihrer Mutter einen Kuss auf die Wange. »Das ist voll lieb, dass ihr mit dem Essen auf mich gewartet habt!«, strahlte sie.

»Ich bin auch fast verhungert«, jammerte Emma mit einem Augenzwinkern. Frau Weber stellte den Topf auf den Tisch, und die drei setzten sich. Franzi genoss es, mit den beiden in der gemütlichen Küchenecke zu sitzen. Der Küchentisch war ihr Lieblingsplatz in der Wohnung. Vor allem, wenn es den leckeren Eintopf gab, den ihre Mutter gekocht hatte.

»Mittagessen um drei Uhr nachmittags.« Emma schüttelte den Kopf. »So was gibt es bei uns im Internat nicht.«

»Tja, jetzt lernst du mal das Alltagsleben des gemeinen Fußvolkes kennen«, grinste Franzi und stupste Emma ihren Ellbogen in die Seite.

Die wehrte sich nicht, sondern sah tatsächlich nachdenklich aus. »Ich glaube, ich lebe normalerweise wirklich in einer ganz anderen Welt als die meisten Teenager. Ist mir bisher nur nicht aufgefallen.«

Franzi lächelte verständnisvoll. »Keine Sorge«, beruhigte sie ihre adlige Freundin. »Wir fühlen uns sehr wohl in unserer simplen Drei-Uhr-nachmittags-Mittagessen-Welt, oder, Mam?« Die nickte zustimmend und verteilte die Suppe auf die Teller.

Emma schnupperte genießerisch und hob schon den Löffel zum Mund, als Franzis Mutter sagte: »Franzi, betest du heute?« Emma wurde rot und ließ schuldbewusst den Löffel wieder auf den Teller sinken.

Franzi musste lachen. »Arme Emma, wir überfordern dich voll mit unseren Familiensitten.«

»Quatsch«, murmelte Emma, sah aber trotzdem noch ein bisschen verlegen aus. »Ich komme halt nicht aus einer frommen Familie.«

»Na, eigentlich schon«, konnte Franzi sich nicht verkneifen zu sagen. »Sonnhild und Ludewig ...«

»... sind schon ziemlich lange tot«, fiel ihre Mutter ihr ins

Wort. »Komm, bete, bevor das Essen kalt wird. Dann könnt ihr immer noch weiter diskutieren.«

»Okay, okay.« Franzi sagte ein kurzes Tischgebet und griff zum Löffel.

Emma pustete in ihre Suppe und probierte. »Mmh, echt lecker!«, stellte sie anerkennend fest. »Und jetzt sag schon, was du über Sonnhild und Ludewig sagen wolltest.«

Franzi aß ein paar Löffel von dem Eintopf, bevor sie antwortete. Sie war ganz schön hungrig. Außerdem überlegte sie, wie viel sie Emma schon über die Geschichte von Sonnhild und Ludewig erzählt hatte. Die beiden waren ein Königspaar, das vor mehr als fünfhundert Jahren auf der Burg Rosenfels gelebt hatte. Emma stammte von ihnen ab, hatte aber bis vor Kurzem kaum mehr über sie gewusst als das, was die Legenden besagten. Und diesen Legenden hatte sie keinen Glauben geschenkt, weil sie von Geheimgängen unter der Burg und von einem seltsamen Mann erzählten, der die Braut des Prinzen Ludewig in seine Geliebte verwandelt haben sollte. Durch die Entdeckung der unterirdischen Räume in der Burg hatte sich für Emma einiges geändert. Es hatte sich herausgestellt, dass ein Teil der Legende wahr war. Allerdings hatte das nichts mit Zauberei zu tun. Es gab etwas, was für Franzi am wichtigsten an der Geschichte war. Und das war die Tatsache, dass Gott ganz offensichtlich dabei seine Finger im Spiel gehabt hatte. Und dass Sonnhild Gott ganz fest vertraut hatte. Also konnte Emma nicht behaupten, dass ihre Familie nicht gläubig war. Na ja, vielleicht waren die fünfhundert Jahre, die zwischen Sonnhild und Emma lagen, nicht ganz unbedeutend.

»Ich meine ja nur, dass deine Vorfahren schon ganz schön fromm waren, wenn du es so nennen willst.« Emma runzelte die Stirn, und Franzi fügte rasch hinzu: »Aber damit meine ich auch nicht gerade die Tischgebete. Es gibt Wichtigeres als die. An Gott zu glauben bedeutet ja nicht bloß, vor dem Essen zu beten.«

»Schon gut«, winkte Emma ab. »Ich weiß ja, dass du da ziemlich krass drauf bist. Aber Glaube ist Privatsache, und ich kann damit nun mal nichts anfangen. Trotzdem, nichts gegen Tischgebete. Ich finde das irgendwie süß. Und jetzt sag mal: Wie war die Schule?«

Diese Frage hätte ich eher von meiner Mutter erwartet, dachte Franzi ein wenig enttäuscht. Sie hätte Emma gern erklärt, dass Gott für sie viel mehr war als ein Grund für frommes Benehmen. Aber sie spürte, dass Emma keine Lust hatte, weiter darüber zu reden. »Ach, war eigentlich ganz okay«, gab sie deshalb nur zurück und nahm einen Löffel Suppe.

Der Tonfall machte ihre Mutter aufmerksam. »Was heißt das denn?«, bohrte sie nach.

Franzi runzelte die Stirn und blies angestrengt auf ihren Löffel, obwohl die Suppe gar nicht mehr so heiß war. Sie hatte keine Lust auf eine Diskussion über ihre nicht vorhandenen Mathe-Kenntnisse. Aber sie kannte ihre Mutter. Sie würde nicht locker lassen, bis Franzi ihr sagte, was los war. »Wir haben überraschend einen Mathe-Test geschrieben«, murmelte sie deshalb und schob den Löffel in den Mund.

»Und ...?«

»Und ich schätze, dass ich eine Fünf bekomme. Ich hatte das einfach nicht kapiert, und ...«

»Warum hast du es dir denn nicht von Emma oder mir erklären lassen? Ich wusste, dass es nicht gut ist, wenn du eine Freundin ...«

»Das hat mit Emma nichts zu tun!« Franzi wäre beinahe wütend aufgesprungen, wenn Emma ihr nicht unter dem Tisch warnend vor das Schienbein getreten hätte. So zog sie, erschrocken über den Schmerz, scharf die Luft ein und sah Emma überrascht an. Deren Gesichtsausdruck sagte: Bleib locker!

»Ich dachte, dass der Lehrer es heute noch mal erklärt«, gestand Franzi nun kleinlaut. »Ich hab nicht damit gerechnet, dass er Tests schreibt, ohne sie anzukündigen. Das hat mein alter Lehrer nie gemacht.«

»Damit muss man aber rechnen«, hieb ihre Mutter in die Wunde.

Franzi schluckte ihren Ärger mit der Suppe hinunter. »Jetzt weiß ich ja Bescheid«, sagte sie mürrisch. »Ich bin gewarnt und werde mir Mühe geben, dass es nicht wieder vorkommt.«

Der Rest des Mittagessens verlief einigermaßen friedlich. Die beiden Mädchen beeilten sich, gleich danach zum Bahnhof zu kommen. Erleichtert lehnte Franzi sich in der Bahn zurück, während diese langsam aus der Stadt hinauszuckelte.

Emma hatte diesen Ausdruck auf dem Gesicht, der sie total überheblich wirken ließ. Es sah aus, als wäre sie eine Königin, die ihr Fußvolk herablassend betrachtete. Als Franzi Emma auf Burg Rosenfels kennengelernt hatte, war sie damit überhaupt nicht klargekommen. Emma war ihr absolut unsympathisch gewesen, zumal sie damals auch noch ein Auge auf Ben geworfen zu haben schien. Aber es hatte sich wieder einmal als wahr erwiesen, dass ein Mensch nicht unbedingt das ist, was man auf den ersten Blick von ihm denkt. Gut,

Emma fehlte es tatsächlich nicht an Selbstbewusstsein und sie konnte auch zickiger sein als der Durchschnitts-Teenager. Aber im Grunde war sie echt nett, und Franzi hatte sie mittlerweile richtig ins Herz geschlossen.

Die Bahn schnurrte über die Gleise, und von Haltestelle zu Haltestelle spürte Franzi, wie ihre Nervosität stieg. Gleich sah sie Ben wieder. Sie spürte, wie ihre Finger kühl wurden und ihr Magen zu flattern begann. Was war nur los? Sie kannte Ben schon seit mehr als drei Monaten. Warum wurde sie bei jedem Treffen aufgeregter? War das normal?

Endlich kam der Zug in Köln an, und Franzi sprang auf den Bahnsteig. Emma folgte ihr hoheitsvoll, wie es ihre Art war.

Ben kam mit schnellen Schritten auf die beiden Mädchen zu und nahm Franzi gleich in die Arme. »Hey, schön, dich zu sehen«, murmelte er neben ihrem Ohr.

Franzi sah ihm ins Gesicht. Der Blick aus seinen braunen Augen schien wie ein Blitz in ihren Magen einzuschlagen, und wie üblich begann ihr Herz wieder zu rasen. »Ich freu mich auch«, brachte sie mit einiger Anstrengung hervor.

Ben lächelte warm und ließ sie los. Dann wandte er sich Emma zu. »Hi, Eure Majestät«, begrüßte er sie scherzhaft.

Emma hob gespielt würdevoll die Hand zum Gruß, schlug ihm dann jedoch ganz und gar nicht aristokratisch auf die Schulter. »Grüß dich«, lachte sie, um ihn gleich darauf anzutreiben: »Na los, nun zeig uns mal, was ihr hier in Köln zu bieten habt.«

Ben hob überrascht die Hände. »Ich dachte, ihr habt euch schon eine Liste gemacht, was ihr alles sehen wollt!«, wehrte er ab.

Aber Emma ließ das nicht gelten. Sie überredete Ben, ihnen eine kleine Stadtführung zu geben, bei der sie sich allerdings mehr für die Modegeschäfte als für historische Sehenswürdigkeiten interessierte. Zum Schluss setzten sie sich in ein Café und aßen Eis. Ben fand die Gelegenheit passend, die Sprache auf den Text aus dem Internet zu bringen.

»Hast du eine Ahnung, ob es schon mal irgendwo anders als auf der Burg Bücher vom Technikus gab?«, fragte er Emma.

Die zuckte mit den Schultern. »Ich weiß nicht«, sagte sie schließlich. »Ich hab mich ehrlich gesagt nie besonders dafür interessiert. Die ganzen alten Bücher in der Bibliothek hab ich mir nie angesehen. Ich dachte, dass es nur langweiliger Geschichtskram ist. Es sind ja sowieso hauptsächlich Werke aus dem letzten Jahrhundert. So ganz alte Schinken wie den mit dem Kristall haben wir nur wenige. Und vom Technikus hatte vor eurer Entdeckung keiner gehört, glaube ich … Jedenfalls nicht als technisches Genie, sondern höchstens als Burgchronist und in der Legende als ›Berater des Königs‹. Hast du meinen Vater schon gefragt?«

Ben leckte seinen Eislöffel ab und nuschelte: »Hab ihm gestern eine Mail geschrieben.« Emma sah ihn mit hochgezogenen Augenbrauen an und Ben erinnerte sich, dass sie Wert auf gute Tischmanieren legte. Er schluckte das Eis hinunter und ergänzte brav mit leerem Mund: »Ich hab im Internet einen Text gefunden, der mich stark an den Technikus erinnert hat.«

Die Mädchen starrten ihn überrascht an.

»Wieso denkst du …«

»Warte!« Ben wehrte den Einwurf von Franzi mit erhobener Hand ab. »Ich erkläre es gleich. Ich wollte nur erst mal wissen, ob ich vielleicht ganz umsonst die Pferde scheu gemacht habe, weil es ganz viele Technikus-Schriften gibt, die außerhalb der Burg kursieren. Kann ja sein, dass er was verbreitet hat, ohne es mit Rosenfels in Verbindung zu bringen.«

Emma zuckte noch einmal mit den Schultern, und Franzi schüttelte ungläubig den Kopf. »Das kann ich mir nicht vorstellen«, sagte sie. »Er war doch eher der stille Tüftler, der im Verborgenen gearbeitet hat. Du weißt doch, in dem Buch im Gang stand, dass die Menschen ihn für einen Magier hielten.«

»Stimmt.« Ben nickte und nahm noch einen Löffel voll Eis. »Er hat geschrieben, dass die Welt noch nicht bereit sei für seine Erfindungen und dass er sie deshalb nicht an die Öffentlichkeit bringen könne.«

Franzi musste lachen. Die Worte, die der Technikus in seinem Buch so poetisch in mittelalterlichem Deutsch niedergeschrieben hatte, klangen in Bens freier Übertragung witzig. »Genau. Deshalb glaube ich nicht, dass er seine Ideen verbreitet hat. Höchstens an irgendeinen Kollegen oder so …«

Emma sah fragend von einem zum anderen. Sie konnte bei diesem Thema nicht mitreden, weil sie nicht mit im Geheimgang gewesen war. Auch jetzt, nachdem die Gänge und ihre Geheimnisse zugänglich waren, hatte sie das Buch nicht ganz gelesen. Sie wartete darauf, dass es in moderner Schrift erhältlich sein würde. Aber das konnte noch dauern, denn die Archäologen hatten alle Hände voll zu tun mit dem, was sich in den unterirdischen Gewölben der Burg noch alles finden ließ.

»Nun sag schon, warum du denkst, dass der Text im Internet vom Technikus stammen sollte«, wollte Emma jetzt ungeduldig wissen.

Ben kramte ein zusammengefaltetes Blatt aus seiner Tasche. »Hier, das ist ein Bild von der Website. Ich hab es ausgedruckt. Mein Smartphone kann die Seite nicht komplett anzeigen, aber ich schicke euch nachher einen Link. Dann könnt ihr zu Hause selbst nachsehen.«

Emma begutachtete das Bild kritisch. »Das kann doch von jedem anderen stammen«, behauptete sie.

Aber Franzi sah auf den ersten Blick, was Ben meinte. »Nein, du hast recht, Ben! Die Schrift stammt eindeutig von ihm.« Ihr Gesicht wurde ganz rot vor Aufregung, und Ben sah sie mit glänzenden Augen an. Also hatte er sich nicht getäuscht. Jetzt war er gespannt auf die Antwort von Emmas Vater.

Emma konnte die Aufregung nicht ganz nachvollziehen. Gut, es gab also vielleicht noch anderswo Schriften des Technikus. Aber warum sollte das so spannend sein? Die beiden witterten doch allem Anschein nach überall Geheimnisse und Abenteuer. Wobei – der Erfolg gab ihnen recht. Vielleicht war diese Website doch eine Fundgrube für irgendetwas.

»Okay, okay, es mag ja interessant sein, was der Technikus außerhalb der Burg Rosenfels so getrieben hat. Aber jetzt würde mich erst mal interessieren, wie du überhaupt auf diese Website gestoßen bist«, mischte Emma sich nun wieder in das Gespräch ein.

Ben nahm das Blatt zurück und faltete es wieder zusammen. »Ich bin in ein paar Foren eingetreten, wo Leute sich über die Sachen unterhalten, die jetzt so langsam über die Kristalle bekannt werden, die der Technikus erfunden hat. Piezoelektronik nennt man ja das, was er da nutzbar gemacht hat. Und in einem dieser Foren hat jemand, der aus Amerika stammt, behauptet, dass er schon vor Jahren das veröffentlicht hat, was wir da entdeckt haben. Er sagt, er habe eine Schrift, in der genau das schon steht, was auf Rosenfels gefunden wurde. Und so wie es aussieht, stimmt das ja auch.«

»Und bis jetzt hat es niemand ernst genommen, weil es nur eine Theorie aus dem Mittelalter war, stimmt's?« Franzi konnte Bens Aufregung gut verstehen. Das hier war wirklich interessant. Es gab also vermutlich eine vom Technikus verfasste Abhandlung über die Kristalle. In der Burg hatte man bisher nur Notizen zur Entwicklung gefunden – Hefte und einzelne Blätter im Labor, auf denen Beobachtungen, Überlegungen und Skizzen zu finden waren. Aber ein Buch oder eine Schrift, in der alles erklärt und zusammengefasst war? Hatte der Technikus seine Erfindung wirklich so dokumentiert und dann an jemanden außerhalb der Burg weitergegeben?

»Also, ich finde es schon wahrscheinlich, dass er seine Erkenntnisse gebündelt aufgeschrieben hat«, meinte Ben.

Franzi nickte zustimmend. »Ja, das sieht ihm schon ähnlich. Ein ordentlicher Wissenschaftler macht so was. Es ist nur komisch, dass diese Schrift nicht auf der Burg geblieben ist.«

»Oder vielmehr, dass ich nichts davon weiß«, maulte Emma. Es kratzte ein wenig an ihrer Ehre, dass sie als Tochter der Burgbesitzer weniger über die Sache wusste als zwei Teenies, die Rosenfels bis vor wenigen Monaten noch nicht einmal gekannt hatten.

Ben lächelte sie versöhnlich an. »Warten wir mal ab, was dein Vater dazu sagt«, meinte er beschwichtigend. »Vielleicht gibt es ja eine ganz einfache Erklärung. Zum Beispiel könnte derjenige, der die Schrift besitzt, doch mit euch verwandt sein.«

»Genau!« Franzi fand diesen Gedanken gut und war froh, Emma wieder einbeziehen zu können. Es war ihr nicht entgangen, dass Emma enttäuscht davon war, nicht so richtig mitreden zu können. »Habt ihr vielleicht Verwandtschaft in den USA?«

Emma überlegte. Schließlich schüttelte sie resigniert den Kopf. »Nicht, dass ich wüsste«, seufzte sie. »Jedenfalls hab ich noch nie von jemandem gehört.«

»Tja, es wird uns wohl nichts anderes übrig bleiben als zu hoffen, dass dein Vater Ben bald antwortet. Oder können wir ihn anrufen?«

Emma wehrte ab. »Nein, er mag es nicht, gestört oder gedrängt zu werden.«

»Außerdem müssen wir los!«, rief Franzi erschrocken und sprang auf. »Ich hab total vergessen, auf die Uhr zu schauen. Unser Zug fährt in sechs Minuten!«

»Oha.« Emma raffte ihre Sachen zusammen und schlüpfte in ihren Mantel.

»Kannst du unsere Eisbecher mitbezahlen?«, fragte Franzi und legte zwei Geldscheine auf den Tisch.

Ben sah sie kritisch an. »Klar, mache ich. Aber das hier ist viel zu viel Geld.«

Franzi winkte ab. »Ach was, es reicht gerade für alle drei Becher und ein bisschen Trinkgeld.« Ben kniff die Augen zusammen. »Versuch nicht, böse zu gucken«, lachte Franzi ihn aus. »Ist doch ganz klar, dass ich für dich mitzahle. Ich bin doch jetzt ein reiches Mädchen!« Sie zwinkerte ihm zu und schulterte ihre Tasche.

»Schade, dass ihr so überstürzt wegmüsst«, meinte Ben bedauernd und umarmte Emma flüchtig. »Ich hätte euch ja gern zur Bahn gebracht.« Er nahm Franzi in die Arme. Die versuchte, sich nicht zu sehr auf die Tatsache zu konzentrieren, dass sie es wunderbar fand, wie stark sich Bens Schultern anfühlten.

»Beim nächsten Mal«, murmelte sie und ließ ihn los. »Mach's gut! Wir telefonieren!«

Damit eilten die beiden Mädchen aus dem Café und rannten zu dem Gleis, von dem ihre Bahn abfahren würde. Atemlos sprangen sie in den Zug, kurz bevor der Schaffner das Signal zur Abfahrt gab.

»Immer dieser Stress mit euch«, zog Emma Franzi auf, als sie einen Sitzplatz gefunden hatten und sich auf die Bank fallen ließen.

»Na ja, du hast dir eben nicht gerade die einfachsten Freunde ausgesucht«, gab diese grinsend zurück.

»Einfache Freunde hatte ich schon genug.« Emma lehnte sich zurück und musterte Franzi mit einem überraschend nachdenklichen Blick. »Ihr beide seid echt eine Herausforderung für mich«, gestand sie schließlich. »Aber ich stelle fest, dass man Herausforderungen auch lieben kann.«

Franzi lachte auf. »Gut zu wissen. Ich bin jedenfalls sehr gespannt, ob diese Technikus-Sache die Aufregung wert ist.«

Kapitel 7 · Ein Zusammenbruch mit Folgen

Der nächste Tag begann so trüb, wie der vorherige geendet hatte. Nichtsdestotrotz musste Franzi zur Schule gehen, während Emma bei ihr zu Hause blieb und vermutlich den ganzen Vormittag im Internet surfte.

Für Franzi zog sich der Geschichtsunterricht wie Kaugummi. Die Stunde wollte einfach kein Ende nehmen. Außerdem machte es sie nervös, dass Liv wie ein Häufchen Elend neben ihr am Tisch hockte. Franzi hatte sich schon beinahe daran gewöhnt, dass Liv still und für niemanden ansprechbar war. Aber heute war es anders. Sie war weiß wie eine Wand und stützte den Kopf auf ihre Arme, als würde er sonst herunterfallen. So ging das schon den ganzen Vormittag. In der Pause hatte Franzi versucht herauszufinden, was mit ihr los war. Ging es ihr nicht gut? War sie krank? Aber Liv fauchte nur ein schwaches »Lass mich in Ruhe« und legte den Kopf auf die Arme, um in den Pausen ein wenig zu schlafen. *Vor der nächsten Stunde spreche ich die Lehrerin darauf an,* nahm Franzi sich vor. So wie Liv aussah, gehörte sie ins Bett und nicht in die Schule.

Endlich klingelte es zur Pause, und die Klasse löste sich erleichtert von den Bänken. Der Raum füllte sich mit einem Lärm, der im starken Gegensatz zur Stille der Geschichtsstunde stand. Schüler liefen herum, Brote und Getränke wurden ausgepackt. Franzi wäre gern zu Zoe und Clara gegangen, aber Liv fiel wieder in ihre Pausenschlafhaltung, und Franzi machte sich nun wirklich Sorgen.

»Liv, willst du nicht wenigstens was trinken?«, versuchte sie das Mädchen zu überreden. Doch die reagierte gar nicht. Zoe winkte Franzi zu, sie solle zu ihr kommen. »Gleich!«, rief Franzi quer durch den Raum. »Soll ich nicht irgendwem Bescheid sagen, dass du vielleicht besser nach Hause gehen solltest?« Franzi legte Liv eine Hand leicht auf den Arm. Das brachte Leben in die blasse Gestalt.

»Kapierst du nicht, dass ich meine Ruhe will?«, brauste Liv auf. Es war allerdings nur ein schwaches Brausen, denn das Sprechen fiel ihr sichtlich schwer.

»Du siehst einfach so k...«

Liv schob den Stuhl nach hinten und stand auf. Ohne Franzi anzusehen, wankte sie aus dem Raum. Die anderen Schüler sahen ihr verwundert hinterher. Als Liv zur Tür hinaus war, begannen einige zu kichern.

»Die Emo-Tante ist wieder schlecht drauf«, lästerte ein Mädchen in Franzis Hörweite.

»Ihr geht es nicht gut, das sieht man doch«, fauchte Franzi entrüstet und eilte hinter Liv her. Als sie auf den Flur trat, sah sie Liv in der Tür zum Waschraum verschwinden. Rasch ging sie ihr nach. »Liv?« Sie hörte, wie eine Toilettentür verschlossen wurde. Dann folgten ein leises Stöhnen und ein lautes Rumpeln. »Liv!« Franzi rannte zu der verschlossenen

Tür und klopfte daran. »Liv, ist alles okay?« Sie bekam keine Antwort. Obwohl sie sich beinahe dafür schämte, kniete Franzi sich auf den Boden und lugte unter der Tür hindurch in die Kabine. Alles, was sie erkennen konnte, war, dass Liv auf der zugeklappten Toilette saß – oder besser hing. Ihr Kopf lehnte an der Trennwand, eine Hand baumelte wie leblos an der Seite herunter. »Liv, bitte sag was!«, flehte Franzi, doch das Mädchen reagierte nicht.

Jetzt öffnete sich die Tür des Waschraumes und zwei jüngere Schülerinnen kamen herein. Sie blieben verdutzt stehen, als sie die am Boden kniende Franzi sahen.

»Ich glaube, sie ist ohnmächtig geworden!«, rief Franzi ihnen bestürzt zu. »Holt die Pausenaufsicht, bitte!«

Ohne weiter zu fragen, machten die beiden kehrt und rannten hinaus. *Oh Gott, bitte mach, dass Liv nichts Schlimmes hat!*, betete Franzi stumm. Es erschien ihr wie eine Ewigkeit, bis die beiden endlich mit einer Lehrerin im Schlepptau zurückkehrten.

»Was ist hier los?«, fragte diese.

Rasch erzählte Franzi, was passiert war. Die Lehrerin versuchte ebenfalls, Liv anzusprechen, aber aus der Kabine kam keine Antwort. Inzwischen füllte sich der Waschraum mit schaulustigen Mädchen.

»Hat jemand von euch eine Münze?«, fragte die Lehrerin jetzt. Drei Hände mit Kleingeld streckten sich ihr entgegen. »Danke. Und jetzt verschwinden hier alle«, befahl die Lehrerin. »Außer dir«, fügte sie mit einem raschen Blick auf Franzi hinzu. »Lucie, du läufst zum Sekretariat und holst Frau Milde und ein Telefon.«

Widerspruchlos gehorchten die Kinder. Die Lehrerin öffnete mit der Münze das Schloss an der Toilettentür. Liv hing sichtlich bewusstlos auf dem Sitz.

»Fass mit an«, forderte die Lehrerin Franzi auf. Gemeinsam zogen sie Liv aus der Kabine und legten sie auf den kalten Fußboden des Waschraumes.

Franzi zog ihre Strickjacke aus und legte sie unter Livs Kopf. »Sie war schon den ganzen Vormittag so komisch«, sagte sie und konnte nicht verhindern, dass ihr vor lauter Aufregung Tränen in die Augen schossen.

Zum Glück kamen in diesem Moment Frau Milde und die Direktorin herein. Frau Milde war die Sekretärin, hatte aber auch eine Ausbildung als Krankenschwester. »Wie lange ist sie schon ohnmächtig?«, fragte sie und kniete neben dem Mädchen nieder.

Franzi zuckte hilflos die Schultern. »Ich weiß nicht. So drei Minuten vielleicht?«

Liv schlug die Augen auf. »Ich bin nicht ohnmächtig«, murmelte sie schwach und machte die Augen wieder zu.

»Du meine Güte«, rutschte es der Lehrerin heraus.

»Ich rufe einen Krankenwagen«, beschloss die Direktorin, ohne die Meinung von Frau Milde abzuwarten. »Sie ist ja schneeweiß im Gesicht.«

Weder Liv noch Frau Milde erhoben Einspruch. Vielleicht war Liv doch schon wieder ohnmächtig geworden, jedenfalls reagierte sie nicht auf Frau Mildes Versuche, ihr noch einmal ein Wort zu entlocken oder sie dazu zu bringen, die Augen zu öffnen.

Franzi hockte am Boden neben Liv. Es klingelte wieder zur Stunde, aber niemand forderte sie auf, in ihre Klasse zu gehen. Die Direktorin telefonierte mit der Notrufstelle, und die beiden anderen Frauen hatten nur Augen für Liv. Die blinzelte nun endlich doch wieder und rollte den Kopf ein wenig zur Seite.

»Was ist denn los?«, flüsterte sie.

Franzi atmete erleichtert auf. Immerhin, sie sagte etwas. »Du bist umgekippt«, antwortete sie sanft.

Frau Milde sah Franzi an, als bemerkte sie erst jetzt, dass sie da war. »Was machst du denn hier?«, fragte sie etwas barsch.

»Sie hat sie gefunden«, gab die Lehrerin zur Auskunft.

Jetzt hatte die Direktorin ihr Telefonat beendet. »Sie kommen sofort«, sagte sie mit einer Stimme, die erschreckend kalt klang. Ihr Blick fiel auf Franzi. »Und du solltest in deiner Klasse sein.«

Franzi wäre gern bei Liv geblieben, wagte aber keinen Widerspruch. Bevor sie aufstand, drückte sie rasch Livs Hand. »Alles Gute«, sagte sie leise. »Ich werd weiter für dich beten.« Sie war nicht sicher, ob Liv sie verstanden hatte. Aber deren Augen blitzten ein kleines bisschen auf. Ob es ein positives oder ein negatives Blitzen war, konnte Franzi nicht sagen.

Während Frau Milde begann, beschwörend auf Liv einzureden, huschte Franzi aus dem Raum. Als sie die Tür schloss, hörte sie noch, wie die Direktorin scharf sagte: »So geht das nicht weiter!« Verwirrt ließ Franzi die Szene hinter sich und ging zurück zum Klassenzimmer. *Was ist nur los mit Liv?*, fragte sie sich besorgt. Sie nahm sich vor, von jetzt an viel mehr auf ihre Banknachbarin zu achten. Vielleicht gelang es ihr ja mit der Zeit, sie aus der Reserve zu locken.

Ein wenig zögerlich drückte sie die Türklinke zum Klassenraum herunter und lugte hinein. Die Augen sämtlicher

Schüler richteten sich sofort auf sie, aber das Interesse währte nur für den Bruchteil einer Sekunde.

»Setz dich«, sagte Frau Schmidt. »Wir lesen gerade den Text im Arbeitsbuch auf Seite 34.« Sie wusste also Bescheid, sonst hätte sie gefragt, wo Franzi so spät erst herkam. Erleichtert darüber, dass sie nichts erklären musste, schlüpfte Franzi an ihren Platz.

Als Liv so fluchtartig aus dem Zimmer gerannt war, hatte sie vergessen, ihren Collegeblock zuzuklappen. Das tat sie normalerweise immer – sie ließ ihre Sachen niemals einfach aufgeschlagen liegen. Die offene Seite war fast leer. Die einzige Notiz aus der vorangegangenen Unterrichtsstunde war eine einzelne Jahreszahl, die ganz zu Beginn erklärt worden war. Und dann war da noch eine Bleistiftskizze. Franzi wusste, dass Liv nicht länger als fünf Minuten daran gearbeitet haben konnte, denn den Rest der Zeit hatte sie mit abgestütztem Kopf reglos dagesessen. Doch die Zeichnung ließ Franzi den Atem stocken. Sie zeigte einen zierlichen Vogel mit großen, traurigen Augen, der auf einem Zweig saß und von einer riesigen, spitzen Dorne durchbohrt wurde. Alles war so perfekt und lebensecht gezeichnet, dass Franzi es kaum glauben konnte. Liv war eine Künstlerin. Aber was sie da malte! Das Bild erschütterte Franzi. Was ging nur in diesem Mädchen vor? Am liebsten hätte Franzi den Block durchgeblättert, um zu sehen, ob Liv noch mehr solche Zeichnungen darin verbarg. Sie war sicher, dass die Blätter voll davon waren, denn Liv kritzelte normalerweise immer irgendetwas auf das Papier. Aber sie konnte sich nicht dazu durchringen. Es wäre falsch, das zu tun, auch wenn es ihr mehr über Liv verraten würde. Liv wäre mit Sicherheit stinksauer, wenn sie erfuhr, dass Franzi in ihrem wohlgehüteten Block herumgeschnüffelt hatte. Also klappte sie ihn rasch zu und schob ihn unter die anderen Bücher, die an Livs Platz lagen. Dann öffnete sie ihr eigenes Englischbuch und versuchte, sich auf den Unterricht zu konzentrieren.

»Ist sie schon wieder umgekippt?«, fragte Clara Franzi in der nächsten Pause neugierig. Zoe gesellte sich ebenfalls dazu.

»Schon wieder?«, fragte Franzi überrascht. »Ist es denn schon mal vorgekommen?«

Zoe lachte trocken auf. »Das passiert der ständig. Vielleicht macht sie es ja mit Absicht, wenn sie keinen Bock auf die Schule hat. Vor den Ferien ist sie allein in den letzten sechs Wochen dreimal nach Hause geschickt worden.«

Franzi runzelte die Stirn. »Ist sie jedes Mal ohnmächtig geworden?«, wollte sie wissen.

Clara schüttelte den Kopf. »Nein, aber sie war immer kurz davor. Ich musste sie zweimal in den Sani-Raum bringen. Sie sah jedes Mal so bleich aus wie heute. Keine Ahnung, wie sie das macht.«

Franzi war entgeistert. Dachten die Mädchen denn ernsthaft, dass das nur ein Trick von Liv war? »So was kann man doch nicht simulieren!«, protestierte sie heftig.

»Sie schon.« Zoe wippte gleichgültig mit den Füßen und kramte ein Bonbon aus ihrer Hosentasche. »Die ist so eine krasse Schauspielerin und trägt immer das gleiche Pokerface. Und außerdem isst und trinkt sie in der Schule nie irgendwas. Wer weiß, ob sie das zu Hause macht, so dünn, wie sie ist.«

»Das reinste Gerippe ist die«, stimmte Clara zu.

»Ist die Magersüchtige mal wieder nach Hause gefahren?«, mischte sich eine Stimme aus dem Hintergrund ein. Zwei Mädchen und ein Junge standen hinter Franzi und sahen sie herausfordernd an.

Jetzt explodierte Franzi innerlich. »Was ist denn mit euch los?«, fauchte sie, sodass Clara erschrocken zusammenzuckte. »Liv geht es so mies, dass die Direktorin den Krankenwagen ruft, und ihr macht euch über sie lustig? Und wenn ihr schon denkt, dass sie magersüchtig ist – warum hilft ihr dann keiner?«

Zoe sah entsetzt aus, die beiden anderen Mädchen grinsten amüsiert und der Junge fasste sich mit einer abfälligen Geste an die Stirn. »Krieg dich mal wieder ein«, sagte er hochnäsig. »Was denkst du, wer du bist? Ich lasse mich doch nicht so von dir anfauchen, Miss Geheimgang-Entdeckerin.«

Franzi war wie vor den Kopf gestoßen. Sie konnte nicht verstehen, wie es den anderen so gleichgültig sein konnte, dass Liv offensichtlich ein ernsthaftes Problem hatte.

»Was willst du?«, fragte eines der Mädchen jetzt. »Es ist doch nicht mein Problem, wenn die nicht mit sich klarkommt.«

»Außerdem ist die eh nur deshalb so komisch, weil sie was Besonderes sein will«, ergänzte das andere gehässig.

Zoe sah verunsichert aus und sagte gar nichts. Franzi kochte innerlich, aber der Gesichtsausdruck von Clara besagte, dass es besser war, jetzt die Klappe zu halten. Es fielen ihr auch keine weiteren Argumente ein – außer, dass es unfair war, so über jemanden herzuziehen, der nicht einmal da war, um sich selbst zu verteidigen. Die kleine Gruppe zerstreute sich, weil es zum Unterrichtsbeginn klingelte.

Franzi saß den Rest des Schultages niedergeschlagen an ihrem Platz und folgte dem Lehrstoff nur mit einem klitzekleinen Teil ihrer Aufmerksamkeit. Livs Sachen wurden von einer Lehrerin mitgenommen und Franzi bekam ihre Strickjacke zurück, aber niemand gab etwas darüber bekannt, wo das Mädchen jetzt war. Franzi traute sich nicht, jemanden aus der Klasse nach Livs Telefonnummer zu fragen. Ob sie die überhaupt irgendwem gegeben hatte?

Als die letzte Stunde endlich vorbei war, atmete Franzi erleichtert auf. Sie konnte nicht schnell genug das Schulgebäude hinter sich lassen. Sobald sie alle Bücher in ihren Rucksack gestopft hatte, eilte sie die Treppen hinunter nach draußen. Sie lief mit raschen Schritten die Straße entlang und fühlte sich mit jedem Meter, den sie sich vom Gymnasium entfernte, ein kleines bisschen leichter. Doch dann hörte sie ein Keuchen hinter sich, und jemand rief atemlos ihren Namen. Stirnrunzelnd drehte sie sich um. Es war Zoe, die ihr gefolgt war. Bevor sie neben Franzi stehen blieb, sah sie sich ängstlich um, so als fürchtete sie, dass jemand sie beobachten könnte.

»Was ist denn los?«, fragte Franzi verwundert.

Zoe rang nach Luft. »Du bist so schnell abgehauen«, japste sie. Dann sah sie sich wieder um. »Lass uns weitergehen«, drängte sie.

Franzi wunderte sich, fragte aber nicht weiter nach. Langsam konnte Zoe wieder normal sprechen, und sie begann zu erklären. »Du kannst nichts dafür, dass du den Platz neben Liv bekommen hast«, fing sie an. »Aber du darfst niemals Partei für sie ergreifen.«

Franzi blieb stehen und sah Zoe entgeistert an. »Wie bitte? Ich verstehe kein Wort.«

Zoe verdrehte die Augen, so als sei Franzi schwer von Begriff. »Für Liv setzt man sich nicht ein«, wiederholte sie eindringlich und ging weiter, nicht ohne vorher noch einen nervösen Blick über die Schulter zu werfen. »Es sei denn, du willst selbst auf der Outsider-Liste stehen. Und das willst du nicht, glaub mir.«

»Warum?«

»Liv ist die Tochter der Direktorin. Sich mit ihr anzufreunden würde bedeuten, dass jeder dich für einen Schleimer hält.«

»Das ist der größte Schwachsinn, den ich je gehört habe«, zischte Franzi wütend. »Was kann sie denn dafür, dass ihre Mutter die Schule leitet? Hat sie ernsthaft deswegen keine einzige Freundin in der Klasse?«

»Ja.« Zoe blickte zu Boden und zertrat eine Kastanienschale, die auf dem Gehweg lag. »Ich mache die Gesetze in dieser Klasse nicht«, sagte sie traurig. »Aber ich wollte dich warnen. Du hast heute echt einen Fehler gemacht.«

Franzi hielt erneut an und sah Zoe offen ins Gesicht. Ihr Sinn für Gerechtigkeit ließ alle Alarmglocken in ihr klingeln. »Willst du damit sagen, dass es gar nicht Livs Schuld ist, dass sich keiner mit ihr abgibt? Niemand spricht mit ihr, nur weil er sonst selbst gemobbt wird?«

Zoe nickte und schluckte schwer. »Ich finde es auch nicht gut«, verteidigte sie sich schwach.

Franzi ließ das nicht gelten. »Wenn du es nicht gut findest, dann sind wir schon zu zweit. Wir können das doch nicht einfach so mitmachen.«

Aber Zoe erwiderte den funkelnden Blick nicht, mit dem Franzi sie ansah. Sie hielt die Augen auf den Boden gerichtet, biss auf ihrer Unterlippe herum und schüttelte den Kopf. »Doch, ich kann das«, entgegnete sie mit einer Stimme, die kaum mehr war als ein Flüstern. »Ich bin nicht der Typ, der gegen die ganze Klasse rebellieren könnte.«

»Aber jemand muss doch anfangen!«, rief Franzi entrüstet.

Zoe hob die Augen und schluckte noch einmal die Angst hinunter, die ihr die Kehle zuschnürte. »Ich meine es ernst. Wenn du dich auf die Seite von Liv stellst, dann werde ich nicht mehr mit dir reden. Clara hat sich sowieso schon gegen dich entschieden, nach dem, was du heute zu Lukas gesagt hast.«

»Aber …«

»Ich muss gehen. Überleg es dir gut.« Mit diesen Worten machte Zoe auf dem Absatz kehrt und ging davon.

Franzi blieb stehen, völlig überrollt von dieser Ansage. Es wollte ihr nicht in den Kopf gehen, dass es in dieser Klasse eine solche sinnlose Feindseligkeit gab. Und Zoe erwartete von ihr, dass sie mitspielte? Das kam überhaupt nicht infrage. Jetzt würde sie erst recht versuchen, sich mit Liv anzufreunden. Sollten die anderen sie doch ignorieren, das war ihr egal. Franzi schüttelte sich eine Haarsträhne aus der Stirn und setzte hoch erhobenen Kopfes ihren Heimweg fort.

Zu Hause angekommen erzählte sie Emma die ganze Geschichte, kaum, dass sie in die Diele getreten war und ihre nassen Schuhe abgestreift hatte. Emma hörte zu. Ganz entgegen ihrer Art machte sie keine einzige zynische Bemerkung, sondern ließ Franzi einfach reden.

»Das kann ich doch nicht einfach hinnehmen, oder?«, beendete Franzi ihre Geschichte und ließ sich auf das Sofa in ihrem Zimmer fallen. Sie fühlte sich so erschöpft, als hätte sie einen Marathon hinter sich. Emma setzte sich auf die Kante der Couch und sah Franzi nachdenklich an. Eine Weile war es still im Zimmer, nur das leise Geschnatter von Pfiff war zu hören. Der Wellensittich war es gewohnt, immer direkt von Franzi begrüßt zu werden. Beleidigt pickte er mit dem Schnabel gegen die Gitterstäbe seines Käfigs, aber Franzi kümmerte sich nicht um ihn.

»Ich verstehe, dass du das nicht mitmachen willst«, begann Emma schließlich in zögerlichem Tonfall. Sie drehte eine ihrer langen blonden Haarsträhnen um ihren Finger und schubste mit dem Fuß nervös an einem kleinen Kissen herum, das auf den Boden gefallen war.

»Aber …?«, bohrte Franzi nach, die ihr ansah, dass da noch etwas kommen würde.

»Aber ich denke wie Zoe – so ein Klassenmobbing ist nichts, womit man spaßen kann.«

Franzi konnte nicht glauben, dass auch Emma diese feige Haltung unterstützen wollte. Sie hatte noch nie erlebt, dass eine ganze Klasse sich gegen eine einzige Person verschworen hatte. Gut, in ihrer alten Schule gab es auch Grüppchen in den Klassen, die nicht besonders gut aufeinander zu sprechen waren. Franzi hatte nie zu denen gehört, die besonders angesagt waren. Aber das war gar nicht mit dem zu vergleichen, was hier los war. Man gab sich nicht großartig miteinander ab, und es wurde auch manchmal gelästert. Aber alle gegen einen? Und dann auch noch so offensichtlich, dass jemand gewarnt wurde, nicht für den Falschen Partei zu ergreifen? Franzi hatte bisher gedacht, dass so etwas nur in schlechten Filmen vorkam.

»Du rätst mir also auch, einfach die Klappe zu halten und zu versuchen, mir ein paar neutrale Freunde zu suchen?«, fragte sie ungläubig. Es wollte ihr nicht in den Kopf gehen, dass eine starke Persönlichkeit wie Emma ebenfalls den Weg des geringsten Widerstandes wählen wollte. Emma, das selbstbewusste Mädchen, das immer so tat, als könnte es die Welt schon mit einem Blick aus seinen strahlend blauen Augen ändern. Oder dachte sie nur, dass Franzi nicht das Zeug dazu hatte, für Liv einzustehen? »Was würdest du denn machen?«, fragte sie deshalb.

Emma saß noch immer etwas verkrampft auf der Sofakante. Franzi bemerkte, dass ihr die unbekümmerte und doch elegante Haltung abhandengekommen war, die normalerweise ihr Markenzeichen war. Nach einer kurzen Weile warf Emma ihr Haar nach hinten, streckte die Beine aus und sah Franzi unvermittelt in die Augen. »Ich weiß es nicht.«

Erfreut stellte Franzi fest, dass die Stimme ihrer Freundin nicht mehr so resigniert klang wie gerade eben. So wie es aussah, hatte sie sich eines Besseren besonnen.

»Aber ich schätze, dass ich dich nicht bremsen sollte. Ich sehe doch dieses Funkeln in deinen Augen.« Emma grinste, und Franzi konnte nicht verhindern, dass ein erleichtertes Lächeln über ihr eigenes Gesicht huschte. »Vielleicht hast du ja tatsächlich den Mumm dazu, an dieser Sache etwas zu ändern. Aber ganz ehrlich: Ich hoffe, du überschätzt dich da nicht. Ich hab selbst gesehen, wie es Leute fertigmachen kann, wenn sie von der Klasse geächtet werden. Glaub mir, besonders in einem Internat kann das fatale Folgen haben. Aber du kannst ja nachmittags nach Hause gehen und hast zudem noch Ben und deine alten Freunde. Und mich natürlich.«

Franzi sprang mit neuem Tatendrang vom Sofa auf. »Danke«, sagte sie und fiel Emma um den Hals. »Das war es, was ich hören musste. Und jetzt hab ich Hunger.«

Gemeinsam gingen sie in die Küche, um zu essen, was Franzis Mutter am Morgen vorbereitet hatte.

Während sie sich die Mahlzeit schmecken ließen, klingelte Franzis Handy.

Es war Ben, der endlich eine Nachricht von Emmas Vater bekommen hatte. »Spannende Neuigkeiten!«

Franzi hielt das Telefon ein wenig von ihrem Ohr entfernt. »Wow, das ist toll, aber wenn du so schreist, platzt mir das Trommelfell«, erwiderte sie amüsiert.

Ben senkte seine Stimme ein wenig. »Habt ihr die Seite angeschaut, von der ich gestern erzählt habe?«, fragte er aufgeregt.

Emma sah neugierig von ihrem Teller auf, und Franzi nickte heftig. »Na klar, gleich gestern Abend. Echt beeindruckend! Ich bin sicher, dass die Texte tatsächlich vom Technikus stammen müssen.«

»Gut«, antwortete Ben. »Jetzt wird es nämlich interessant. Emmas Vater hat gestern auch die Seite angeschaut. Heute Morgen wollte er noch einmal etwas nachlesen, und rate, was passiert ist?«

Franzi hatte keine Ahnung, worauf er hinauswollte. »Das weiß ich doch nicht!«

»Tja, die Seite wurde gelöscht. Das ist doch krass, oder? Selbst aus dem Forum wurde der Beitrag herausgenommen, aus dem ich den Link überhaupt erst hatte!« Bens Stimme überschlug sich beinahe vor Aufregung, und Franzi runzelte irritiert die Stirn.

»Was ist los?«, drängte Emma, die sich alle Mühe gab, etwas von dem Gespräch mitzubekommen. »Mach doch mal den Lautsprecher an«, bat sie Franzi.

Doch die winkte ab. »Ich weiß nicht, wie das geht.«

Emma verdrehte die Augen und ließ sich beleidigt auf die Sitzbank zurückfallen.

»Ich erzähle dir gleich alles«, raunte Franzi ihr zu.

Ben redete unterdessen weiter: »Und es gibt auch eine Erklärung dafür. Ich hab dir doch erzählt, dass ich auf der Burg versucht habe, in die Bibliothek zu kommen, bevor du ankamst, weißt du noch?«

Natürlich erinnerte sich Franzi. Ben hatte sich bei ihr beklagt, dass die Rezeptionistin Lisa ihm den Zutritt zur Bibliothek der Burg nicht gewähren wollte. Es hieß immer, er müsse warten, bis die Burgbesitzer da seien und ihn hineinlassen könnten.

»Jedenfalls – der Grund, warum Emmas Eltern keinen unbeaufsichtigt in die Bibliothek lassen, ist, dass es dort vor Jahren mal einen Diebstahl gab.«

Franzi hielt den Atem an. Das könnte eine Erklärung sein.

»Damals wurde ein Buch entwendet«, redete Ben weiter. »Das einzige Buch, das so alt war wie die Chronik, die der Technikus begonnen hat. Du weißt schon ...«

»... das Buch mit dem Verzeichnis der Burgbesitzer, schon klar.«

Emma spitzte noch immer die Ohren und sah Franzi ungeduldig an.

»Was ist denn mit der Chronik?«, raunte Franzi.

»Emmas Vater sagt, es gab da dieses eine Buch. Es sah so ähnlich aus wie die Chronik, mit der gleichen Schrift wie am Anfang. Also vom Technikus, wie wir jetzt wissen. Das Buch war auch echt ein Schatz, weil es so alt war. Aber mit dem, was drinstand, konnte keiner was anfangen. Als es geklaut wurde, hat man darauf gewartet, dass der Dieb irgendwann versucht, es über Umwege an ein Museum oder so zu verkaufen. Es ist ja an sich schon dadurch wertvoll, dass es so alt ist. Aber es ist nie irgendwo aufgetaucht. Bis jetzt!«

»Wow«, machte Franzi. »Der Text stammt also aus einem geklauten Buch aus eurer Bibliothek!«, fasste sie rasch für die gespannt wartende Emma zusammen.

Deren Augen weiteten sich überrascht. »Daran hab ich gar nicht mehr gedacht«, meinte sie.

»Und jetzt hat jemand die Internetseite wieder gelöscht?«, versicherte Franzi sich noch einmal, ob sie Ben richtig verstanden hatte.

Der bestätigte es. »Wenn das mal kein Zeichen dafür ist, dass er etwas zu verbergen hat«, fügte er hinzu.

»Na ja, wenn es tatsächlich Informationen aus einem geklauten Buch sind, ist es auch reichlich dumm, so etwas ins Internet zu stellen, oder?«, gab Franzi zu bedenken.

»Vielleicht dachte er, dass sich niemand mehr an die Sache erinnert.«

»Ts!« Franzi konnte sich ein verächtliches Zischen nicht verkneifen. »So was vergisst doch keiner. Selbst wenn die Ermittlungen nach einer Weile eingestellt werden.«

Ben war der gleichen Meinung, aber der Text war nun einmal aufgetaucht. Und er hatte ihn entdeckt.

»Was machen wir denn jetzt?«, wollte Franzi wissen. Sie hörte, wie Ben leise lachte.

»Offiziell machen *wir* gar nichts«, sagte er fröhlich. »Emmas Vater hat schon die Polizei informiert.«

»Hab ich da gerade Polizei gehört?«, mischte Emma sich wieder ein, die es vor Neugier kaum aushalten konnte.

Franzi nickte. »Die versuchen jetzt zu ermitteln, wer die Seite erstellt hat. Vielleicht führt die Spur ja tatsächlich zu dem Dieb!«

»Hoffen wir es«, stimmte Franzi aus vollem Herzen zu. Ein Buch des Technikus gehörte einfach auf die Burg Rosenfels und nicht in die Hände irgendwelcher dreister Diebe! »Stellt sich nur noch die Frage, was derjenige mit dem Buch wollte, wenn es ihm nicht darum ging, es an einen Antiquitätenhändler zu verkaufen.«

»Tja, das werden wir hoffentlich noch herausfinden. Aber im Moment hat Emmas Vater selbst keine Idee. Warten wir mal ab.«

Nachdem Ben aufgelegt hatte, schilderte Franzi Emma alles. Die hörte aufmerksam zu, winkte aber gleich ab, als Franzi die Polizei erwähnte.

»Die nehmen das doch nur in ihre Akten auf und stellen die ›Ermittlungen‹ dann gleich wieder ein«, behauptete sie gehässig. »Meiner Schwester wurde mal das Fahrrad geklaut. Da hat sich überhaupt nichts getan.«

»Jetzt sei doch mal nicht gleich so pessimistisch«, verlangte Franzi und lief unruhig im Zimmer hin und her. »Das hier ist doch etwas ganz anderes. Außerdem haben wir den Vorteil, dass die Presse sich immer noch ziemlich stark für alles interessiert, was auf der Burg los ist. Wenn jetzt ein Buch des

Technikus auftaucht, das jahrelang verschwunden war, dann gibt das tolle Schlagzeilen!« Sie blieb abrupt stehen, als wäre sie über ihre eigenen Worte erschrocken. »Das wäre aber auch ziemlich blöd«, stellte sie fest. »Jedenfalls, wenn etwas in die Zeitungen käme, bevor der Dieb gefasst ist. Dann wäre er ja gewarnt.«

»Vorausgesetzt, er liest die BILD-Zeitung«, murmelte Emma in einem spöttischen Ton. »Jetzt komm mal wieder runter«, forderte sie und zog Franzi neben sich auf die Couch.

Franzi lehnte sich zurück und kniff die Augen zu. »Irgendwie ist das alles ein bisschen zu viel für einen Tag«, stöhnte sie. »Und es ist noch nicht mal Abend. Ich glaube, ich muss mich jetzt bewegen, damit mein Kopf durchgepustet wird. Kommst du mit?«

Emma tat, als müsse sie sich das gut überlegen. Dann sprang sie auf. »Natürlich!«, rief sie und zerrte Franzi an der Hand von der Couch. »Ich hab heute den ganzen Vormittag hier dringehockt. Ein bisschen frische Luft ist jetzt dringend nötig.«

So liefen die beiden Mädchen wieder einmal zum Rhein hinunter und spazierten am Strom entlang, bis sie auf Höhe des Stadtzentrums waren. Franzi wäre lieber weiter am Wasser geblieben, aber Emma wollte noch einmal auf die Einkaufsmeile. Widerstrebend folgte Franzi ihrer blonden Freundin, die glückselig in verschiedene Geschäfte ging und schließlich einen Laden strahlend und mit einem Kaschmirpullover in einer edlen Tragetasche verließ.

»He, wäre heute nicht ein guter Tag, um mit dir mal eine Vorher-Nachher-Geschichte zu machen?«, schlug Emma plötzlich einer fixen Idee folgend vor. »Wir könnten hier in diesen Friseurladen gehen und dir eine neue Frisur verpassen lassen. Inzwischen besorge ich Make-up für dich – so was besitzt du doch nicht, oder? Anschließend kaufen wir dir noch ein paar stylishe Sachen. Du wirst sehen, dein Status in der Klasse würde sofort steigen. Das könnte richtig hilfreich sein bei deiner Mission Liv.«

Franzi schüttelte energisch den Kopf. »Auf keinen Fall«, sagte sie heftig. »Ich werde mich nicht aufbrezeln, um irgendwen zu beeindrucken. Ich bleibe, wie ich bin. Vielleicht ist mir irgendwann mal nach Veränderung zumute, aber heute garantiert nicht.«

Emma machte ein enttäuschtes Gesicht, drängte sie aber nicht weiter. »Na gut«, gab sie sich geschlagen. »Aber ein bisschen Hilfe brauchst du morgen ganz bestimmt, oder?«

Franzi wiegte den Kopf hin und her. »Ich weiß nicht«, sagte sie und fühlte, wie ihr Bauch sich verkrampfte, als sie an die Schule dachte. »Ich hab keine Ahnung, ob es nun wirklich so schlimm wird, wie Zoe behauptet hat. Vielleicht übertreibt sie ja. Ich werde schon klarkommen. Bis jetzt ist ja eigentlich noch gar nichts passiert. Vielleicht mache ich mir ganz umsonst Sorgen. Und außerdem glaub ich, dass Jesus mir hilft.«

Emma sah sie von der Seite an, als vermute sie, dass Franzi ein wenig geistig verwirrt sei. »Du mit deinem Jesus«, meckerte sie. »Ich verstehe ja, dass manche Menschen immer mal beten, wenn sie ein Problem haben. Dass es irgendeine höhere Macht gibt, kann ich mir ja auch noch vorstellen. Aber meinst du nicht, dass du ein bisschen übertreibst? Wie soll dir denn jemand, der vor zweitausend Jahren gestorben ist, bei deinem Mobbing-Problem helfen?«

Franzi atmete tief durch. »Ich weiß auch nicht, wie ich dir das erklären soll«, seufzte sie. »In diesem Punkt hältst du mich ja eh schon für verrückt. Aber ich sag es mal so: Ich glaub einfach, dass Jesus weiß, wie es mir geht … und dass er mir irgendwie zeigt, was ich als Nächstes machen kann. Außerdem tröstet er mich. So von innen, weißt du? Das hab ich schon oft erlebt.«

Emma schaute sie immer noch verständnislos an. Es war ihr schleierhaft, wie Franzi das meinte. Aber sie schien wirklich davon überzeugt zu sein, dass diese himmlische Macht ihr beistehen würde.

»Na ja, wie auch immer«, versuchte sie das Thema unauffällig zu beenden. »Gibt es noch was, wofür du heute Abend lernen musst?«

Franzi musste lachen. »Netter Versuch«, grinste sie. »Sag doch einfach, dass mein Gerede von Gott dich nervt.«

Emma grinste und klaubte ein Blatt aus Franzis Haar, das sich dort festgehakt hatte. »Okay: Dein Gerede von Gott nervt mich. Ein bisschen.«

Franzi lächelte in sich hinein und beschloss, es erst einmal gut sein zu lassen. »Na gut, ich höre ja schon auf«, sagte sie milde, fügte aber noch leise hinzu: »Aber ich glaub trotzdem an die Unterstützung von oben.«

Am Abend lag Franzi noch lange wach in ihrem Bett. Sie hörte, wie Emma auf dem Sofa unter ihr gleichmäßig atmete und schließlich anfing, leise zu schnarchen. Franzi blickte in die Dunkelheit und hoffte, dass der Schlaf endlich kommen würde. Aber in ihrem Kopf tauchten immer wieder Bilder von Liv auf. Liv, die zeichnend an ihrem Platz hockte. Liv, die kreidebleich aus der Klasse wankte. Liv, die bewusstlos auf dem Boden lag. Liv, wie sie in der Einkaufsstraße tat, als habe sie Franzi nicht gesehen …

Wie soll ich das bloß anstellen, dass sie mir vertraut?, fragte Franzi Gott im Stillen. In ihrem Herzen breitete sich langsam ein friedliches Gefühl aus. *Mach dir keine Sorgen*, ging es ihr plötzlich durch den Kopf. *Sei mutig und vertraue mir.* Ein paar Minuten später war sie eingeschlafen.

Kapitel 8 · Ein kostbares Geschenk

Das Wetter hatte sich entschieden, noch einmal freundlich zu werden. Franzi schob die Ärmel ihrer Jacke hoch, während sie zur Schule lief. Auf den Gehwegen pusteten Straßenarbeiter Laub weg, während die Frühaufsteher der Stadt ihre Hunde Gassi führten. Und statt des Gewimmels aus Regenschirmen, das in den letzten Tagen auf dem Schulhof geherrscht hatte, traf Franzi heute auf Kinder in T-Shirts und dünnen Jacken. Sie warteten auf Freunde, telefonierten oder standen in Grüppchen zusammen, um erst so spät wie möglich in die Klassenräume zu gehen.

Seufzend stieg Franzi die Freitreppe vor dem Haupteingang hinauf. Sie vermisste ihre alten Freunde heute so stark, dass sie schon bei dem Anblick der Schüler, die hier so vertraut miteinander zusammenstanden, hätte heulen können. Wenn doch Mareike, Susanne und Andrea jetzt da wären! Die hätten zu ihr gehalten, und gemeinsam wäre es gar kein Problem gewesen, Liv zu helfen. Aber so …

Sie fühlte sich, als wären ihre Beine aus Blei. Langsam ging sie nach oben zu ihrem Klassenzimmer. Ein paar ihrer Mitschüler überholten sie, sagten aber nichts. Schließlich trat Franzi in den Raum und ging zu ihrem Platz.

Als sie die Jacke an die Garderobe hängte, rief Justus ihr zu: »Hey Frau Weber, wie war es gestern auf dem Flohmarkt?«

Ein paar Mädchen kicherten, und Franzi fühlte, wie ihr das Blut ins Gesicht schoss. Sie hatte keine Ahnung, wovon sie redeten. »Auf … auf welchem Flohmarkt?«, stotterte sie verlegen.

Justus grinste hämisch. »Na, auf dem, wo du deine Klamotten gekauft hast.«

Die anderen lachten spöttisch, und Franzi schluckte den Ärger hinunter, der in ihr aufstieg. Bevor sie irgendetwas erwidern konnte, fügte ein Mädchen hinzu: »Die sind doch nicht vom Flohmarkt. Die sind aus der Altkleidertonne!«

Ohne die Gruppe anzusehen, schlich Franzi an ihren Tisch und packte die Bücher aus, die sie für die erste Stunde brauchte. Sie versuchte so zu tun, als machte ihr das Tuscheln der Schüler nichts aus, aber ihr Herz klopfte zum Zerspringen vor unterdrückter Angst. Zoe hatte recht. Die Klasse würde versuchen, sie fertigzumachen. Oder nahm sie das nur zu ernst, weil Zoe gestern mit ihr gesprochen hatte? Vielleicht war es gar nicht so böse gemeint, wie es rüberkam? Sie sah, wie Clara den Raum betrat, und versuchte ein schüchternes Lächeln. Doch Clara wandte sich sofort ab und setzte sich zu ein paar Mädchen, die gemeinsam eine Zeitschrift ansahen.

Kurz vor dem Stundenklingeln kam auch Zoe an. Sie sah zerzaust aus wie immer und das paillettenbesetzte Oberteil, das sie trug, war verrutscht und hatte sich unter dem Rucksack festgeklemmt. Sie warf Franzi einen besorgten Blick zu, der zu fragen schien, wie sie sich entschieden hatte. Franzi biss sich auf die Lippe und senkte die Lider. Zoe verstand. Traurig schüttelte sie den Kopf und wandte sich Clara zu.

Der Platz neben Franzi blieb leer.

Und obwohl Liv den ganzen Tag nicht auftauchte, blieb die Stimmung in der Klasse von der ersten bis zur letzten Stunde so eisig, wie sie für Franzi begonnen hatte. Keiner sprach mehr mit ihr. Es war, als wäre sie plötzlich unsichtbar geworden. *Das ist immerhin besser als die fiesen Sprüche von heute Morgen,* dachte Franzi. Trotzdem machte es ihr mehr zu schaffen, als ihr lieb war. Obwohl es draußen warm war, fröstelte sie. Mit klammen Fingern zog sie ihre Strickjacke wieder über und hoffte, dass die Schule heute schnell vorbei sein würde.

Erleichtert atmete Franzi auf, als es zum Ende der letzten Stunde klingelte. Sie packte ihre Schulsachen ein und wollte rasch nach draußen. Mit der Tasche auf der Schulter versuchte sie, zwischen den anderen Schülern hindurchzuschlüpfen, ohne Aufmerksamkeit zu erregen. Als sie an Kira vorbeiging, drehte diese sich absichtlich ruckartig um, sodass Franzi hart von dem Rucksack des Mädchens am Kinn getroffen wurde. »Au!«, rutschte es ihr heraus. Instinktiv fasste sie an ihr Gesicht, um den Schmerz zu mindern.

Statt sich zu entschuldigen, begann Kira zu zetern: »He, kannst du nicht aufpassen?«

Franzi blieb stehen. »Du weißt genau, dass das nicht meine Schuld war«, sagte sie mit bemüht ruhiger Stimme. Sie hatte keine Lust, sich zu streiten. Aber einen so ungerechtfertigten Vorwurf wollte sie auch nicht auf sich sitzen lassen.

Kira funkelte sie wütend an. Wie konnte dieses dahergelaufene Mädchen es wagen …? »Was willst du damit sagen?«, fragte sie scharf und baute sich mit auf die Hüften gestemmten Armen vor Franzi auf.

»Ach, lass mich einfach in Ruhe«, gab Franzi resigniert zurück und versuchte, sich an Kira und den schaulustigen Mitschülern, die die beiden mittlerweile umringten, vorbeizudrücken.

»Leg dich nicht noch mal mit mir an!«, fauchte Kira und gab ihr einen Schubs, sodass Franzi stolperte. Sie fing sich und verließ das Klassenzimmer fluchtartig.

Als Franzi die Treppe hinunterstürmte, fühlte sie, wie ihr die Tränen in die Augen schossen. *Bloß nicht heulen,* dachte sie verzweifelt. *Nicht, solange mich noch einer von denen sehen kann.* Sie lief aus der Schule, so schnell sie konnte, ohne dass es zu peinlich wirkte. Endlich bog sie um die Straßenecke. Jetzt war es ihr egal, dass ihre Wangen nass wurden und die Nase zu tropfen begann. »Was sind das nur für kranke Typen!«, schluchzte sie vor sich hin und schnäuzte sich im Gehen. »Ich lasse mich nicht von denen ärgern.« Sie steckte ihr Taschentuch ein, wischte sich energisch über die Augen und holte tief Luft. »Wenn die so spielen wollen, okay. Ich bin jetzt gewarnt. Und ich werde dem Ganzen einfach mit einem gleichgültigen Lächeln begegnen!«

»Das ist löblich«, sagte eine Stimme hinter ihr. Erschrocken drehte Franzi sich um. Ihr fiel auf, dass sie laut mit sich selbst geredet hatte, weil sie dachte, allein zu sein. Zum Glück war es keiner aus ihrer Klasse, der ihr zugehört hatte. Es war Emma.

»Ich wollte dich von der Schule abholen«, erklärte sie. »Aber ich bin ein bisschen zu spät losgegangen.«

»Lieb von dir«, lächelte Franzi, was mit ihren rot geweinten Augen irgendwie herzerweichend aussah.

Emma legte ihr die Hand auf die Schulter. »Was ist los?«, fragte sie mitleidig. »Haben sie dich gleich heute fertiggemacht?«

Franzi schnupfte leise und sah sich um, ob nicht noch jemand unerwartet in der Nähe wäre und ihr Gespräch belauschte. Doch außer ein paar Menschen, die mit sich selbst beschäftigt durch die Straßen gingen, war niemand zu sehen.

»Sie haben dumme Sprüche gemacht, mich danach ignoriert und am Ende herumgeschubst«, fasste sie die Ereignisse des Vormittags knapp zusammen.

»Na prima.«

Eine Weile gingen die beiden einfach schweigend weiter. Dann sah Emma Franzi prüfend an. »Und jetzt hast du beschlossen, so zu tun, als würde dir das nichts ausmachen, richtig?«

Franzi zuckte mit den Schultern. »Was anderes bleibt mir nicht übrig, oder?«, stellte sie ein wenig resigniert fest.

Doch Emma stimmte ihr nicht zu. »Dann kann es aber sein, dass du in kürzester Zeit einfach eine zweite Liv wirst«, gab sie zu bedenken.

Das traf Franzi. Emma hatte recht. Aber was sollte sie denn sonst tun? Wenn sie sich wehrte, dann lief es doch nur darauf hinaus, dass das Gehänsel immer schlimmer werden würde, oder? Sie fühlte sich plötzlich unendlich müde und traurig. Am liebsten wäre sie einfach in ihr Bett gekrochen, um zu schlafen und nie wieder aufzustehen.

»Komm schon, Franzi, dir fällt mehr ein als das«, bohrte Emma hartnäckig nach. »Du bist nicht so jemand, der sich beim ersten Problem in sein Schneckenhaus zurückzieht. Und Liv hilfst du damit auch nicht!«

»Du hast ja recht«, gab Franzi zu und ärgerte sich über sich selbst. Was war nur mit ihr los? Liv tat ihr plötzlich unendlich leid. Wenn es ihr schon so hart zusetzte, nur einen Tag lang von der Klasse geärgert zu werden, wie hielt Liv das dann aus – seit Jahren vielleicht?

Inzwischen waren sie vor der Villa der von Bernheims angekommen. Sie durchquerten den Vorgarten und gingen nach oben. Weil das Wetter so schön war, entschieden sie sich, auf der Terrasse Mittag zu essen. Sie trugen Teller, Gläser und das Essen nach draußen und machten es sich gemütlich. Die Bäume ließen ihre Blätter sanft rascheln, die eine Mischung aus Gelb und Grün trugen und noch recht zahlreich an den Zweigen hingen. Das Laub, das gestern heruntergefallen war, hatte der Hausmeister schon heute Morgen entfernt, sodass der Garten unglaublich gepflegt aussah – wie immer.

»Es ist echt schön bei euch«, stellte Emma fest und streckte die Beine aus.

Franzi nickte und sah versonnen in den blauen Himmel hinauf. »Krass, dass es gestern noch so kühl und ungemütlich war«, sagte sie verwundert. »Und heute kommt es mir vor, als wäre es wieder Sommer geworden.«

»Tja, so ist das Leben«, meinte Emma leichthin. Sie stand auf und ging ins Haus, um Getränke zu holen.

Nachdenklich blieb Franzi sitzen. *So ist das Leben,* dachte sie. *Vielleicht stimmt das. In einem Moment fühlt man sich von allen verraten und verkauft. Und dann plötzlich merkt man, dass es doch eine Menge Dinge gibt, die schön sind.* Eigentlich war es ihr in diesem Jahr schon oft so gegangen. Da war die Trennung ihrer Eltern. Franzi hatte sich gefühlt, als ginge die Welt unter. Und im gewissen Sinne war das auch passiert. Aber dann hatte sie Ben kennengelernt und all die Abenteuer auf der Burg erlebt, und irgendwie war sie glücklich gewesen, obwohl ihre Familie zerbrach.

»Aus allem Schlechten, was dir passiert, kann Gott immer noch etwas Gutes machen«, hatte ihre Oma früher manchmal gesagt, wenn Franzi in ihrem Wohnzimmer saß und von ihren kleinen Sorgen erzählte. »Du musst ihm nur vertrauen.«

Emma kam zurück und erzählte Franzi, wie sie den Vormittag verbracht hatte. Am Anfang fiel es Franzi schwer, sich auf das heitere Geplänkel ihrer Freundin einzulassen, doch sie entspannte sich mehr und mehr.

Als sie sich später mit Ben trafen und gemeinsam die kleine Stadt unsicher machten, verflog die Traurigkeit fast ganz. *Irgendwie wird es schon weitergehen,* dachte Franzi. Und mit Freunden wie Emma, Ben und all denen, die sie in ihrer alten Heimat hatte, würde sie es schon schaffen, hier Fuß zu fassen.

Erst am Abend kam die Angst zurück. Ben war längst nach Hause gefahren, und Emma packte in Franzis Zimmer ihre Reisetasche. Sie würde morgen Vormittag abreisen, während Franzi in der Schule war. Traurig sah Franzi zu, wie das Mädchen ihre unzähligen Klamotten in die große Tasche stopfte. Warum wohnten sie nicht einfach alle im gleichen Ort? Das würde alles viel leichter machen.

»Kannst du nicht hierbleiben?«, fragte Franzi, obwohl sie genau wusste, wie dumm diese Frage war. Aber wenigstens ein bisschen Mitleid würde ihr jetzt als Antwort guttun.

Emma schichtete unbeirrt weiter Röcke und Shirts in ihre Tasche. »Nein«, gab sie ungerührt zurück.

Franzi schluckte, zog die Knie bis ans Kinn und schlang ihre Arme darum. Sie hätte es wissen müssen, Emma war unempfänglich für diese Art von Heischen nach Trost.

»Weißt du, eigentlich freu ich mich total auf das Internat«, streute Emma noch Salz in die Wunde.

Franzi brummte nur und starrte Löcher in den Teppichboden. Schön für Emma, sie hatte ja auch ihre Freunde dort. Jetzt quoll schon wieder eine Träne in Franzis Auge hoch. Wütend blinzelte sie sie weg. Morgen würde sie Andrea anrufen. Die verstand sie auf jeden Fall noch besser als Emma. Schließlich kannten sie sich schon fast seit ihrer Geburt. Aber jetzt war ja Emma noch hier, und Franzi wollte sich die letzten paar Stunden, die sie noch gemeinsam hatten, nicht durch Enttäuschung und Traurigkeit verderben lassen. Stumm sah sie Emma zu, die es endlich geschafft hatte, all ihre Sachen zu verstauen. Mit einem triumphierenden Lächeln zog das blonde Mädchen den Reißverschluss ihrer Tasche zu.

»Fertig!«, rief sie strahlend. »So, und jetzt bist du dran, du Trauerkloß.« Sie zog ein kleines, in braunes Packpapier gewickeltes Päckchen aus ihrer Handtasche und ließ sich schwungvoll neben Franzi auf das Sofa plumpsen.

»Da, das will ich dir schenken.«

Franzi sah sie überrascht an. »Danke!«, sagte sie und fühlte, wie der kleine Ärger, den sie eben auf Emma gehabt hatte, sich flugs verzog. »Was ist das denn?« Sie nahm das Päckchen in die Hand. Es war überraschend schwer für seine Größe.

Emma schüttelte fröhlich den Kopf: »Das verrate ich dir erst, wenn du es ausgepackt hast.«

»Oh«, machte Franzi und begann, das Papier abzureißen. »Dann musst du es mir noch erklären?« Nun war sie wirklich gespannt, was sich in der geheimnisvollen Schachtel verbergen könnte. Eine Schatulle kam unter der Verpackung zum Vorschein. Sie war aus dunkelrot lackiertem Holz und sah ziemlich antik aus. Vorn zierte sie ein kleines goldenes Schloss. Sanft strich Franzi mit der Hand über das Kistchen.

»Ist das schön«, flüsterte sie ehrfürchtig. Das war bestimmt kein Kästchen aus einem Deko-Laden. Es fühlte sich an, als hätte es schon viele Jahrzehnte gesehen.

Emma ließ Franzi ein wenig Zeit, die Schatulle zu bewundern, dann reichte sie ihr wortlos einen winzigen Schlüssel an einem Kettchen. Franzi sah ihr kurz in die Augen, dann steckte sie den Schlüssel in das Schloss. Mit einem hellen Klicken öffnete sich der Verschluss, und Franzi hob den Deckel an. Sie schnappte nach Luft, als sie sah, was sich in der Schatulle befand.

»Emma, das ist viel zu wertvoll!«, rief sie aus.

»Ja, wertvoll ist es wirklich«, gab Emma lächelnd zu und drückte Franzis Hand sanft zurück, die ihr die Schatulle geben wollte. »Aber es ist trotzdem für dich. Es hat meiner Großmutter gehört, weißt du.«

Franzi schaute immer noch ungläubig in die kleine Kiste. Diese war innen mit rotem Samt ausgekleidet, der wegen seines Alters ein bisschen blass aussah. Doch ansonsten war der Stoff wie neu und gar nicht abgegriffen. Nur am Rand der Vertiefung, dort, wo das lag, was Franzi so in Ehrfurcht versetzte, da sah man die leichten Spuren von Fingern, die den Gegenstand herausgeholt und hineingelegt hatten.

»Eigentlich war meine Großmutter auch nicht die ursprüngliche Besitzerin«, fügte Emma nun hinzu. »Es wurde immer weitergegeben, immer von einer Großmutter zu ihrer Enkelin. Wann es angefangen hat, weiß ich nicht. Aber mein Vater sagt, dass es vielleicht nur wenig jünger ist als unsere Burg.«

»Dann kann ich es wirklich unmöglich annehmen«, wehrte Franzi nun leidenschaftlich ab. »Ich gehöre doch gar nicht zu eurer Familie, du kannst mir doch nicht einfach ein so unschätzbar kostbares Erbstück schenken!«

Emma lachte über Franzis Gefühlsausbruch. »Doch, das kann ich«, meinte sie ohne Zögern. »Ich habe extra meine Mutter und Oma gefragt, ob es okay ist. Weil ich das starke Gefühl habe, dass es zu dir gehört.«

»Aber …«, versuchte Franzi schwach, weiterzuprotestieren.

Doch Emma schüttelte schon wieder den Kopf. »Kein Aber. Jetzt nimm es schon heraus und sieh es dir an!«

Franzi atmete tief durch und fasste mit vor Aufregung zitternden Fingern in die Schatulle. Das goldene Medaillon, das dort in seiner samtenen Vertiefung gelegen hatte, glitt in ihre Hand. Es war nicht sehr groß, ein bisschen größer als eine Zwei-Euro-Münze. Aber es war um einiges dicker und schwerer. Auf der Vorderseite war eine Prägung zu sehen, die die Burg Rosenfels darstellte. Sie war kunstvoll gearbeitet; stolz thronte die Burg auf dem baumbestandenen Hügel. Franzi konnte beinahe den frischen Wind spüren, der um die starken Türme wehte, die das Burgtor flankierten. Das Metall fühlte sich kühl an in ihrer Hand, und dennoch hatte sie das Gefühl, als könnte das Medaillon ihr ein Loch in die Haut brennen.

»Emma, das ist wirklich zu wertvoll für mich«, sagte sie, obwohl alles in ihr sich dagegen wehrte, diesen Schatz zurück in seine Hülle zu legen. Sie wollte ihn am liebsten jetzt gleich um ihren Hals hängen und nie wieder abgeben.

Die Freundin nahm ihr das Medaillon aus der Hand und drehte es um. »Es gehört dir«, wiederholte sie. »Schau mal, das ist auch schön, oder?«, fragte sie und strich mit dem Finger über die Rosenranken, die die Rückseite des Schmuckstückes zierten. In die Blüten waren winzige, schwach rot-golden glitzernde Edelsteine eingearbeitet. Die Ranken zogen sich bis über den Rand des Medaillons. Franzi nahm es wieder in die Hand und betrachtete es genau. Man konnte sehen, dass es ein altes Stück war. Das Gold war an manchen Stellen ziemlich dunkel, vor allem an den Rändern der Prägung war es stellenweise fast schwarz. Und dort, wo sich die Rosenranken über die Kante des Medaillons zogen, war ein ganz schmaler Kratzer zu sehen – in einer unregelmäßigen Linie zog er sich um das ganze Medaillon.

»Ich glaube, irgendwer hat mal versucht, ob es sich öffnen lässt«, sagte Emma, als sie sah, wie genau Franzi den Strich betrachtete. »Vermutlich hat derjenige mit einem spitzen Gegenstand daran herumgekratzt.«

»Wer macht denn so was?«, fragte Franzi kopfschüttelnd. Aber Emma hatte recht. So sah es tatsächlich aus.

»Wir reichen Leute sind manchmal nicht besonders vorsichtig mit unseren Schmuckstücken«, bekannte Emma ein bisschen verschämt. »Aber bis auf diesen rüden Kratzer ist es ganz unbeschadet«, verteidigte sie ihr Erbstück.

»Es ist wunderschön«, stimmte Franzi ihr zu. »Bist du wirklich ganz sicher, dass du es mir schenken willst?« Sie konnte immer noch nicht glauben, dass Emma ihr ein solches Schmuckstück einfach überlassen wollte. Bestimmt würde sie aus Angst, es zu verlieren, gar nicht den Mut haben, es zu tragen. Außerdem – durfte man ein Erbstück der ehemals königlichen Familie einfach so an einen Normalsterblichen weitergeben?

Aber Emma war fest entschlossen. »Weißt du, Ben und du, ihr habt das Geheimnis der Burg entdeckt. Und ihr habt die Spur zum Schatz in unserem Schloss gefunden. Eigentlich seid ihr diejenigen, die dafür gesorgt haben, dass heute jeder die Geschichte von Sonnhild und Ludewig kennt. Ihr habt mehr über die Geschichte meiner Familie herausgefunden, als ich je für möglich gehalten hätte! Dieses Medaillon gehört zu jemandem, der ganz eng mit der Burg verbunden ist. Und das bist du!«

Franzi nickte versonnen. Es stimmte, sie fühlte sich tatsächlich, als gehörte sie seit dem Sommer untrennbar zu Burg Rosenfels. Die Erlebnisse dort und vor allem die

Schriften des Technikus, die sie gelesen hatte, hatten sie tief berührt. »Na gut«, sagte sie leise. »Wenn du dir ganz sicher bist – dann nehme ich es an. Danke.« Sie umarmte Emma, die ihr gerührt den Rücken tätschelte.

»Übrigens, da ist noch etwas«, erklärte Emma schließlich, als Franzi sie wieder losgelassen hatte. Sie nahm die Schatulle in die Hand und öffnete eine kleine Schublade, die darin eingearbeitet war. »Das hier ist die originale Halskette, die zu dem Medaillon gehört.« Ein schmales Goldkettchen glitt durch ihre Finger. »Ich habe ein stabileres Band machen lassen, weil ich denke, dass die hier vielleicht ein bisschen zu marode ist. Nicht, dass du den Anhänger verlierst, weil die Kette reißt.«

Franzi zog sich schon bei dem Gedanken daran der Magen zusammen. »Das wäre schrecklich. Danke, dass du schon vorgesorgt hast!«

Emma fädelte ein neues schwarzes Lederband durch die Öse an dem Medaillon und verknotete es. Dann stülpte sie es über Franzis Kopf. Das Medaillon rutschte unter das T-Shirt und schmiegte sich sanft an Franzis Brustbein.

»Trag es mit Stolz«, verlangte Emma mit einem zufriedenen Gesichtsausdruck.

Franzi nahm das Medaillon in die Hand und sah Emma in die Augen. »Das werde ich!«, versprach sie ernsthaft.

Dann musste Emma lachen, und der feierliche Moment war vorbei. »Das ist doch mal ein anderer Freundschaftsanhänger, oder?«, scherzte sie und sprang vom Sofa.

»Tja, du bist eben was Besonderes, Emma.« Franzi stand ebenfalls auf und stellte die Schatulle vorsichtig auf das Bücherbord über ihrem Schreibtisch. »Ein Anhänger aus dem

Modeschmuck-Geschäft hätte es auch getan, aber das wäre nicht typisch Emma gewesen.« Sie schmunzelte, wurde aber rasch wieder ernst. »Schade, dass ich mich nicht revanchieren kann«, fügte sie hinzu.

Aber Emma winkte ab. »Ach was, das sollst du gar nicht. Ich weiß auch so, dass du mich magst.«

Jetzt musste Franzi ebenfalls lachen. Emma gähnte, und ein Blick auf die Uhr ließ Franzi erschrocken ausrufen: »Oh, wow, es ist schon total spät. Wenn ich nicht langsam mal ins Bett gehe, schlafe ich morgen in der Schule ein.«

Also machten sie sich bettfertig und lagen kurz darauf auf ihren Kissen. Als Franzi das Licht löschte, fiel Emma noch etwas ein. »Ich hab vergessen, dir zu erzählen, dass dieses Medaillon seinem Träger angeblich großen Mut verleiht.«

Franzi drehte sich auf die Seite und kuschelte sich fester unter ihre Decke. »An so was glaube ich nicht, das weißt du doch«, murmelte sie müde.

Doch Emma ließ sich nicht beirren. »Ist mir auch egal, ob du es glaubst oder nicht«, fuhr sie fort. »Aber das ist nun einmal ein Teil seiner Geschichte.«

»Okay.« Franzi hatte die Augen geschlossen und wünschte sich, dass Emma endlich ruhig war und ihr die Gelegenheit gab, über all das nachzudenken, was sie heute erlebt hatte.

Allerdings war Emma immer noch nicht fertig. »Und außerdem sagt man, dass es früher zwei solcher Medaillons gab.«

»M-hm«, brummelte Franzi.

»Aber das andere ist schon seit Jahrzehnten verschollen. Es wurde immer unter den männlichen Nachkommen der Familie weitergegeben. Und da die Familie sich über die Jahrhunderte ganz schön zerstreut hat, weiß jetzt keiner mehr, wo es geblieben ist.«

Franzi tastete nach dem Medaillon, das sie an ihrem Hals gelassen hatte, und schloss die Finger darum. »Das ist schade«, pflichtete sie Emma bei. »Am besten schreibst du irgendwo auf, dass du mir diesen Anhänger geschenkt hast. Dann kann man ihn später auch noch weiterverfolgen und er verschwindet nicht einfach aus der Familie.«

Jetzt vergrub sich auch Emma in ihren Kissen. »Du gehörst doch jetzt zur Familie«, murmelte sie. »Du wirst bestimmt immer irgendwie mit der Burg in Verbindung gebracht werden.«

Damit wurde es ruhig in Franzis Zimmer. Emma schlief schnell ein, aber Franzi lag noch lange wach. Schon wieder gab es so vieles, was ihr durch den Kopf ging. In Gedanken dankte sie Gott für Emma und für das Medaillon und bat ihn, ihr bei den Problemen in der Schule zu helfen. Dann übermannte auch sie der Schlaf, und sie träumte die ganze Nacht lang von Burg Rosenfels und dem Medaillon, das sie um ihren Hals trug.

Kapitel 9 · Livs Zeichnung

Es war mitten in der Physikstunde, als Bens Smartphone zu vibrieren begann. Eigentlich hätte er es vor dem Unterricht ausschalten müssen, aber das hatte er vergessen. Nun gelang es ihm nicht, den Anruf zu ignorieren. Wer versuchte denn, ihn um diese Uhrzeit zu erreichen? Seine Eltern, Franzi und Emma wussten doch, dass er in der Schule saß. Oder gab es einen Notfall? Ben versicherte sich mit einem raschen Blick durch die Klasse, dass keiner ihn beobachtete. Der Lehrer erklärte gerade eine Berechnungsmethode und schrieb Formeln an die Tafel. Unauffällig zog Ben sein Telefon aus der Hosentasche und warf einen Blick auf das Display. Emmas Vater – der hatte bestimmt etwas Wichtiges zu berichten! Das Vibrieren hörte auf, und Ben ärgerte sich. Es dauerte noch fast 20 Minuten, bis die Stunde vorbei war. Und dann hatten sie Sport und Ben hatte keine Zeit zum Telefonieren, weil er zur Turnhalle laufen und sich umziehen musste.

Ben kämpfte mit sich. Eigentlich hatte er sich vorgenommen, ein möglichst braver und unauffälliger Schüler zu sein, um die Aufregung um die Klassenfahrt wieder wettzumachen. Aber seine Neugier war einfach zu stark. Entschlossen reckte er seine Hand in die Höhe.

»Ben?« Sein Lehrer sah ihn erwartungsvoll an, als hoffte er auf eine besonders intelligente Rückfrage zum Stoff.

Aber Ben musste ihn enttäuschen. »Ähm, es tut mir leid«, sagte er ein wenig verlegen. »Dürfte ich bitte kurz zur Toilette gehen?«

Der Blick in den Augen seines Lehrers schlug um. »Wenn es unbedingt sein muss«, antwortete er leicht genervt.

Erleichtert schlüpfte Ben aus seiner Bank und beeilte sich, nach draußen zu kommen. Er lief den leeren Flur entlang zum Waschraum und machte die Tür fest hinter sich zu. Dann vergewisserte er sich, dass keine der zerkratzten, dünnen Holztüren, die die Toiletten von den Urinalen abtrennten, verschlossen war. Er wollte sichergehen, dass niemand ihm zuhörte. Dann stellte er sich in eine Ecke des Raumes und wählte die Nummer von Emmas Vater.

Zum Glück meldete dieser sich schon nach dem dritten Klingeln.

»Hallo, hier ist Ben«, sagte Ben ein wenig atemlos. »Sie haben gerade versucht mich anzurufen.«

»Ja«, dröhnte die tiefe Stimme von Emmas Vater an sein Ohr. »Dann fiel mir ein, dass du vermutlich in der Schule bist.«

Ben biss sich auf die Lippe. »Bin ich auch«, gab er zu. »Aber ich habe gerade kurz Zeit.«

»Hast du Pause?«

Mist, erwischt!, dachte Ben. Unruhig tippte er mit der Fußspitze gegen eine abgesplitterte Fußbodenfliese. »Na ja, eigentlich nicht«, gab er unwillig zu und beeilte sich zu sagen:

»Aber ich muss unbedingt wissen, was los ist. Sonst kann ich mich sowieso nicht mehr konzentrieren!«

Der Mann am anderen Ende der Funkwelle lachte. »In Ordnung, ich verstehe.«

Erleichtert atmete Ben auf. Wie gut, dass Emmas Vater so verständnisvoll sein konnte, obwohl er doch sonst ziemlich streng war.

»Die Polizei hat mir eben mitgeteilt, dass die Ermittlungen wegen der Internetseite zu einem Teilergebnis geführt haben.«

Ben hielt den Atem an. War damit der Kerl gefunden, der vor Jahren ein Buch des Technikus aus der Burgbibliothek gestohlen hatte?

»Zumindest konnten sie herausfinden, wo der Betreiber der Website ungefähr wohnt. Die Link-Adresse und die gespeicherten Daten, die du weitergeleitet hast, waren ziemlich hilfreich. Allerdings haben sie weder einen Namen noch eine konkrete Adresse, nur die Region, von der die Bearbeitungszugriffe erfolgten.«

Ben war ein wenig enttäuscht. Mehr hatten die Computerprofis der Polizei nicht drauf? Am liebsten hätte er sein Glück selbst versucht, aber die Polizei hatte es ihm eindringlich verboten. Sie wollten nicht, dass Bens stümperhafte Rechercheversuche den Verdächtigen vielleicht warnten.

»In welcher Region befindet er sich denn?«, wollte Ben nun wissen. Es konnte überall sein, obwohl der Link einen Adresszusatz aus den USA gehabt hatte.

»Tja, wie vermutet in den USA«, erklärte Bens Vater. »Irgendwo in Kalifornien.«

»Klingt warm«, rutschte es Ben heraus, und er biss sich auf die Zunge. Er wollte doch möglichst seriös wirken.

»Ja, das tut es. Ist schön dort«, gab Emmas Vater ungerührt zurück. »Das Interessante daran ist, dass das die Region ist, mit der wir im Sommer schon zu tun hatten.«

Überrascht legte Ben die Stirn in Falten. Wie meinte er das? Im Sommer war so viel passiert, dass ihm nicht gleich einfiel, was Kalifornien damit zu tun haben könnte.

»Nun ja«, begann Emmas Vater langsam. »Erinnerst du dich, warum ihr auf Schatzsuche gegangen seid?«

Ben überlegte. »Damit Emma weiter aufs Internat gehen kann?«

»Das auch. Aber da war noch etwas.« Es schien dem Mann zu gefallen, Ben ein wenig auf die Folter zu spannen.

Doch bei dem Jungen klingelte es plötzlich. »Oh, stimmt, da gab es jemanden, der die Burg kaufen wollte!«

»Richtig.« Die Stimme klang zufrieden. »Und dieser Interessent kam ebenfalls aus Kalifornien. Wir haben uns damals gewundert, warum jemand aus einer so schönen Gegend einen Urlaubssitz ausgerechnet im kalten Deutschland haben möchte.«

Ben lehnte sich gegen die gekachelte Wand des Waschraumes. »Interessant«, sagte er nachdenklich. »Versucht die Polizei jetzt herauszufinden, ob der Interessent von damals auch der Betreiber der Website und damit vielleicht der Dieb ist?« Für Ben schien das der nächste logische Schritt zu sein.

Aber Emmas Vater wehrte ab. »Nein, das funktioniert so nicht. Damit würden wir jemanden verdächtigen, ohne konkrete Beweise zu haben. Das macht die Polizei nicht.«

Ben stöhnte enttäuscht. »Aber es ist doch naheliegend!«, protestierte er.

»Naheliegend vielleicht, aber trotzdem nicht rechtens. Und jetzt solltest du wieder zurück in deinen Unterricht gehen, oder?«

Seufzend richtete Ben sich auf. »Ja, Sie haben recht«, gab er kleinlaut zu. »Danke trotzdem für die Info.«

»Gern geschehen. Ich halte dich über alles Weitere auf dem Laufenden.«

Emmas Vater legte auf, und Ben steckte sein Smartphone enttäuscht in die Tasche. So eine heiße Spur und man durfte sie nicht weiterverfolgen? Das war ziemlich ernüchternd. Aber vielleicht konnte er ja selbst noch ein paar Spuren sichern. Wenn er irgendwie den Namen des Interessenten erfuhr, konnte er doch ein bisschen googeln, und vielleicht ergab sich der ein oder andere wichtige Hinweis?

Gedankenverloren kehrte er an seinen Platz in der Klasse zurück und konnte sich nun doch nicht mehr auf den Rest des Unterrichtes konzentrieren.

In Bad Godesberg versuchte Franzi, die Schule gelassen zu ertragen. Emma war am Morgen nach Hause gefahren. Franzi vermisste sie schon jetzt. Liv hingegen war wieder da – immer noch blass, aber wenigstens nicht mehr so teilnahmslos wie vor ein paar Tagen. Allerdings hatte sie das warme Lächeln, mit dem Franzi sie begrüßt hatte, komplett ignoriert. Sie saß einfach wieder an ihrem Platz und schirmte sich gegen alle ab.

»Was zeichnest du eigentlich?«, fragte Franzi in der Pause nach der dritten Stunde und biss in ihr Butterbrot, um nicht allzu neugierig zu wirken.

Liv sah kurz auf, beinahe erschrocken. »Woher weißt du, dass ich zeichne?«, fragte sie. Ihre Stimme klang ziemlich aggressiv.

Franzi wurde rot. War es ein Verbrechen, dass sie neulich die Bleistiftskizze in dem aufgeschlagenen Block entdeckt hatte?

»Na ja, deine Hand mit dem Stift bewegt sich die ganze Zeit. Also nehme ich an, dass du zeichnest. Oder schreibst du Steno mit, was die Lehrer sagen?« Es kam patziger heraus, als sie wollte, und Franzi ärgerte sich. Hoffentlich war Liv jetzt nicht noch mehr abgeschreckt. Doch das Mädchen sah nur auf sein Blatt. Es sah aus, als würde es intensiv nachdenken.

»Okay, ja, ich zeichne«, meinte Liv schließlich. »Ich nehme an, dass du das letzte Bild sowieso gesehen hast, weil ich den Block offen gelassen habe, als ich neulich rausgegangen bin.«

Franzi machte ein verlegenes Gesicht. »Das stimmt«, gab sie zu. »Aber ich hab mich nicht getraut weiterzublättern, obwohl ich es wirklich gern gemacht hätte.«

»Danke«, sagte Liv.

Franzi war überrascht. Zum ersten Mal sah Liv ihr in die Augen, und es lag ein warmer Ausdruck darin, der von einer tiefen Traurigkeit umschattet wurde. Franzi fühlte, wie ihr Herz schneller zu schlagen begann. Vielleicht traute Liv sich doch, ihre Freundschaft anzunehmen? Doch der Moment währte nur eine Sekunde, dann senkte Liv den Blick und es war, als würde sich wieder eine Wand zwischen Franzi und sie schieben.

»Hör mal«, sagte Liv jetzt. »Ich schätze, du hast mit der Klasse Stress bekommen, weil du dich um mich gekümmert hast. Das war nett von dir, aber lass es in Zukunft sein, okay? Freunde dich mit den Leuten hier an, nicht mit mir. Ich meine das ernst. Du wirst sonst gemobbt, und das ist es nicht wert.«

Franzi holte Luft, um zu protestieren, aber Liv hob abwehrend die Hand.

»Wirklich. Ich werde mich nicht mit dir anfreunden. Du kannst versuchen, was du willst. Geh wieder zu Clara und Zoe, entschuldige dich, dass du dich mit mir abgegeben hast, und ignoriere mich. Ich warne dich, mach es nicht anders! Ich bin sowieso nicht mehr lange hier.«

Franzi war wie vor den Kopf gestoßen. »Liv, das will ich nicht ...«, begann sie, aber Liv sah sie nicht mehr an und schüttelte nur den Kopf.

»Bitte akzeptiere es einfach«, bat sie leise.

»Aber warum?« Franzi konnte nicht verstehen, wieso Liv das sagte. »Und was meinst du damit, dass du nicht mehr lange hier bist? Wechselst du die Schule? Ziehst du um?«

Livs Hand bewegte sich wieder schnell und gezielt über das Papier. »Ich sage es dir nicht«, antwortete sie kurz angebunden. »Und ich werde jetzt nicht weiter mit dir reden.«

Damit war das Gespräch beendet, Franzi konnte es deutlich fühlen. Obwohl nicht mehr diese Kälte zwischen ihnen herrschte wie vorher, spürte Franzi, dass Liv hundertprozentig ernst meinte, was sie gesagt hatte. Sie würde sich nicht auf eine Freundschaft einlassen. Sie würde sich nicht helfen lassen. Sie wollte wirklich, dass Franzi sich andere Freunde suchte. Aber warum? Hatte sie sich schon so an ihr Einzelgängerleben gewöhnt? Zog sie tatsächlich um? Oder war sie ernsthaft krank?

Traurig starrte Franzi vor sich hin, während der Unterricht wieder begann. Was sollte sie jetzt tun? Es widerstrebte ihr, sich offiziell von Liv abzuwenden. Andererseits – vielleicht fand sie auf diese Art und Weise einen Weg, ihr zu helfen. Oder sie konnte zumindest herauszufinden, was wirklich mit ihr los war.

Kurz vor dem Ende der letzten Stunde schob Liv ein Blatt zu ihr herüber. Franzi faltete es auseinander und betrachtete es voller Staunen. Es war eine Zeichnung, die das ganze Blatt ausfüllte. Der Ausschnitt einer Wiese am Waldrand war darauf zu sehen. Da war ein schöner, lebhaft aussehender Schmetterling gezeichnet, der ein Stück über der Wiese schwebte. Er hatte ein menschliches Gesicht. Franzis Gesicht. Franzi war beeindruckt, wie gut Liv ihr Gesicht karikiert hatte. Dieser Franzi-Schmetterling lächelte freundlich und streckte seine Hand ermutigend einem zweiten Schmetterling entgegen. Der hockte am Boden. Ein Flügel hing zerfetzt herab, der andere war heil und ausgebreitet. Natürlich hatte dieser Schmetterling Livs Gesicht. Es sah ganz friedlich aus. Doch obwohl er sichtlich Hilfe nötig hatte, blickte der Schmetterling nicht auf Franzi, sondern in den Wald hinein. *»Bitte flieg weiter. Ich komme schon klar«*, stand unter der Zeichnung. Franzi wollte das Blatt eben etwas beruhigt zusammenfalten, weil es zum Stundenende klingelte, als sie etwas entdeckte, das ihr einen Blitz in den Bauch fahren ließ. Auf einem Ast, der in der oberen Ecke ins Bild ragte, saß ein Vogel. Er war nicht groß – Liv hatte es perspektivisch gut gezeichnet. Man konnte erkennen, dass das Tier weit oben saß und in Wirklichkeit viel mächtiger war als die Schmetterlinge. Der Vogel saß auf der Lauer. Er hatte die beiden Schmetterlinge fest im Blick. Jeden Moment würde er sich herunterstürzen und die Schmetterlinge – oder zumindest einen von ihnen – fressen.

»Liv …!« Franzi wollte sie fragen, was das Bild zu bedeuten hatte, aber Liv war schon verschwunden. Franzi sah sie gerade noch aus der Tür huschen. Mit zitternden Fingern nahm Franzi das Papier und faltete es vorsichtig zusammen. Auf der Rückseite stand noch einmal das, was Liv ihr vorher gesagt hatte. *»Such dir Freunde in der Klasse. Ich brauche keine Hilfe.«*

Obwohl sie ein furchtbar schlechtes Gefühl dabei hatte, glaubte Franzi, dass sie Livs Bitte ernst nehmen sollte. Sie verließ die Schule langsam und lief erst einmal zum Rhein hinunter, statt den direkten Weg nach Hause zu nehmen. Sie musste nachdenken. *Gott, was soll ich machen?*, betete sie stumm, während sie über das stetig strömende Wasser sah. *Soll ich versuchen, wieder bei Clara und Zoe zu landen, oder soll ich es weiter bei Liv probieren?* Sie horchte in sich hinein, ob Gott ihr vielleicht einen Gedanken als Antwort ins Herz geben würde. Aber nichts geschah.

Schließlich wandte Franzi sich ab und machte sich auf den Heimweg. Sie war erst ein paar Schritte gegangen, als Clara und Zoe plötzlich vor ihr standen.

»Oh, Franzi«, sagte Clara, und ihre Stimme klang zurückhaltend.

Franzi sah sie überrascht an. »Was macht ihr denn hier?«, stammelte sie.

Zoe hob die Schultern. »Wir laufen gern nachmittags noch ein bisschen durch die Gegend«, antwortete sie gelassen. »Und du?«

Franzi zog nervös an einer ihrer Haarsträhnen und überlegte, was zu tun war. Das konnte doch kein Zufall sein, dass Zoe und Clara ihr ausgerechnet jetzt, kurz nach ihrem Gebet, über den Weg liefen, oder? »Ich … wollte nachdenken«, sagte sie schließlich.

»Worüber?«, hakte Clara nach.

Jetzt muss ich mich entscheiden, dachte Franzi. Sie beschloss, Livs Bitte zu erfüllen. Zumindest teilweise. »Über unsere Klasse«, gab sie zurück.

Zoes Augen blitzten auf. »Und, hast du dich anders entschieden? Ich meine, willst du vielleicht doch lieber zu uns halten als zu Liv?«

Franzi schluckte. Das war ein erneutes Freundschaftsangebot, oder nicht? Clara sah sie ruhig an.

»Na ja, Liv hat mich darum gebeten, die Seiten zu wechseln«, erklärte Franzi endlich. »Ich finde es nicht richtig, dass ich mich zwischen ihr und … euch entscheiden muss, aber wenn es so sein muss …«

Zoe lächelte. »Sie hat ihre Gründe«, meinte sie und hielt Franzi einladend die Hand hin. »Ich freu mich.«

Franzi schlug ein. »Dass ihr mich wieder annehmt, finde ich super«, sagte sie vorsichtig. »Aber ich mache mir trotzdem Sorgen um Liv. Und ich möchte mich trotzdem weiter um sie kümmern. Heimlich, sozusagen.«

»Das ist okay«, meinte Clara zufrieden.

Franzi sah sie ein wenig verwirrt an. Von Clara hatte sie jetzt eher Protest erwartet.

»Eigentlich haben wir gar nichts gegen Liv«, erklärte das Mädchen. »Ich glaube sogar, dass es gut wäre, wenn man sie aus ihrem Schneckenhaus locken könnte. Aber sie will es ja selbst nicht, und deshalb ist es besser, sie zu lassen. Zumal man sonst in der Klasse auf der Abschussliste steht.«

Franzi holte tief Luft. »Das ist das Einzige, was ich eigentlich wirklich nicht akzeptieren will«, sagte sie zögernd. »Aber ich weiß nicht, was ich dagegen machen kann.«

Zoe hakte sie unter. »Jetzt entspann dich mal«, sagte sie freundlich. »Komm doch erst mal in der Klasse an, und dann kannst du immer noch versuchen, die Welt zu retten. Wenn es sozusagen ›undercover‹ geht, helfen wir dir vielleicht sogar.«

Clara nickte zustimmend und Franzi lächelte die beiden dankbar an.

»Das klingt irgendwie gut«, sagte sie zuversichtlich. Mit neuem Mut schloss sie sich den beiden Mädchen an, und gemeinsam schlenderten sie zurück in die Stadt zu ihren Wohnungen.

Die nächsten Tage vergingen, ohne dass etwas Besonderes passierte. Franzi fühlte sich nicht besonders wohl in der Klasse, und die meisten ihrer Mitschüler zeigten ihr weiter die kalte Schulter. Aber dadurch, dass Zoe und Clara sie bereitwillig als Dritte im Bunde annahmen, war das nicht schlimm. Mit Liv ging es hingegen überhaupt nicht voran. Egal, was Franzi versuchte, um sie aus der Reserve zu locken – Liv blieb stumm, antwortete kaum auf eine Frage und ließ Franzi in keiner Weise an sich heran.

Kapitel 10 · Das Geheimnis des Medaillons

Mittlerweile waren bereits zwei Wochen vergangen, seitdem Franzi sich Zoe und Clara angeschlossen hatte, und die Klasse trottete am Dienstagmorgen zur Sporthalle hinüber. Ein ziemlich kalter Wind pfiff zwischen den Gebäuden hindurch, und Franzi zog ihre Jacke eng um die Schultern.

»Was für ein ekeliges Herbstwetter«, meckerte Zoe, deren Haare noch strubbeliger aussahen als normalerweise. »Dabei fängt der Oktober gerade erst an.«

Sie huschten durch die breite Tür in die Turnhalle. Clara schüttelte sich, und Franzi lockerte den Griff um ihre Jacke.

»Der Schönmann wird schon dafür sorgen, dass wir jetzt ins Schwitzen kommen«, vermutete Clara.

Für die heutige Sportstunde stand eine Leistungskontrolle im Hochsprung an. Franzi freute sich darauf. Sie mochte diesen Sport und war gar nicht so schlecht darin. Gemeinsam betraten sie die Umkleide, in der schon jede Menge Mädchen herumsaßen und schwatzten oder gerade damit beschäftigt waren, ihre Klamotten zu wechseln. Es roch nach altem Schweiß und jeder Menge Deospray. Franzi beeilte sich, in ihre Turnsachen zu schlüpfen. Sie mochte es nicht, wie manche Mädchen demonstrativ lange in ihrer Unterwäsche herumstanden, um zu zeigen, dass sie schon deutlich mehr weibliche Rundungen aufwiesen als andere – wie Franzi zum Beispiel. Deren Figur blieb hartnäckig jungenhaft.

Schließlich gingen sie nacheinander in die Turnhalle und setzten sich abwartend auf die Bänke am Rand. Der Hochsprung-Stand war aufgebaut, und Franzi überlegte, welche Sprunghöhe sie sich zum Ziel setzen sollte. Herr Schönmann war noch nicht zu sehen. Er kam meist erst in letzter Sekunde in die Halle.

»He, Franzi, was trägst du da eigentlich um deinen Hals?«, fragte Zoe plötzlich. »Wenn der Schönmann sieht, dass du Schmuck trägst, wird er sauer.«

Erschrocken fasste Franzi in ihren Nacken. Sie hatte ja das Medaillon noch an! Das hatte sie völlig vergessen.

»Oh nein, ich hab nicht dran gedacht, das abzumachen«, sagte sie schnell und sprang auf. Ich bringe es noch weg.«

»Beeil dich!«

Franzi rannte durch die Halle und ging eilig in die Kabine. Als sie die Tür hinter sich schloss, schrak sie zusammen. Sie hatte angenommen, dass die Umkleide leer sei, aber da stand noch Liv. Die versuchte, so rasch wie möglich ihr langärmliges Oberteil überzustreifen, aber für einen kurzen Moment konnte Franzi ihre Arme sehen. Sie waren übersät mit Narben. Helle und dunkle Striche, frische und alte Narben. Sie waren alle nur ein paar Zentimeter lang, doch sie zogen sich wie ein Muster über beide Arme. Erschrocken blieb Franzi stehen.

»Was ist mit deinen Armen passiert?«, fragte sie ungelenk.

Liv warf ihr einen bösen Blick zu. »Das geht dich nichts an!«, fauchte sie. »Was machst du überhaupt hier? Ihr wart doch alle schon draußen.«

Franzi war so entgeistert über diese Verletzungen, dass sie sich von Livs Tonfall nicht abschrecken ließ. »Trägst du deshalb immer langärmlige Oberteile?«, fragte sie, ohne sich beirren zu lassen. »Damit niemand sieht, dass du dich ritzt?«

Liv schleuderte ihre Schuhe in einen Spind und knallte dessen Tür zu. »Du sollst mich in Ruhe lassen«, wiederholte sie. »Es geht euch alle einen Dreck an, ob ich mit euch reden will, ob ich was esse oder nicht und ob ich mich ritze oder Benzin schnüffle. Es hat noch nie jemanden interessiert, wie es mir geht, und du musst jetzt auch nicht damit anfangen!«

»Du gibst ja auch keinem die Chance zu zeigen, dass er sich für dich interessiert«, erwiderte Franzi, deren Mitleid sich jetzt mit ein bisschen Ärger mischte.

»Und das hat seine Gründe«, patzte Liv und drängte sich an ihrer Schulkameradin vorbei zur Tür hinaus.

Franzi blieb wie ein begossener Pudel stehen und versuchte zu verarbeiten, was sie gerade gehört hatte. Dann nahm sie nachdenklich das Lederband mit dem Medaillon ab, schloss es in ihren Spind ein und ging zurück in die Halle.

Natürlich hatte der Unterricht bereits begonnen, und Franzi bekam eine Rüge. Clara und Zoe waren nicht überrascht, als sie ihnen von Livs Armen erzählte. Sie wussten längst, was der Grund dafür war, dass Liv immer als Letzte die Umkleide verließ. Und Franzi wunderte sich einmal mehr, wie die ganze Klasse es einfach hinnehmen konnte, dass ein Mädchen, das doch zu ihnen gehörte, so litt. Trotz ihrer neuen Sorge um Liv schaffte sie es in dieser Stunde, eine Eins im Hochsprung zu bekommen.

Mit gemischten Gefühlen ging Franzi an diesem Nachmittag nach Hause.

In der unteren Diele der Villa traf sie Frau von Bernheim.

»Fräulein Weber, wie schön, dass sie gerade kommen!«, rief die alte Dame und winkte sie zu sich heran. »Kommen Sie doch kurz herein. Ihre Mutter ist auch hier, und wir dachten, es wäre doch schön, einmal gemeinsam Kaffee zu trinken.«

Franzi lächelte ein wenig gequält. Sie mochte die von Bernheims, hatte aber eigentlich keine Lust auf einen Kaffeeklatsch im klassischen Stil. Doch diesmal ließ es sich wohl kaum vermeiden.

»Oh, vielen Dank«, sagte sie deshalb höflich und begann, sich die Schuhe vor der Wohnungstür der von Bernheims auszuziehen.

»Lassen Sie die Schuhe doch an«, bat die alte Dame mit dem weißen Haar und dem gut gestärkten Hauskleid sie.

Aber Franzi war fast fertig. »Nein, nein, das ist kein Problem«, widersprach sie rasch und betrat auf Strümpfen die Wohnung.

Frau von Bernheim führte sie durch einen perfekt aufgeräumten und vor Sauberkeit blitzenden Flur in das große Wohnzimmer, wo die Kaffeetafel bereits gedeckt war. Ein mit altrosa Blumen verziertes Porzellangeschirr war akkurat angeordnet; dazu passende Stoffservietten boten die Unterlage für glänzendes Tafelsilber. Franzis Zehen sanken in den hochflorigen Teppich ein. Ihr Blick fiel auf den Kronleuchter, der über der Kaffeetafel thronte. Er erinnerte sie an den großen Kristallleuchter, der in Emmas Wasserschloss hing. Ach, das war ein so wunderbarer Sommer gewesen auf Rosenfels! Ganz ohne all die Sorgen um Liv, die sie jetzt hatte …

»Hallo Franzi«, wurde sie jetzt von ihrer Mutter begrüßt, die eben aus dem Arbeitszimmer des Ehepaares kam.

Auf die Bitte von Frau von Bernheim setzten sie sich an den Tisch. Die nächste halbe Stunde war dem Genuss von Kuchen und Törtchen gewidmet, wie Franzi sie noch nie gegessen hatte. Es fühlte sich ein wenig an, als hätte sie eine Zeitreise gemacht und säße in einem herrschaftlichen Haus des 19. Jahrhunderts. Das Gespräch drehte sich die ganze Zeit um aktuelle politische Themen, für die Herr von Bernheim und ihre Mutter sich brennend interessierten.

Als sie satt waren, erklärte die Herrin des Hauses das Kaffeetrinken für beendet und nahm Franzi beiseite. »Ihre Mutter hat mir erzählt, dass Sie gern lesen«, sagte sie vertraulich und führte Franzi in ein Zimmer, das voller Bücher stand. »Wenn Sie Lust haben, dann sehen Sie sich doch hier einmal um.«

Beeindruckt betrachtete Franzi die Buchrücken. Es war eine ganze Bibliothek, die die von Bernheims hier hatten. »Danke schön«, sagte sie höflich.

Eine Weile sah die alte Dame ihr dabei zu, wie sie von Regal zu Regal ging und ab und an ein Buch in die Hand nahm. Besonders die alten Bücher hatten es ihr angetan. Seit sie die Bücher des Technikus auf Rosenfels entdeckt hatte, fühlte sie sich der alten deutschen Schrift noch mehr verbunden als vorher.

»Haben Sie sich mittlerweile gut in der Schule eingelebt?«, fragte Frau von Bernheim nach ein paar Minuten.

Franzi stellte das Buch, das sie gerade in den Händen hielt, zurück ins Regal. »Na ja«, begann sie und beschloss, nicht mit einer höflichen Floskel, sondern ganz ehrlich zu antworten. »Es ist schon ganz okay in der Schule. Aber es gibt ein Mädchen in meiner Klasse, das richtig ausgeschlossen wird. Und sie will sich nicht helfen lassen.«

Die alte Dame sah sie mit einem überaus verständnisvollen Blick an. Sie setzte sich auf ein antikes, dunkelgrün und ocker gemustertes Sofa und lud Franzi mit einer Handbewegung ein, sich zu ihr zu gesellen.

»Magst du mir mehr erzählen?«, fragte sie sanft, und Franzi bemerkte erfreut, dass sie auf einmal geduzt wurde.

Sie begann zu berichten. Erst ein wenig zögerlich, doch dann brach alles aus ihr heraus, was sie bedrückte. Als sie fertig war, fühlte sie sich, als hätte jemand ihr eine Last von den Schultern genommen. Seltsam, sie hatte ihrer Mutter und ihren Freundinnen zu Hause auch davon erzählt, aber niemand hatte ihr so aufmerksam zugehört wie diese alte Dame.

»Das ist wirklich schlimm«, sagte diese schließlich. »Wie, sagtest du, hieß das Mädchen mit Nachnamen?«

»Das habe ich noch gar nicht gesagt«, meinte Franzi nachdenklich. »Sie heißt Liv Frey, und ihre Mutter ist die Direktorin der Schule.«

»Oh, das Frey-Mädchen«, nahm Frau von Bernheim zur Kenntnis, und sie nickte bedächtig. »Nun, das wundert mich nicht, dass das Kind Schwierigkeiten hat.«

»Warum?«, fragte Franzi erstaunt.

Die Frau sah einen Moment versonnen vor sich hin, so als überlege sie, ob sie Franzi ihre Gedanken erzählen sollte oder nicht. »Das ist eine traurige Geschichte«, seufzte sie schließlich. »Möchtest du sie wirklich hören?«

Franzi nickte. Natürlich wollte sie das, sie war froh über jede kleine Information, die ihr helfen konnte, Liv besser zu verstehen.

»Die Freys hatten früher ein ziemlich bekanntes Familiengeschäft hier im Ort. Der Urgroßvater von Livs Vater hatte es gegründet, und es lief wirklich gut. Über die Jahre ist die Familie zu einem guten Ansehen und Vermögen gekommen. Aber dann lief etwas schief, das Geschäft brach ein und schließlich musste es Konkurs anmelden. Livs Vater hat das nicht verkraftet. Ich glaube, er fühlte sich als Versager. Er fing an, Alkohol zu trinken – zu viel Alkohol. Er wurde krank, er machte eine Therapie und hatte einen Rückfall. Damals war Liv erst im Kindergartenalter. Ein paar Jahre ging es noch so weiter, und dann passierte etwas, das uns alle tief schockiert hat.«

Frau von Bernheim machte eine Pause, und Franzi fragte sich, was wohl noch schlimmer sein konnte als das, was sie bereits gehört hatte. Schon jetzt hatte sie unglaublich viel Mitleid mit Liv. Sie konnte sich kaum vorstellen, was es für eine Familie bedeutete, wenn der Vater oder die Mutter so verzweifelt war und über Jahre hinweg keinen Mut oder Kraft für einen Neuanfang hatte. Und Liv schien es genauso zu gehen wie ihrem Vater. Franzi spürte, wie die Traurigkeit ihr den Hals zuschnürte. In den letzten beiden Wochen hatte sie sich beinahe daran gewöhnt, dass Liv so war, wie sie war. Aber damit half sie ihr doch überhaupt nicht. Und sollte sie das nicht doch weiter versuchen, auch wenn Liv es angeblich nicht wollte? Sehnte sie sich nicht vielleicht doch ganz tief in ihrem Innern danach, dass jemand sie aus diesem tiefen Loch herausholte, in dem sie zu sitzen schien?

Frau von Bernheim beobachtete Franzis Gesicht. Sie schien zu ahnen, welche Gedanken ihr durch den Kopf gingen. »An einem Morgen im November vor drei Jahren hat Livs Vater sich das Leben genommen. Er hat sich in der Nähe von Unkelbach vor den Zug geworfen.«

Die Worte trafen Franzi wie ein Schlag in die Magengrube. Sie schnappte entsetzt nach Luft und sah ihre Gastgeberin mit weit aufgerissenen Augen an. »Er hat … oh, wie schrecklich!« Jetzt hielt sie es nicht mehr auf ihrem Sitzplatz aus. Sie stand auf und ging ans Fenster.

Frau von Bernheim blieb sitzen und sah ihr nach.

Mit klopfendem Herzen starrte Franzi hinaus in den Garten. Die Bäume, an deren Ästen sich nur noch ein paar gelbe Blätter festkrallten, wirkten auf einmal beinahe feindselig auf sie. Graue Wolken bedeckten den Himmel, und der Wind zerrte an der Kletterpflanze, die neben dem Fenster in die Höhe rankte. Also hatte Liv keinen Vater mehr. Und sie hatte ihn auf so dramatische Weise verloren, als sie elf war! Plötzlich konnte Franzi all das verstehen, was Liv tat. Vielleicht war es nicht richtig, sich so abzuschotten und keinen an sich heranzulassen. Aber was konnte Liv dafür, wenn der Schmerz sie so überwältigt hatte? Doch warum reagierte die Klasse so völlig mitleidlos? Wie kam es, dass alle sie verachteten, statt zu versuchen, sie zu trösten? Wussten die anderen Bescheid über das, was geschehen war?

Franzi löste sich von dem Fenster und ging zurück zu der alten Dame, die inzwischen damit beschäftigt war, ein paar Bücher zu sortieren.

»Danke, dass Sie mir das erzählt haben«, sagte Franzi leise.

Die Frau lächelte warm und sah ihr in die Augen. »Normalerweise spricht kaum jemand darüber«, erwiderte sie sanft. »Schon gar nicht Kindern gegenüber. Aber ich glaube, dass du damit umgehen kannst.«

Franzi freute sich über dieses Kompliment, hatte aber gleichzeitig das Gefühl, dass sie damit eine große Verantwortung bekam. »Glauben Sie denn, dass die anderen aus meiner Klasse das wissen?«, fragte sie vorsichtig nach.

Frau von Bernheim wiegte überlegend den Kopf hin und her. »Das weiß ich nicht«, antwortete sie. »Es war Livs letztes Jahr in der Grundschule, als das passierte. Jetzt seid ihr am Gymnasium, nicht wahr? Ich bin nicht sicher, ob die Sache bekannt ist. Natürlich war es damals ein großes Gesprächsthema in der Stadt, aber ob die Kinder in deiner Klasse wissen, dass das Livs Vater war? Das denke ich eher nicht.«

Franzi beschloss, Clara und Zoe zu fragen, was sie über Livs Geschichte wussten. Vielleicht verschwieg sie die Sache ja absichtlich. Franzi konnte sich gut vorstellen, dass Liv lieber nicht auf ihren Vater angesprochen werden wollte. Aber das, was in diesen drei Jahren mit ihr passiert war, konnte doch nicht gut sein. Wo sollte es hinführen? Franzi machte sich echte Sorgen um das Mädchen. Ob sie wohl irgendwo Hilfe bekam?

Als sie längst wieder oben in ihrem eigenen Zimmer saß und der Tag zu Ende ging, drehten sich ihre Gedanken immer noch unaufhörlich um Liv. Einerseits hatte sie ein schlechtes Gewissen. Hätte sie nicht doch stärker versuchen sollen, Livs

Vertrauen zu gewinnen? Irgendwie hatte sie es sich zu leicht gemacht. Liv schlicht in Ruhe zu lassen, hatte nicht viel mit Mut zu tun, und mutig sollte sie doch sein, oder? Sie hatte nichts an der Situation in der Klasse geändert, obwohl sie es immer noch unmöglich fand, wie manche Schüler ausgegrenzt wurden. Andererseits fühlte sie sich auch überfordert. Was konnte sie schon gegen eine ganze Klasse ausrichten? Und wie konnte sie, die keine Ahnung davon hatte, wie man jemandem begegnet, der so schlimme Sachen erlebt hat, Liv aus deren Traurigkeit herausholen?

Gedankenverloren spielte Franzi mit dem Medaillon an ihrem Hals. Es sollte seinem Träger Mut verleihen? *Ich wusste doch, dass das Quatsch ist*, ging es Franzi durch den Kopf. Sie nahm das Schmuckstück ab und betrachtete es. Sie liebte das Bild von der Burg und auch die Rosen auf der Rückseite. Wie es wohl aussah, wenn es an seiner alten Kette hing? Franzi stand auf und angelte das Kistchen vom Bücherbord. Sie öffnete die kleine Schublade und nahm die Kette heraus. Zärtlich strich sie mit den Fingern über das abgewetzte Gold. Es fühlte sich glatt und angenehm an. Nur der Verschluss war seltsam. An der runden Öse, die das Gegenstück hielt, waren drei Erhebungen, die wie Stacheln abstanden. Sie waren oben abgeflacht, sodass sie den Träger sicher nicht störten. Aber wozu machte man so etwas an einen Kettenverschluss? Franzi musterte die Öse eingehend. Sie drückte an den Stacheln, aber sie schienen keine Funktion zu haben. Achselzuckend hörte Franzi auf und zog ihr Lederband aus der Halterung des Medaillons. Dann fädelte sie die alte Kette durch und legte sie sich um den Hals.

Eigentlich ist das viel schöner, dachte sie und ging zum Spiegel. *Jetzt fehlt mir nur noch ein mittelalterliches Kleid.* Sie beschloss, sich zu Weihnachten eine stabile Goldkette zu wünschen, an der sie das Medaillon dann tragen konnte. Aber bis dahin musste es am Lederband bleiben, damit es nicht verloren ging. *Ich wünschte, ich könnte Liv irgendetwas schenken, das ihr Mut gibt,* dachte Franzi.

Sie setzte sich an ihren Computer und las die Neuigkeiten aus Facebook. Viele ihrer Mitschüler posteten ständig, was sie gerade taten. Auf das Drängen von Clara hin hatte Franzi sich noch einen Account angelegt und war nun mit fast allen aus ihrer Klasse »befreundet«. Sogar Liv hatte ihre Anfrage akzeptiert. Die hatte allerdings nur eine Handvoll Facebook-Freunde. Aus der Schule war niemand dabei. Aber Liv war auch kaum bei Facebook aktiv. Sie hatte kein Foto als Profilbild, sondern die Zeichnung eines düsteren Manga-Mädchens. Sie schrieb fast nie eine Statusmeldung, sondern postete nur ab und an ein Musikvideo.

Franzi sah sich eines davon an und wurde gleich noch niedergeschlagener. *Eine Vierzehnjährige sollte nicht solche Grabesfilme anschauen,* dachte sie traurig. Dann sah Franzi sich die Seiten einiger ihrer Klassenkameradinnen an. *So viel sinnloses Geplänkel!* Sie wollte eben aufhören, als sie auf einen Eintrag stieß, der sie traf.

»Das Gerippe hat heute wieder schlappgemacht!«, prangte da auf dem Bildschirm. Es war Kiras Profil, das Datum von vor ein paar Wochen. Rasch rechnete Franzi im Kopf nach – es war genau der Tag, an dem Liv in der Schule zusammengebrochen war. Ein paar Kommentare gab es auch dazu, die Franzi richtig wütend machten. Die Mädchen schrieben öffentlich bei Facebook, dass sie Liv für eine Simulantin hielten.

Mit zitternden Fingern und rasendem Herzen saß Franzi vor dem Laptop. Warum sah sie das erst heute? Damals, als es passiert war, hätte sie denen ihre Meinung dazu geschrieben. Aber jetzt? Wenn sie es jetzt tat, dann war alles wieder verloren, was sie in den vergangenen Wochen an Freundschaften aufgebaut hatte. Doch konnte sie es ignorieren? Sie saß lange da und überlegte. Dann klappte sie das Gerät zu und kletterte auf ihr Bett. Sie würde nichts schreiben. Wozu in alten Wunden wühlen? Sie konnte ja aufpassen und beim nächsten Mal Partei für Liv ergreifen, wenn es sein musste.

Nachdenklich zog sie sich um und schlüpfte in ihre Schlafsachen. Beim Zähneputzen vermied sie es, in den Spiegel zu schauen. Obwohl sie ihre eigenen Argumente überzeugend fand, fühlte sie sich wie eine Verräterin. Seufzend kuschelte sie sich in ihr Kissen und knipste das Licht über ihrem Bett aus. Es war eigentlich sehr gemütlich, doch dann pikste sie etwas im Nacken. Franzi tastete danach und stellte fest, dass sie noch immer das alte Goldkettchen trug. Sie richtete sich auf und schaltete die Lampe wieder an. Damit sie die Kette nicht in der Nacht zerreißen konnte, nahm sie sie ab und legte sie auf das schmale Bücherbord über ihrem Kopfende. Die roten Schmucksteine des Medaillons blitzten im Licht auf.

Plötzlich hatte Franzi einen Einfall. Sie nahm das Medaillon wieder in die Hand und betrachtete den Kettenverschluss. Die drei Steine waren in einer Linie angeordnet und ungefähr so groß wie die Stacheln am Verschluss. Die Erinnerung an verschiedene Mechanismen in der Burg und im Wasserschloss schoss Franzi durch den Kopf. Der Technikus hatte überall mit Steinen gearbeitet, auf die man drücken musste. Manchmal mit ganz normalen Steinen, manchmal mit diesen besonderen Kristallen, die elektrisch waren. Die Steine hier sahen nicht so aus wie die orangen Kristalle, aber Franzis Neugier war trotzdem geweckt. Ob wohl etwas passierte, wenn sie darauf drückte?

Sie nahm den Verschluss und bohrte den äußersten Stachel in den linken Kristall. Nichts geschah. Sie drehte den Verschluss weiter, sodass nun der mittlere Stachel den mittleren Kristall berührte. Und tatsächlich: Der Stein versank im Medaillon! Franzi hielt den Atem an und drückte fester. Nun berührten alle drei Stacheln jeweils einen Kristall. Ein zartes Klicken war zu hören, und Franzi spürte, wie sich etwas in dem Schmuckstück löste. Sie zog ihre Finger zurück, und das Medaillon sprang auf. Der ungelenke Kratzer am Rand des Anhängers war keine einfache Scharte! Es war die Linie, an der das Medaillon sich teilte. Innenliegende Scharniere machten es möglich, dass es sich aufklappen ließ.

Nachdem Franzi sich von dem angenehmen Schrecken erholt hatte, betrachtete sie das, was in dem Medaillon zum Vorschein gekommen war. Auf der rechten Seite war das Bild eines Mannes zu sehen. Es war auf eine kleine Emaillescheibe gezeichnet. Der Mann war jung und sah wirklich gut aus. Und nicht nur das: Er wirkte entschlossen und selbstbewusst, gleichzeitig strahlte sein Gesicht Zuverlässigkeit aus. *Diesem Mann kann man vertrauen,* dachte Franzi. Sie konnte den Blick kaum von dem Bildnis lösen. Doch schließlich sorgte ihre Neugier dafür, dass sie sich der linken Seite zuwandte. Dort war etwas in das Gold eingraviert: *»Josua 1,9 für dich, meine geliebte Sonnhild! Für immer, dein L.«*

Fassungslos starrte Franzi auf das, was sie da las. War es möglich, dass diese Zeichnung Ludewig IV. darstellte? Den beeindruckenden König aus dem Buch des Technikus? Wenn es stimmte, was sie sich da gerade zusammenreimte, dann war das Medaillon ein Geschenk von Ludewig IV. an seine Frau. Und sie, Franziska Weber, hielt es in den Händen!

Emma hatte gesagt, dass sie nicht wisse, wie alt das Schmuckstück sei. Es konnte also durchaus sein, dass es schon fünfhundert Jahre in der Familie weitergegeben wurde. Ehrfürchtig betrachtete Franzi das Bild des jungen Mannes. Ja, so hatte sie sich Ludewig vorgestellt. Nun ja, ein bisschen anders natürlich schon, aber auf jeden Fall genauso vertrauenswürdig und gut aussehend.

Nun wollte Franzi noch wissen, was »Josua 1,9« bedeutete. Sie war sich sicher, dass es ein Bibelvers sein musste. Der Technikus hatte in sein Heft auch Verse eingebaut; wieso sollte also Ludewig seiner Frau nicht auch einen solchen schenken? Schließlich war er ein Schüler des Technikus gewesen.

Franzi stieg aus dem Bett und holte ihre Bibel, die unter ein paar Zeitschriften vergraben auf einer Ecke ihres Schreibtischs lag. Ihr fiel auf, dass sie ganz schön lange nicht mehr in das Buch hineingeschaut hatte. Schnell schlug sie das Inhaltsverzeichnis auf, denn sie wusste nicht gleich, wo »Josua« zu finden war. Nach einigem Suchen fand sie die Stelle im Alten Testament. »Kapitel eins, Vers neun«, murmelte sie vor sich hin und blätterte durch die Seiten. Endlich wurde sie fündig. »Habe ich dir nicht geboten: Sei stark und mutig? Erschrick nicht und fürchte dich nicht! Denn mit dir ist der Herr, dein Gott, wo immer du gehst«, las sie. Beeindruckt ließ sie die Bibel sinken. Was für ein schöner Bibelvers. Ja, Sonnhild war eine mutige Frau gewesen. Das zeigte die Geschichte, die der Technikus in seinen Büchern beschrieben hatte. Ludewig musste das sehr an ihr geschätzt haben. Doch zu der Freude über die Entdeckung im Medaillon mischte sich plötzlich ein ganz anderes Gefühl in Franzis Brust. »Es gehört einfach zu dir«, hatte Emma gesagt, als sie ihr das Medaillon geschenkt hatte. Und nun kam es Franzi vor, als würden auch diese Sätze, die sie da eben gelesen hatte, zu ihr gehören. Ludewig hatte sie Sonnhild gewidmet. Aber ursprünglich hatte Gott sie zu Josua gesagt. Und jemand hatte sie aufgeschrieben, sodass sie nun immer noch für jeden in der Bibel zu lesen waren.

»Habe ich dir nicht geboten: Sei stark und mutig? Erschrick nicht und fürchte dich nicht! Denn mit dir ist der Herr, dein Gott, wo immer du gehst.« Es war nicht wie ein Vorwurf. Es war wie eine Erinnerung, die ihr Mut machte. Sei stark und mutig! Hab keine Angst. Gott ist dabei, egal, was passiert. Mal ehrlich, hatte sie das nicht den ganzen Sommer lang erlebt? Es waren so viele Dinge geschehen, und alles war immer gut gegangen. Sie hatten unglaubliche Entdeckungen in alten Gemäuern gemacht und waren zitternd durch mit Fallen gespickte Geheimgänge gelaufen. Nicht einmal die Angst vor den unheimlichen Männern im Turm hatte Ben und sie davon abgehalten, den Gang zu erforschen, den sie gefunden hatten. Und jetzt fürchtete sie sich davor, einen Kommentar bei Facebook zu schreiben? Nur weil dann vielleicht ein paar Mitschüler wieder unfreundlich zu ihr waren? Nein, das konnte sie nicht machen.

Entschlossen ging Franzi wieder zu ihrem Laptop, klappte ihn auf und suchte den Eintrag von Kira. Noch einmal zögerte sie kurz. Sie machte sich Sorgen um Zoe. Die würde vielleicht darunter leiden, wenn Franzi sich jetzt wieder für Liv einsetzte. Aber das hier war wichtiger. Auf einmal war Franzi sich ganz sicher, dass sie Liv nicht hängen lassen konnte. Egal, was sich daraus entwickeln würde – sie wusste, dass sie lange genug dabei zugesehen hatte, wie Liv sich ihrem vermeintlichen Schicksal widerspruchslos ergab.

Der Vogel von Livs Bild hockte immer noch drohend auf dem Ast. Aber Franzi wollte nicht länger riskieren, dass er irgendwann herabstürzte und Liv noch mehr verletzte.

Kapitel 11 · Familienfehde

»Da kommt ja die heldenhafte Franziska W.!«

Spöttisches Gelächter begleitete Franzi an ihren Platz. Sie zuckte die Schultern und sah den Mädchen herausfordernd ins Gesicht. »Ihr könnt ja weiter auf einzelnen Leuten herumhacken, die sich nicht wehren, wenn ihr euch damit irgendwie gut fühlt. Aber ich hab keine Lust mehr, dabei mitzumachen.«

Luise schüttelte missbilligend den Kopf. »Du hast nie mitgemacht«, sagte sie verständnislos und erntete einen Seitenhieb von Kira.

»Doch, indem ich nichts dagegen gesagt habe.«

Luise sah etwas betroffen aus, aber die anderen verdrehten nur die Augen.

»Es ist nicht immer klug, jemanden zu verteidigen, von dem man nicht weiß, warum er ausgegrenzt wird.«

Jetzt stieg Kampfeslust in Franzi hoch. »Ach so? Du denkst also, dass es einen guten Grund dafür gibt, dass sie von euch wie Luft behandelt wird?«

Kira nahm den aggressiven Ton auf. »Allerdings!«, gab sie scharf zurück. »Und du hast keine Ahnung davon, weil du gerade mal vor ein paar Wochen hier hereingeschneit bist. Du hast so was von kein Recht, dich hier als Moralapostel aufzuführen!«

»Einer muss es ja machen«, fauchte Franzi und stemmte die Fäuste in die Seiten.

Kira sah aus, als würde sie gleich auf Franzi losgehen, aber Marie legte ihr besänftigend eine Hand auf die Schulter.

»Du Dorfmädchen«, zischte Kira wütend. »Ergreif doch Partei für diese verhätschelte Direktorentochter aus ach so gutem Hause. Du wirst schon sehen, was du davon hast. Vielleicht ist dein Vater ja auch so ein versoffener Firmenruinierer wie der von Fräulein Frey.«

Franzi explodierte innerlich. Doch glücklicherweise kam genau in diesem Moment Liv in den Raum. Das hinderte Franzi daran, Kira an die Gurgel zu springen. Zumindest dachte sie später, dass sie das getan hätte. Aber Livs Erscheinen ließ ihren Zorn augenblicklich verpuffen. Das schwarzhaarige Mädchen kam zur Tür herein, als Kira gerade ihren letzten Satz sagte. Ein Blick auf die Mädchen, die sich wie zwei aufgebrachte Gockel gegenüberstanden, machte ihr alles klar.

»Ihr könnt aufhören, euch meinetwegen zu streiten«, sagte Liv mit überraschend ruhiger Stimme. »Das haben wir alles schon hundertmal durch. Wenn du es schriftlich haben willst, Franzi, dann leihe ich dir mein Tagebuch von vor zwei Jahren. Oder die BILD-Zeitung von 2009. Was du willst.« In ihren Sätzen lag eine so bleischwere Bitterkeit, dass Franzi beinahe die Luft wegblieb.

Kira sah Liv mit einem bösen Blick an, erwiderte aber nichts.

»Warum um alles in der Welt seid ihr so …«, setzte Franzi an, aber in diesem Augenblick klingelte es.

Wie auf ein stummes Kommando hin wandten sich alle von Franzi ab, obwohl sie sich sonst nie um das erste Zeichen zum Pausenende scherten.

Franzi schaute Liv Hilfe suchend an. »Kannst du mir erklären, warum …?«

»Nein«, schnitt Liv ihr die Frage ab. »Hör auf, dich einzumischen. Ich habe dir schon oft genug gesagt, dass ich das nicht will.«

Franzi setzte sich und schüttelte wieder einmal verständnislos den Kopf. »Aber ich versuche doch nur zu verstehen, was los ist! Und dir zu helfen, nicht so depressiv zu sein«, verteidigte sie sich leidenschaftlich.

Liv warf ungewohnt schwungvoll ihre Schulsachen auf den Tisch. »Noch einmal zum Mitschreiben: Ich will nicht, dass mir irgendjemand hilft. Ich habe mich entschieden, so zu sein, wie ich bin. Ich will es nicht anders. Kapiert?«

»Nein, das kapiere ich nicht«, sagte Franzi trotzig.

Liv strich sich eine Haarsträhne aus dem Gesicht und sah sie hochmütig an. »Kapiere es oder kapiere es nicht.

Aber erwarte nicht von mir, dass ich mich für deine ›Hilfe‹ bedanke.«

Nun war Franzi vollends verwirrt. »Nein, nein, das … das erwarte ich ja gar nicht«, stammelte sie. Sie hatte keine Ahnung, was hier gespielt wurde.

Es klingelte zum zweiten Mal, und Zoe hetzte zur Tür herein, dicht gefolgt von Clara und der Lehrerin. Zoe sah sich verwundert um, als sie an ihrem Platz ankam. Die Ruhe in der Klasse war verdächtig. Aber außer eisigen Gesichtern entdeckte sie keinen Grund dafür. Ein Blick in Franzis Gesicht machte ihr allerdings einiges klar.

»Du solltest mal die Aktivitäten deiner Freunde bei Facebook checken«, raunte Justus Clara zu.

Zoes Augen weiteten sich. Dann begann der Unterricht.

Ben war mit seinen Nachforschungen nicht weitergekommen. Die Spur über die Internetseite führte ins Leere. Und über den Interessenten, der Rosenfels hatte kaufen wollen, wusste er nichts.

Schlecht gelaunt trottete er durch die Straßen. Er war auf dem Heimweg von der Schule. Die schmutzigen Fassaden und die Leute, die ihre für eine Innenstadt viel zu großen Hunde Gassi führten, nervten ihn heute ungemein. Normalerweise liebte er seine Stadt, aber heute hatte er einen schlechten Tag.

Es nieselte schon die ganze Zeit, und er hatte keine Lust auf Herbst. Er wollte wieder Sommer haben, schwimmen gehen und vor allem nicht zur Schule müssen. Er zerquetschte mit dem Fuß eine Kastanie, die auf dem Bürgersteig lag, obwohl weit und breit kein Kastanienbaum zu sehen war. Bestimmt hatte ein Kindergartenkind sie verloren. Herbstwetter und Hausaufgaben, was für eine schreckliche Kombination. Und dazu noch eine Beinahe-Freundin, die sich seit zwei Tagen nicht bei ihm gemeldet hatte. Er hatte keine Ahnung, was mit Franzi los war. Hatte er irgendetwas Falsches gesagt? Er konnte sich an nichts erinnern. Eigentlich war Franzi richtig gut drauf gewesen, als sie vorgestern telefoniert hatten. Aber jetzt antwortete sie nicht einmal auf die SMS, die er ihr heute Morgen vor der Schule geschickt hatte.

Lustlos stieg er die Treppen zu seiner Wohnung hinauf. Auf halber Höhe wechselte er in den Fahrstuhl und ärgerte sich danach, dass er sein Fitnessprogramm nicht durchgezogen hatte. Seine Mutter war zu Hause. Es roch nach Sauerkraut und Kasseler, und Bens Stimmung hellte sich ein kleines bisschen auf.

»Hallo Mam«, sagte Ben. Er warf seine Jacke über den Garderobenhaken und schob den Schulrucksack mit dem Fuß in eine Ecke.

Die Mutter stand in der Küchenzeile und rührte Kartoffelpüree.

»Hallo Ben«, gab sie zurück. »Ich hoffe, du hast Hunger. Das Essen ist gleich fertig.«

Kurz darauf saßen sie gemeinsam am Esstisch. Ben schlang die Mahlzeit gierig hinunter. Das war genau das Richtige an einem Tag wie diesem. Zum Glück ließ seine Mutter ihn einfach essen und fragte ihn nicht über die Schule aus. Von dort gab es sowieso nichts Neues zu berichten. Wie von überall. Ben hatte das Gefühl, dass sein Leben gerade in einer todlangweiligen Phase angekommen war, und er sehnte sich nach den Abenteuern zurück, die er im Sommer erlebt hatte.

»Ich muss noch Hausaufgaben machen«, verkündete Ben, als er seinen Teller zum zweiten Mal leer gegessen hatte. Er stand auf, streckte sich und strich sich zufrieden über den Bauch. »Das war wirklich lecker«, lobte er seine Mutter, was er sonst sehr selten tat.

Dann holte er seinen Rucksack und verzog sich in sein Zimmer. Er drehte die Musikanlage auf und versuchte, sich in die Mathematik-Hausaufgaben zu vertiefen. Doch seine Gedanken wanderten immer wieder ab. Er löste eine Gleichung nach der anderen, aber sein Kopf war nur halb dabei. Zum Glück fiel ihm Mathe wirklich leicht. So war er in kurzer Zeit fertig und kramte nach seinem Biologie-Buch. Er sollte einen Text lesen und dann irgendetwas im Internet recherchieren. Das war eine ungünstige Aufgabe. Denn sobald er den Computer angeschaltet hatte, war die Biologie vergessen.

In den Nachrichten war es ruhig geworden um Burg Rosenfels. Ben entdeckte zwar immer mal wieder einen neuen Bericht, aber die große Aufregung war vorbei. Leider meldete sich in letzter Zeit auch weder Emma noch ihr Vater bei ihm. Er fühlte sich wie ein Fisch auf dem Trockenen.

Ben tippte Suchworte rund um den Begriff Rosenfels in die Suchmaschine ein und las, was immer ihm ins Auge sprang. Aber irgendwie frustrierte ihn das heute nur. Am meisten wurmte es ihn, dass es in der Sache mit den gestohlenen Texten des Technikus keinen Schritt weiterging. Er hatte versucht herauszufinden, ob es eine Verbindung zwischen dem Ersteller der Website und dem Interessenten für die Burg gab. Aber weil er nicht wusste, wie derjenige hieß, der die Burg kaufen wollte, hatte er keinen Erfolg.

Missmutig trommelte Ben mit den Fingern auf die Schreibtischplatte. Dann suchte er noch einmal nach »Rosenfels«, diesmal allerdings als Bildersuche. Sofort erschienen einige wunderschöne Fotos der Burg auf seinem Bildschirm, dazu Werbung für die Jugendherberge und einige Bilder von den Funden im Sommer. Das alles kannte er schon. Doch dann entdeckte Ben etwas, was ihm noch nie aufgefallen war. Es war das Foto eines goldenen Medaillons, das das Bild der Burg trug. Verwundert klickte Ben die Grafik an. War das Franzis Medaillon? Sie hatte es ihm gezeigt, und er war ein klein wenig neidisch auf sie geworden. So ein Medaillon war schon etwas Besonderes. Aber warum war es auf der Seite eines Auktionshauses zu sehen? Ben las den Text und stellte fest, dass es zur Versteigerung angeboten wurde. Um online mitbieten zu können, musste man sich auf der Seite anmelden. Das Mindestgebot für das Schmuckstück lag bei 3400 Euro.

Ben schnappte nach Luft, als er den Preis sah. So etwas trug Franzi um ihren Hals? Oder sollte sie es wirklich zur Versteigerung freigegeben haben? Das konnte er sich beim besten Willen nicht vorstellen. Unzufrieden starrte Ben auf sein Smartphone, das neben dem Computer auf dem Tisch lag. Warum meldete Franzi sich nicht? Er wollte sie fragen, was es mit diesem Medaillon auf sich hatte, aber sein Stolz verbot ihm, sie anzurufen. Schließlich wollte er nicht den Eindruck erwecken, dass er es nicht aushielt, wenn sie zwei Tage lang nicht mit ihm sprach.

Um sich abzulenken, widmete Ben sich wieder seinen Biologie-Aufgaben. Dann schaute er sich ein paar Videos an und verschwendete Zeit im Internet.

Endlich klingelte sein Telefon.

»Franzi!«, sagte er erleichtert und ärgerte sich, dass seiner Stimme anzuhören war, wie sehr er sich freute.

Franzi reagierte nicht so locker und fröhlich, wie sie es sonst tat. »Hey Ben«, begrüßte sie ihn in ungewohnt traurigem Tonfall. »Tut mir leid, dass ich mich erst jetzt melde. Es geht grade ziemlich ab bei mir.«

Ben runzelte besorgt die Stirn. »Was ist los?«, fragte er milde.

Franzi hätte beinahe losgeheult, so gut tat es ihr, seine Anteil nehmende Stimme zu hören. »Ach … das ist eine lange Geschichte.«

Ben lächelte. »Ich nehme mir gern Zeit, sie anzuhören.«

Franzi wehrte ab. »Nein, nein, nicht jetzt. Ich … würde es schön finden, wenn wir uns vielleicht am Wochenende mal wiedersehen könnten.« Sie schluckte. »Was denkst du?«

Ben wäre am liebsten sofort zu ihr gefahren und hätte sie in die Arme genommen. »Das wäre super!«, beeilte er sich deshalb zu sagen. »Ich kann bestimmt zu dir kommen. Oder du nach Köln, wie du willst.«

»Ich würde lieber nach Köln kommen«, sagte Franzi leise. »Aber ich weiß jetzt noch nicht, was bis dahin passiert. Du, ich hab noch etwas anderes, was ich dir erzählen wollte.«

Ben nickte, obwohl sie ihn nicht sehen konnte. »Ich auch«, meinte er. »Aber fang du an.«

Franzi war froh, dass er das sagte. Sie erzählte ihm von dem Medaillon, dass es sich öffnen ließ und was sie darin gefunden hatte.

Ben hörte ungläubig zu. Ein Bild von Ludewig IV.? Am liebsten hätte er es sofort gesehen. Er bat Franzi, ihm ein Foto davon per Mail zu schicken. Dann berichtete er von seiner eigenen Entdeckung.

»Also es ist definitiv nicht dein Medaillon, das da versteigert wird, oder?«, versicherte er sich, nachdem er geendet hatte.

Franzi war wie elektrisiert. »Emma hat mir gesagt, dass es früher ein Gegenstück zu meinem Medaillon gab«, meinte sie begeistert. »Aber sie wusste nicht, wohin es verschwunden ist. Wir müssen dafür sorgen, dass es wieder zurück in die Familie kommt, oder?«

»Ja, klar«, stimmte Ben ihr zu. Insgeheim dachte er: *Am liebsten würde ich dafür sorgen, dass* ich *es bekomme.* Doch das sagte er nicht laut, denn er wusste, dass es ein unverschämter Wunsch war. Wenn es möglich gewesen wäre, hätte er selbst mitgeboten, um es zu ersteigern. Aber schon das Einstiegsgebot überstieg seine kümmerlichen Ersparnisse bei Weitem.

»Ich rufe noch mal Emmas Vater an«, schlug Ben vor.

Franzi war einverstanden, und Ben freute sich, dass er nun einen Vorwand hatte, um vielleicht doch noch ein paar Neuigkeiten von Rosenfels zu erfragen. Franzi wollte Emma Bescheid geben. Sie unterhielten sich noch kurz über ein paar belanglose Dinge, aber Franzi sagte nichts von dem Stress, den sie in der Schule hatte. Das würde sie am Wochenende machen, wenn sie in Köln war.

Als sie auflegte, war Ben einerseits froh, andererseits aber auch ein wenig beunruhigt. Er spürte, dass Franzi wieder Probleme hatte, und er war diesmal nicht sicher, ob sie die so locker meistern würde wie bisher. *Am Wochenende weiß ich mehr,* dachte er und beschloss, sich auf seinen neuen Auftrag zu konzentrieren.

Für Franzi schien die Welt aus dem Ruder zu laufen. Kira war in der Schule unglaublich schlecht auf Franzi zu sprechen und riss viele ihrer Freunde mit. Sie lachten über Franzis Klamotten und über das, was sie im Unterricht sagte. Sie schrieben dumme Kommentare auf ihre Seite bei Facebook. Und sie verbreiteten völlig haltlose Gerüchte über Franzi, was dazu führte, dass selbst Schüler aus den anderen Klassen sie schräg ansahen.

Als die Woche endlich vorbei war, atmete Franzi auf. Zwei Tage ohne Schule, was für eine Wohltat! Clara und Zoe verließen mit ihr die Schule. Sie wollten noch ein wenig durch die Stadt bummeln, bevor sie nach Hause gingen.

Es war seltsam: Vor ein paar Wochen hatten die beiden Mädchen Franzi noch gesagt, dass sie nur dann ihre Freundinnen sein könnten, wenn sie sich von Liv fernhalte. Doch jetzt schienen sie ihre Meinung geändert zu haben. Sie unterhielten sich zwar nicht darüber, aber keine der beiden war an dem Tag, als der Streit zwischen Kira und Franzi begann, auf Distanz gegangen. Im Gegenteil, sie unterstützten Franzi still.

Einmütig liefen die drei Teenager die Straße entlang und ließen die Schule hinter sich. Es war ein weiterer kühler Herbsttag, und Nebel hing in der Luft.

»Was macht ihr am Wochenende?«, fragte Zoe neugierig.

Clara zuckte die Schultern. »Weiß ich noch nicht«, sagte sie lustlos. »Ausschlafen und vor dem Fernseher hängen, schätze ich.«

»Klingt unglaublich spannend«, stichelte Zoe.

Aber Clara ließ sich nicht ärgern. »Na und?«, gab sie ungerührt zurück. »Seit wann müssen Wochenenden aufregend sein? Was hast du denn Tolles vor?«

Zoe grinste von einem Ohr zum anderen. »Ich gehe mit meiner Cousine ins Phantasialand«, strahlte sie.

Clara schüttelte sich. »Bah, dazu hätte ich keine Lust – bei der Kälte.«

»Ach was«, wehrte Zoe ab. »Man muss sich nur warm genug anziehen. Außerdem gibt es genügend Sachen, die man drinnen machen kann.«

»Na dann.«

Sie trotteten weiter. Dann nahm Clara den Faden wieder auf. »Und du?«, fragte sie Franzi. »Was machst du?«

Die fuhr sich mit der Hand über das Gesicht und strich eine Haarsträhne hinters Ohr. »Also, zuerst versuche ich, mich von dieser katastrophalen Woche zu erholen«, begann sie, und Zoe nickte verständnisvoll. »Und dann treffe ich mich noch mit Ben.«

Die beiden Mädchen horchten auf.

»Wer ist denn Ben?«, wollte Clara wissen.

Zoes Augen blitzten. »Das ist doch der Typ, mit dem du auf der Burg warst, oder nicht?«

Franzi lächelte verlegen. »Ähm, ja, das ist er.«

Clara witterte wichtige Neuigkeiten. »Ist er dein Freund?«, bohrte sie nach.

Franzi zupfte sich verlegen an der Nase und überlegte. »Na ja, ich weiß nicht so genau«, gab sie schließlich zu. »Ich glaub schon, irgendwie. Aber wir haben das noch nicht so ganz … festgemacht.« Sie fand selbst, dass diese Antwort seltsam klang, aber es war die Wahrheit.

Clara war noch nicht zufrieden. »So was muss man doch wissen!«, behauptete sie energisch. »Knutscht ihr? Habt ihr schon … du weißt schon, was?«

Franzi wurde rot und sah Clara empört an. »Na hör mal, wenn wir uns schon geküsst hätten, dann wüsste ich ja wohl, dass er mein Freund ist!«

Aber Clara sah sie nur ein wenig verwirrt an. »Wieso? Nicht mit jedem, mit dem man mal ein bisschen rummacht, geht man gleich eine Beziehung ein, oder?« Sie suchte Bestätigung bei Zoe, aber die machte ein Gesicht, das besagte: Ich halte mich da lieber raus.

Franzi schüttelte entgeistert den Kopf. »Nein, so was mache ich nicht«, sagte sie fest. »Mal abgesehen davon, dass ich jetzt sowieso noch nicht mit jemandem schlafen würde! Ich würde auch nicht einfach irgendeinen Typen küssen.« *Ben würde ich aber schon küssen,* dachte sie insgeheim.

Clara verstand die Aufregung nicht. »Da ist doch nichts dabei«, behauptete sie gelassen. »Solange man nicht vergeben ist, kann man doch ruhig ein bisschen Spaß haben.«

Das passte nicht in Franzis Weltbild. »Ich würde nur jemanden küssen, in den ich auch wirklich richtig doll verliebt bin«, sagte sie, obwohl sie wusste, dass Clara sie jetzt für total rückständig halten würde. Zoe sah so aus, als wäre sie der gleichen Meinung.

Clara beschloss, das Thema zu beenden. »Tja, jeder, wie er es für richtig hält«, sagte sie besänftigend.

Eine Weile liefen sie schweigend weiter. Dann kamen sie

an einem alten Haus vorbei, das so aussah, als wäre es vor nicht allzu langer Zeit ein Firmengebäude gewesen.

»Die ehemalige Firma von Livs Vater«, bemerkte Clara beiläufig.

Franzi blieb stehen. »Oh …«, sagte sie nur und betrachtete das Haus.

Zoe zog sie am Jackenärmel. »Komm, lass uns weitergehen.«

Franzi folgte ihr, warf aber noch einen nachdenklichen Blick über die Schulter. »Wisst ihr, warum Kira so unglaublich gemein über die Freys redet?«, fragte Franzi schließlich, als sie um eine Straßenecke gebogen waren.

Clara verdrehte die Augen, und Zoe sah plötzlich sehr traurig aus. »Das ist eine richtige Familienfehde«, meinte sie ruhig.

Franzi verstand noch immer nicht.

Jetzt erklärte Clara den Rest. »Die Firma hatte eine Menge Angestellte, die natürlich alle ihren Job verloren haben, als die Firma Pleite machte. Kiras Eltern haben beide dort gearbeitet. Für ihre Familie war das natürlich ein harter Schlag. Ich schätze, dass sie in den letzten Jahren immer nur gehört hat, Livs Vater sei schuld daran, dass ihre Eltern sich eine neue Arbeit suchen mussten. Beziehungsweise, dass ihre Mutter immer noch arbeitslos ist.«

»Oh«, sagte Franzi. Das machte manches klarer. Aber in Ordnung war Kiras Verhalten trotzdem nicht.

»Zoes Eltern ging es übrigens auch so«, fügte Clara mit Blick auf die Freundin hinzu.

Die nickte und sah Franzi direkt in die Augen. »Mein Vater ist auch ziemlich böse auf Herrn Frey gewesen«, sagte sie jetzt. »Aber dann passierte dieser ... Unfall. Und irgendwie können wir seitdem nicht mehr wütend sein. Außerdem nützt es ja nichts. Ich meine: Das alles ist Vergangenheit. Und meine Mutter sagt immer, dass wir alle Fehler machen. Also ist es auch nicht okay, jemandem für immer und ewig böse zu sein, weil er etwas verbockt hat.«

»Das finde ich auch«, stimmte Franzi ihr zu. »Und es ist toll, dass deine Eltern verzeihen können.«

Mittlerweile waren die Mädchen bei der Bäckerei angekommen, die ihr Ziel gewesen war. Sie betraten den kleinen Laden, in dem sie schon öfter zusammengesessen hatten. Manchmal machten sie ihre Hausaufgaben hier oder sie quatschten einfach über das, was in der Schule so los war.

»Danke übrigens, dass ihr immer noch zu mir haltet«, sagte Franzi, nachdem sie einen freien Tisch gefunden hatten.

Alle drei saßen mit einer Tasse Kakao vor sich da und knabberten an Gebäckteilchen.

»Ich find's halt eigentlich auch gut, was du machst«, mümmelte Clara in ihren Muffin.

Zoe nahm einen Schluck Kakao. »Kira ist noch nicht in Höchstform«, meinte sie dann besorgt. »Außerdem hat sie uns anscheinend noch nicht so richtig im Visier.«

»Keine Sorge, das fällt ihr noch früh genug ein«, sagte Clara sarkastisch. »Aber wir sind immerhin zu dritt. Wir müssen uns ja nicht fertigmachen lassen. Außenseiter zu sein ist mal eine spannende neue Rolle.« Sie lachte betont sorglos und sah Franzi aufmunternd an. »Ehrlich, ich bin irgendwie wild entschlossen, mich dieser Widerstandsbewegung anzuschließen, die du da ins Leben gerufen hast. Vielleicht bekommen wir ja am Ende das Bundesverdienstkreuz.« Dabei grinste Clara breit und versuchte, ein paar Muffinkrümel aus ihrem Kakao zu fischen.

Franzi wusste nicht recht, was sie sagen sollte. »Also, bisher bringt es Liv ja, wie es aussieht, nicht wirklich was«, sagte sie traurig. »Ich denke, jemand müsste mal mit Kira reden. Vielleicht kapiert sie gar nicht, dass Liv nicht für das verantwortlich ist, was ihr Vater gemacht hat. Und selbst der ...«

»Das ist ja gar nicht das Hauptproblem«, fiel Clara ihr ins Wort. »Sie ist einfach nur stinkig, weil Liv so viel Aufmerksamkeit bekommen hat, nachdem ihr Vater gestorben ist. Sie dagegen musste auf einiges an Luxus verzichten, den sie vorher hatte. Ihre Eltern hatten Streit. Und das hat keinen so wirklich interessiert, zumindest denkt sie das. Also fühlt sie sich ungerecht behandelt.«

»Aber sieht sie denn nicht, wie krass Liv unter der ganzen Situation leidet? Sie ritzt sich, sie ist voll depressiv und sie isst fast nichts!« Franzi regte sich jetzt richtig auf. Es war ihr völlig unverständlich, wie jemand jahrelang eifersüchtig auf eine Person sein konnte, der es sichtbar mies ging.

Clara blieb ganz gelassen. »Natürlich sieht sie das. Sie verachtet Liv dafür. Ihrer Meinung nach ist sie einfach zu schwach und will nur noch mehr Aufmerksamkeit erregen.«

Ungläubig schüttelte Franzi den Kopf. »Das verstehe ich nicht. Also denkt ihr, dass es keinen Sinn hat, mit Kira zu reden?«

Zoe rümpfte die Nase. »Gar keinen Sinn. Schon gar nicht, wenn du es versuchst. Sie würde dir nur die Augen auskratzen.«

Das konnte Franzi sich gut vorstellen. Angestrengt überlegte sie, was noch möglich wäre, um das Mobbing-Problem bei der Wurzel zu fassen. Plötzlich kam ihr eine Idee. »Und was ist mit dir?« Sie sah Zoe herausfordernd an.

Die verstand im ersten Moment nicht, was Franzi meinte. Dann zuckte sie erschrocken zusammen. »Was – du meinst, ob ich mit ihr reden kann?«

Franzi nickte. »Ja, natürlich! Schließlich seid ihr doch fast in der gleichen Situation, und du gehst viel erwachsener damit um.«

Jetzt ging Clara dazwischen. »Nein, halte Zoe da mal lieber raus. Vergiss nicht, wir gehen schon seit zwei Jahren mit Kira in eine Klasse, und die Stimmung war von Anfang an genau so, wie sie jetzt ist. Selbst bei den Elternabenden gibt es dauernd Zoff zwischen Kiras Eltern und den anderen.«

»Meine Eltern kommen überhaupt nicht mit denen von Kira klar«, erklärte Zoe. »Die ganze Sache ist irgendwie schon vor langer Zeit aus dem Ruder gelaufen.«

»Puh.« Franzi starrte ratlos in ihre Kakaotasse. Das schien eine wirklich verfahrene Geschichte zu sein. Und wie sollte ausgerechnet sie da einen Anstoß zur Versöhnung geben?

»Zerbrich dir jetzt mal nicht den Kopf darüber«, bat Clara. »Es ist doch ein guter Anfang, dass du offiziell zu Liv hältst. Und wir auch, inoffiziell. Warte doch erst mal ab, wie es sich weiterentwickelt.«

Ohne dass sie sagen konnte, wieso, hatte Franzi das ungute Gefühl, dass es gefährlich sein könnte, zu lange einfach abzuwarten. Aber weil ihr nichts Besseres einfiel, sagte sie nichts, und ein paar oberflächliche Gesprächsthemen später ging sie irgendwie beunruhigt nach Hause. *Jetzt ist erst mal Wochenende,* sagte sie sich selbst. *Da kann ich sowieso nichts machen. Und am Montag werden wir weitersehen.*

Abends im Bett bat sie Gott, ihr eine Idee zu geben, was sie für Liv und die Klasse tun konnte. Dann schlief sie ein, immer noch unruhig, aber mit einer sanft prickelnden Vorfreude auf den nächsten Tag: Sie würde sich endlich wieder mit Ben treffen!

Kapitel 12 · Livs letzte Nachricht

Kurz nach acht Uhr schreckte Franzi aus dem Schlaf. Verwirrt rieb sie sich die Augen. Hatte ihr Wecker geklingelt? Aber es war doch Samstag! Es klingelte wieder und Franzi bemerkte, dass es ihr Handy war. Schlaftrunken kletterte sie aus dem Bett und nahm das Gerät vom Schreibtisch. Auf dem Display prangte Bens Name.

»Hallo?«, sagte sie und räusperte sich, weil ihre Stimme noch ganz müde klang. »Was ist los, warum bist du schon wach?«

»Tut mir leid, dass ich dich geweckt habe«, antwortete Ben zerknirscht. »Ich wusste nicht, wann du dich auf den Weg nach Köln machen wolltest.«

Nicht um acht Uhr morgens, dachte Franzi.

»Jedenfalls …«

Sie hörte, wie bei Ben etwas über den Boden geschoben wurde, und fragte sich, was das sein könnte. Die Antwort kam prompt.

»Also, ich glaube nicht, dass mein Eimer und ich uns heute trennen können«, erklärte Ben schwach, und Franzi ahnte, was los war. »Mir geht's seit heute Nacht ziemlich be...! Ich finde es zwar total blöd, dass wir uns deshalb nicht sehen, aber ich will dich nicht mit dieser Magen-Darm-Geschichte anstecken.«

Franzi schüttelte sich unwillkürlich. Schon, wenn jemand nur erwähnte, dass er einen solchen Virus hatte, wurde ihr automatisch übel. Enttäuscht biss sie auf ihre Unterlippe. »Ach Mann, das ist echt schade«, sagte sie geknickt. »Aber ich wünsch dir natürlich gute Besserung! Hoffentlich hast du es bald überstanden.«

»Na klar«, sagte Ben optimistisch. »So was dauert bei mir nie lange. Aber zurzeit geht es gar nicht. Ich glaub, ich muss auch gleich wieder auflegen.«

»Okay. Dann halte durch.«

»Du auch«, antwortete Ben. »Tut mir wirklich leid. Ciao, du.«

»Ciao.«

Ben hatte aufgelegt, und Franzi horchte noch einen Moment auf das Tuten ihres Handys. Die letzten beiden Worte hatte er so liebevoll gesagt, als würde er ihr damit über den Kopf streicheln. Franzi legte das Telefon zurück auf den Schreibtisch und kletterte wieder in ihr Bett. Sie zog sich die Decke über die Ohren und versuchte, wieder einzuschlafen. Draußen vor dem Fenster hatte ein weiterer trüber Herbsttag begonnen.

»Dann fährst du also heute nicht nach Köln?«, fragte ihre Mutter ungefähr zwei Stunden später, als sie gemeinsam am Frühstückstisch saßen.

Franzi nahm sich ein Croissant aus dem Korb und strich dick Butter darauf. Sie fügte einen Klecks Erdbeermarmelade hinzu und biss genussvoll hinein. Ein Frühstück am Samstagmorgen war einfach unschlagbar. Auch wenn der Rest des Tages nicht gerade verlockend aussah.

»Ja, leider«, nuschelte sie.

Ihre Mutter nippte an der Kaffeetasse. »Tja, das tut mir auch leid. Aber ich muss trotzdem ins Büro. Ich habe ja extra heute den zusätzlichen Arbeitstag eingeschoben, weil ich dachte, dass du nicht da bist.«

Franzi trank ihren Cappuccino aus. »Das macht nichts«, tröstete sie die Mutter. »Mir wird schon etwas einfallen, was ich heute anstellen kann. Eigentlich ist es gar nicht so schlecht. So komme ich endlich mal wieder dazu, ganz lange ungestört zu lesen.«

»Na gut«, meinte die Mutter und stand auf, um die Frühstückseier zu holen, die Franzi zu spät angesetzt hatte. »Ich werde erst so gegen sieben wieder da sein. Es ist noch ein Rest Suppe von gestern im Kühlschrank, den kannst du heute Mittag essen, wenn du magst.«

»Gern.«

Sie unterhielten sich noch eine Weile, dann machte Frau Weber sich auf den Weg ins Büro.

Franzi trödelte noch ein wenig mit dem Frühstück herum. Dann räumte sie die Küche auf, damit ihre Mutter sich nicht ärgerte, wenn sie nach Hause kam. Seufzend kuschelte sie sich anschließend auf das Sofa in ihrem Zimmer. Sie hatte

Pfiff freigelassen, der ausgelassen herumflatterte, bevor er sich auf dem Fensterbrett niederließ und interessiert nach draußen in den grauen Oktobertag schaute.

Franzi nahm sich eine Wolldecke, stopfte ein dickes Kissen in ihren Nacken und schlug das Buch auf, das sie lesen wollte. Schnell war sie in der Geschichte versunken und tauchte erst wieder aus ihrer Lektüre auf, als sie ein paar Stunden später wieder Hunger bekam.

»Ich werde mir jetzt mal das Süppchen warm machen«, erklärte sie Pfiff, der ihr nicht einmal einen Blick als Antwort gönnte. Sie streckte sich wohlig und kam unter der Wolldecke hervor. »Gar nicht so übel, mal so viel nichtverplante Zeit zu haben«, redete sie ungeachtet ihres ignoranten Gesprächspartners weiter. Sie ließ Pfiff auf dem Fensterbrett sitzen und ging wieder in die Küche.

Mittlerweile war es zwei Uhr am Nachmittag. Franzi hatte gar nicht bemerkt, wie die Zeit vergangen war. Sie löffelte ihre Suppe und las nebenbei die letzten Seiten des Buches. Schließlich klappte sie es zu, zufrieden über die spannenden Lesestunden und ein bisschen traurig, dass die Geschichte nun zu Ende war.

Draußen hatte es angefangen zu nieseln, und die bedrückte Stimmung vom Freitag brach plötzlich wieder über Franzi herein. Jetzt war es schon kurz nach drei Uhr. Sie überlegte, was sie tun konnte, um den Rest des Tages herumzubekommen, ohne depressiv zu werden. Lustlos schlenderte sie ins Wohnzimmer und machte den Fernseher an, doch es liefen nur langweilige Sendungen. An den Computer wollte Franzi nicht gehen. Sie wusste genau, dass sie früher oder später bei Facebook landen würde. Und dann wäre der ganze Schulstress wieder vor ihren Augen. Also plünderte sie die Schachtel mit den Süßigkeiten, die im Küchenschrank stand, und machte sich einen Tee.

Dann beschloss sie, Andrea anzurufen. Doch das Telefon tutete nur vor sich hin. Keiner nahm den Anruf an. Franzi sah vor sich, wie der Apparat in der Diele des Bauernhofes klingelte, in dem Andrea wohnte. Sie gab auf und wählte Mareikes Nummer. Auch hier antwortete keiner. Franzi war frustriert. Dann fiel ihr ein, dass ihre alten Freundinnen sich samstags oft zu einem Ausritt verabredeten, und schon hatte das Heimweh sie wieder fest im Griff.

Mit einem letzten Rest Hoffnung auf ein tröstendes Gespräch wählte sie die Nummer ihres Bruders. Doch auch bei ihm sprang nach einer kurzen Weile der Anrufbeantworter an. »Hallo, lieber Anrufer, ich bin gerade entweder an der Uni oder bei meiner tollen Freundin Maya. Versuch es später noch mal und sei nicht neidisch.«

Franzi verdrehte die Augen und wartete auf den Piepton. Typisch ihr Bruder. Erstens war er nie zu erreichen, seit er studierte und seine eigene Wohnung hatte, und zweitens brachte er immer dumme Sprüche. Sogar auf dem Anrufbeantworter.

Sie legte auf und wippte unruhig mit dem Fuß. Was konnte sie jetzt noch machen? Die Schokolade war alle. Sie hatte keine Lust, rauszugehen und neue zu kaufen. Für einen Spaziergang war das Wetter auch nicht besonders einladend. Obwohl Franzi sich früher nie etwas aus Regen und Kälte gemacht hatte, konnte sie sich nicht überwinden, jetzt hinauszugehen. Sie fand, dass es einen riesengroßen Unterschied machte, ob man bei trübem Wetter durch eine Kleinstadt trottete oder einen matschigen Feldweg über die heimatlichen Hügel entlanglief. Letzteres kam ihr viel schöner vor.

Franzi ging zurück in ihr Zimmer und versuchte, die gemütliche Lesestimmung des Vormittags wiederherzustellen. Aber irgendwie kam sie in das neue Buch nicht richtig hinein. Nach einer Weile gab sie auf und warf ihrem Computer vom Sofa aus böse Blicke zu. Nein, sie würde ihn nicht anschalten.

Wieder ging sie in die Küche. Auf dem Tisch lag das Telefon. Sollte sie vielleicht Ben anrufen? Es konnte ja sein, dass es ihm besser ging und sie ihm doch endlich von dem Schlamassel mit Liv und Kira erzählen konnte. Aber nein. Er schlief bestimmt. Sie wollte ihn nicht stören, schließlich war sie selbst froh, wenn man sie im Falle von Übelkeit und Co. in Ruhe ließ.

Die Uhr zeigte unbarmherzig an, dass es erst kurz vor halb vier war. Also doch der Fernseher. Oder eine DVD. Franzi setzte ihre Wohnungsrunde fort und landete wieder im Wohnzimmer. Allein einen Film zu schauen war todlangweilig. Sie überlegte kurz, ob sie Clara anrufen sollte, aber nach den gescheiterten Versuchen bei Andrea, Mareike und ihrem Bruder hatte sie keine Lust mehr auf eine weitere Absage. Also ließ sie Johnny Depp ganz für sie allein als Flusspirat durch Frankreich gondeln.

Als der Film zu Ende war, hatte sie noch mehr Appetit auf Schokolade als vorher. Aber immerhin war es nun schon halb sechs, und ihre Einsamkeit würde in etwas mehr als einer Stunde ein Ende haben.

Pfiff saß auf dem Hochbett, als Franzi wieder in ihr Zimmer kam. Der Computer hockte herausfordernd auf dem

Schreibtisch. Das Buch lag auf dem Sofa. Franzi wollte sich den Roman noch einmal vornehmen, aber irgendwie hatte sie auf einmal das Gefühl, dass sie unbedingt bei Facebook schauen sollte.

»Ich will aber nicht schon wieder diese fiesen Sachen lesen, die Kira und ihre Leute posten«, sagte sie laut in die Stille ihres Zimmers hinein. Pfiff schaute erschreckt auf und flatterte auf ihre Schulter. Dann flog er zum Computer und begann, mit dem Schnabel am Verschluss des Laptops zu knibbeln.

»Hey, lass das sein!«, mahnte Franzi ihn. Pfiff sah sie erwartungsvoll an. Franzi seufzte wieder und zog sich den Stuhl an den Schreibtisch. »Okay, du hast mich überredet«, meinte sie missmutig zu Pfiff und klappte den Laptop auf. Pfiff setzte sich zufrieden wieder auf ihre Schulter. Mit einem unangenehmen Gefühl im Bauch wartete Franzi darauf, dass die Verbindung zum Internet hergestellt wurde. Dann öffnete sie Facebook und sah nach, was es Neues gab. Eine neue Nachricht wartete in ihrem Postfach. Sie kam von Clara.

»Hey Franzi, meine Eltern schleppen mich heute zu meiner Tante nach Köln. Sie hat überraschend Geburtstag. Lust auf ein Treffen da? Vielleicht könnte ich deinen Ben ja mal kennenlernen?« Clara hatte das natürlich schon am Morgen geschrieben.

Franzi pustete sich eine Haarsträhne aus dem Gesicht. Heute war definitiv nicht ihr Tag.

»Sorry, hab es erst jetzt gelesen«, schrieb sie zurück. *»Bin doch nicht in Köln, Ben ist krank. Viel Spaß bei der Party.«* Sie wollte den Computer schon wieder ausmachen, doch dann fand sie, dass es vielleicht eine gute Idee wäre nachzusehen,

ob Liv etwas gepostet hatte. Der Computer brauchte lange, um Livs Profil zu laden. Dann sah Franzi erstaunt, dass Liv eine richtige Statusmeldung geschrieben hatte, statt nur ein Video hochzuladen.

»Ich gehe jetzt nach Unkelbach und warte auf den Zug.«

Verwundert schaute Franzi auf die Meldung. Seit wann teilte Liv der Welt mit, was sie machte? Und wohin wollte sie reisen? Warum stieg sie nicht in Bad Godesberg ein, wo sie schließlich wohnte? Plötzlich durchfuhr Franzi ein Gedanke, der sie wie ein Blitzschlag traf. Entsetzt sprang sie von ihrem Stuhl auf. Unkelbach? War das nicht der Ort, in dessen Nähe Livs Vater sich vor einen Zug geworfen hatte?

Franzi spürte, wie sie vor Aufregung am ganzen Körper zu zittern begann. Es konnte alles nur Einbildung sein, aber was, wenn Liv das wirklich so meinte, wie Franzi es verstand? Sie sah nach, wann Liv die Mitteilung gepostet hatte. Es war laut Anzeige gerade erst vier Minuten her, dass Liv es geschrieben hatte! Fieberhaft überlegte Franzi, was zu tun war.

»Warte auf mich, ich komme mit!«, schrieb sie als Kommentar darunter. *»Welchen Zug nimmst du?«* Sie konnte nicht auf eine Antwort warten. In ihrem Kopf rasten die Gedanken durcheinander. Was sollte sie tun? Sie hatte keine Telefonnummer von Liv. Zoe war im Phantasialand und Clara in Köln. Sie versuchte, ihre Mutter auf der Arbeit zu erreichen, aber auch sie ging nicht ans Telefon. Was war nur los?

Unkelbach lag nicht so weit von Bad Godesberg entfernt. Franzi hatte im Sommer einen Fahrradausflug mit ihrer Mutter gemacht, bei dem sie durch diese Ortschaft geradelt waren. Franzi meinte sich zu erinnern, wo die Bahnlinie verlief.

Noch einmal las Franzi die Meldung und hoffte auf eine Antwort. Doch da war nichts. Nur der Vermerk »gesendet von meinem Smartphone« fiel ihr ins Auge. Auch das noch! Liv konnte längst dort sein, und dann hatte Franzi keine Chance mehr, rechtzeitig zu ihr zu kommen. Frau von Bernheim hatte Franzi an dem Nachmittag in ihrer Wohnung beschrieben, wo in etwa sich der »Unfall« mit Livs Vater ereignet hatte. Sollte sie einfach auf gut Glück versuchen, die Stelle zu finden und nachzuschauen, ob Liv wirklich dort war? Oder war es nur ein vollkommen absurder Gedanke, und Liv saß in Wirklichkeit auf dem Bahnhof in Oberwinkel oder Remagen und wollte nur eine harmlose Reise machen, bei der sie an Unkelbach vorbeifuhr?

Franzi sandte ein verzweifeltes Stoßgebet zum Himmel. *Was soll ich machen?* Dann wählte sie entschlossen die Nummer eines Taxiunternehmens.

»Nach Unkelbach«, bat sie den Taxifahrer, als sie wenig später in das Auto stieg, das vor ihrer Haustür hielt. Ungeduldig blickte sie aus dem Fenster und wünschte, das Taxi würde schneller fahren. Obwohl der Fahrer sie verwirrt anschaute, ließ Franzi ihn anhalten, als sie kurz vor dem Ortseingang den Bahndamm erblickte. Sie zahlte und sprang aus dem Wagen. Der Mann sah ihr kopfschüttelnd nach, dann wendete er und fuhr zurück.

Franzi rannte über die Wiese und kletterte die Böschung hinauf. Sie konnte die Schienen ein Stück weit überblicken. Natürlich war niemand zu sehen. Ganz bestimmt hatte sie völlig überreagiert. Mit klopfendem Herzen folgte Franzi den Schienen, die in der Ferne eine Kurve machten. Brachte sie sich gerade selbst in Gefahr? Sie versuchte, so weit wie möglich von den Schienen entfernt zu laufen, aber trotzdem das Gleisbett im Blick zu behalten. Es war mittlerweile schon fast achtzehn Uhr und es begann zu dämmern. Franzi fror. Bestimmt war das, was sie hier tat, absoluter Blödsinn. Mit klammen Fingern kramte sie ihr Handy aus der Tasche. Hätte sie doch jetzt bloß ein Smartphone, dann könnte sie den Zugfahrplan checken. Warum hatte sie das nicht schon zu Hause gemacht? Wie dumm von ihr, so panisch zu reagieren! Sie überlegte kurz, dann wählte sie Bens Nummer. Er meldete sich sofort. Rasch entschuldigte Franzi sich dafür, dass sie ihn störte, doch er behauptete, dass es ihm besser gehe.

»Es klingt total bescheuert, ich weiß«, erklärte Franzi ihm kurzatmig. »Aber kannst du mir einen Gefallen tun?«

Schnell berichtete sie ihm von ihrem Verdacht und bat ihn, sich unter ihrem Namen in Facebook einzuwählen und nachzuschauen, ob Liv geantwortet hatte. Außerdem sollte er herausfinden, zu welcher Zeit Züge in Oberwinkel und Remagen abfuhren. Denn diese Züge passierten Unkelbach.

Dann legte sie auf und stolperte weiter durch die nasskalte Dämmerung. Endlich konnte sie um die Kurve blicken. Und ihr Herz setzte für ein paar Schläge aus.

Da war jemand auf den Schienen. Und dieser jemand war ohne Zweifel Liv.

»O Gott, hilf ihr!«, flehte sie unwillkürlich und begann zu rennen.

Im Laufen wählte sie Bens Nummer. »Ruf die Polizei an!«, schrie sie, ohne auf seine Meldung zu warten. »Sag denen, dass sie hierherkommen sollen!«

Endlich hatte sie Liv fast erreicht. »Liv!«, keuchte sie außer Atem.

Das Mädchen saß mit dem Rücken zu ihr auf den Gleisen und drehte sich erschrocken um, als es die Stimme hörte. Franzi blickte panisch hinter sich. Noch war kein Zug in Sicht, weder von vorn noch von hinten. Allerdings konnte man in beide Richtungen nicht sehr weit sehen.

»Hau ab!«, fauchte Liv, als Franzi neben ihr ankam.

Franzi standen vor Angst und Aufregung Tränen in den Augen. »Liv, bitte, komm sofort da runter«, flehte sie und versuchte, sie am Arm zu packen.

Doch Liv schlug ihre Hand weg. »Was machst du hier?«, fragte sie böse. »Willst du unbedingt sehen, wie ich gleich platt bin?«

Franzi kämpfte gegen die Übelkeit, die in ihr aufstieg. Das alles musste ein Albtraum sein. Doch sie zwang sich, klar zu denken. Es war noch immer alles still um sie her.

»Nein, das will ich nicht«, sagte sie mit mühsam beherrschter Stimme. »Ich will nicht, dass du das hier machst. Nichts kann das wert sein!«

»Du hast keine Ahnung«, gab Liv zurück. Ihre Stimme klang plötzlich nicht mehr wütend, sondern tieftraurig.

»Ich weiß«, gab Franzi zu. »Ich glaube dir, dass du verzweifelt bist. Aber bitte, bitte gib dir noch eine Chance. Komm da runter und lass uns schauen, ob es einen Ausweg gibt.«

Liv zögerte. Viel zu lange, wie Franzi fand.

»Bitte, tu es einfach nur für mich!«, flehte Franzi jetzt. »Ich will nicht, dass du stirbst. Ich mag dich, ehrlich.« Sie dachte, dass Liv ihr das niemals glauben würde. Aber es war wahr, das fühlte sie selbst ganz deutlich.

Liv sah ihr ins Gesicht, und etwas passierte mit ihren Augen. »Ich … fürchte, das glaube ich dir sogar«, antwortete sie zu Franzis Erstaunen. So etwas wie Erleichterung wollte in Franzi aufkommen. Doch dann sagte Liv: »Aber ich kann nicht einfach hier runter. Ich habe meine Schnürsenkel an diesen Metallösen am Gleis festgebunden.«

Franzi fühlte, wie eine neue Welle der Übelkeit sie überrollte. Sie kletterte ein Stück näher an das Gleis heran und kniete sich hin. Ihre Jeans weichten auf dem nassen Untergrund durch, aber das war ihr völlig egal. Mit zitternden Händen löste sie die Knoten des einen Schnürsenkels. Zum Glück rutschten die Fäden schnell aus der Öse. Doch Liv hatte Probleme. Franzi war unendlich froh, dass das Mädchen an dem anderen Schnürsenkel arbeitete, aber es ging alles viel zu langsam.

»Es hat sich festgezurrt«, sagte Liv. »Ich bekomme den Knoten nicht auf.«

Franzi biss so fest auf ihre Unterlippe, dass diese zu bluten begann. »Versuch, so aus dem Schuh zu kommen!«, bat sie inständig.

Liv trug hohe schwarze Lederschuhe, die bis über den Knöchel geschnürt waren. Die Hälfte des Schnürsenkels, der eigentlich bis zur Wade reichte, war an die Öse gebunden. Franzi bemühte sich, die Bänder zu lockern, während Liv ihren Fuß aus dem Schuh zu ziehen versuchte.

Da begannen die Gleise zu vibrieren. Lichter tauchten in der Dunkelheit auf und ein Zug donnerte auf die beiden Mädchen zu. Franzi schrie auf. Ein ohrenbetäubendes Quietschen setzte ein, als der Lokführer bremste. Doch die Bahn schoss weiter auf die Stelle zu, an der die beiden sich befanden. Livs Fuß hing noch immer im Schuh fest. Verzweifelt packte Franzi Liv unter den Achseln und schleuderte ihren eigenen Körper nach hinten, dem Abhang entgegen.

Sie spürte einen Ruck, dann verlor sie Liv und stürzte selbst die steinige Böschung hinunter. Der Zug donnerte oben über das Gleis. Es kam Franzi wie eine Ewigkeit vor, bis sie irgendwo Halt fand und sich aufrappeln konnte. Das Geräusch des bremsenden Zuges wurde leiser. Die Dämmerung war inzwischen so weit fortgeschritten, dass Franzi die Umgebung kaum noch erkennen konnte. Ein neues Geräusch hatte sich zu dem des Zuges gemischt.

»Liv!«, schrie Franzi verzweifelt und versuchte zu erkennen, wo die Freundin war. Hatte der Zug sie mitgerissen? Tränen strömten über Franzis Wangen, während sie sich umsah. Da entdeckte sie Menschen, die mit Lampen in der Hand den Bahndamm entlanggerannt kamen. Von oben trafen Scheinwerfer die Szene und Franzi erkannte, dass ein Hubschrauber über ihnen kreiste. Also hatte Ben die Polizei verständigt. Für Erleichterung war aber noch kein Platz in Franzis Kopf. Sie wusste immer noch nicht, was mit Liv passiert war.

Die Menschen blieben stehen, kurz bevor sie Franzi erreichten. Sie knieten unten an der Böschung nieder, und Franzi stolperte zu ihnen hin. Jemand hielt sie auf.

»Meine Freundin!«, schrie Franzi und versuchte sich loszureißen. »Was ist mir ihr?«

Der Polizist, der sie festhielt, lockerte seinen Griff ein wenig. »Es ist alles gut«, sagte er beruhigend.

Franzi wischte sich mit der Hand über das nasse Gesicht. Sie wusste nicht, ob sie ihm glauben konnte. »Ich will sie sehen«, schluchzte sie.

Ein weiterer Mann kam zu ihnen. Er trug ebenfalls Polizeiuniform. »Bist du Franziska Weber?«, fragte er.

Franzi nickte heftig.

»Du hast deiner Freundin das Leben gerettet.«

Jetzt konnte Franzi sich nicht mehr halten. Vor Erleichterung klappten die Beine unter ihr weg, und sie hockte zitternd am Boden, während der Polizist sie weiter festhielt.

Kapitel 13 · Im Krankenhaus

Zu den Polizisten gesellten sich nach kurzer Zeit einige Rettungssanitäter und zwei Notärzte. Franzi wurde immer noch nicht zu Liv durchgelassen. Das konnte auch noch ein wenig länger dauern, denn nun kümmerte sich auch jemand um sie. Eine freundliche Ärztin führte Franzi über die nasse Wiese zu einem der beiden Krankenwagen, die am Straßenrand hielten.

»Mir geht es doch gut«, behauptete Franzi, die am liebsten zu Liv gelaufen wäre, um ganz sicher zu sein, dass ihr wirklich nichts Schlimmes passiert war. Doch als sie auf einem Sitz im Krankenwagen langsam zur Ruhe kam, bemerkte sie, dass der Sturz vom Bahndamm auch für sie nicht ganz ohne Blessuren abgegangen war. Ein Sanitäter säuberte eine Platzwunde an ihrer Stirn, während die Ärztin ihr verschiedene Fragen stellte.

Eine Weile später tauchte Franzis Mutter auf. Sie sah völlig verstört aus.

»Mit Ihrer Tochter ist alles in Ordnung«, beruhigte die Ärztin Frau Weber. »Sie hat sich eine Platzwunde und ein paar Prellungen zugezogen und steht noch ein wenig unter Schock. Deshalb würden wir sie auch gern für eine Nacht zur Beobachtung mit ins Krankenhaus nehmen.«

Franzi schüttelte energisch den Kopf. »Das will ich aber nicht!«, sagte sie, obwohl sie normalerweise niemals einem Arzt widersprach.

»Ich kann doch sicher auch gut genug auf sie aufpassen, oder?«, fragte Franzis Mutter die Ärztin, als sie den flehentlichen Ausdruck in den Augen ihrer Tochter sah.

Die Ärztin überlegte kurz. »Gut, wenn sich ihre Vitalwerte innerhalb der nächsten zehn Minuten weiter positiv entwickeln, dann lasse ich sie mit Ihnen gehen. Aber nur, wenn Sie garantieren können, dass Sie Ihrer Tochter bis morgen früh nicht von der Seite weichen.«

Franzis Mutter nickte stumm.

Erleichtert nahm Franzi die Hand ihrer Mutter. »Können Sie mir jetzt sagen, ob Liv die Sache auch so gut überstanden hat wie ich?«, bat sie die Ärztin noch einmal.

Sie meinte, sie wisse das nicht genau, wolle sich aber telefonisch erkundigen.

Kurze Zeit später kam einer von den Polizisten mit einer Frau in Zivilkleidung zu dem Krankenwagen herüber. »Hallo, ich bin Madleen, Polizeiseelsorgerin«, stellte sie sich lächelnd vor und hielt Franzi die Hand hin. Franzi begrüßte sie mit einem mulmigen Gefühl in der Magengegend.

»Du willst wissen, wie es deiner Freundin geht, richtig?«

»Oh ja«, seufzte Franzi und schaute die Frau gespannt an.

Die Polizeiseelsorgerin stützte sich mit der Hand an der Tür des Krankenwagens ab und sah Franzi direkt in die Augen. »Das war eine unglaubliche Aktion, die du da unternommen hast«, begann sie mit ernster Stimme. »Und es hätte ganz anders enden können.«

Franzis Mutter sah aus, als würde sie selbst gleich in Ohnmacht fallen bei der Vorstellung, was alles hätte passieren können. Franzi dagegen fragte sich, ob sie nun schon wieder Ärger für etwas bekommen sollte, von dem sie gedacht hatte, dass es die einzig richtige Möglichkeit gewesen wäre zu handeln.

»Deine Freundin hat extremes Glück, dass du so klug und mutig warst.«

Ein Stein fiel Franzi vom Herzen.

»Eine ganze Menge glücklicher Zufälle hat euch geholfen«, fuhr die Seelsorgerin fort. »Zum Beispiel, dass die Bahn, vor die Liv sich werfen wollte, heute eine zehnminütige Verspätung hatte.«

Sonst wäre ich zu spät gekommen, dachte Franzi entsetzt. *Ich hätte nur noch gesehen, dass …* Weiter wollte sie nicht denken. »Das war kein Zufall«, sagte sie überzeugt. »Das war Gott. Er wollte nicht, dass Liv stirbt.«

Die Seelsorgerin sah überrascht aus, sagte aber nichts zu diesem Einwurf von Franzi. »Auf jeden Fall war es auch ein riesiges Glück, dass Livs Fuß sich doch noch aus dem Schuh gelöst hat. Sie hat gesagt, dass ihr versucht habt, das Band zu lösen, und dass du sie dann vor dem Zug weggerissen hättest.«

Sie konnte also sprechen! Sie hatte sogar erzählen können, was passiert war! Schon wieder begannen Tränen in Franzis Augen zu brennen, diesmal Tränen der Erleichterung.

»Durch die Sache mit dem Schuh hat sie sich schon ziemlich am Bein verletzt, deshalb ist sie jetzt auch schon auf dem Weg ins Krankenhaus. Auch wegen des Schocks, den sie natürlich hat – genauso wie du. Nebenbei braucht sie jetzt auch noch einiges an psychologischer Betreuung. Aber eigentlich darf ich dir gar nicht so viel verraten. Ich möchte nur, dass du weißt: Sie hat zwar Verletzungen, aber es wird alles wieder heilen. Und was den Grund für ihre Verzweiflung betrifft, da habe ich auch Hoffnung, dass sie mit der Zeit neuen Lebensmut findet.«

Die Seelsorgerin verabschiedete sich, und die Ärztin erlaubte der Polizei, dass Franzi nun zum Unfallhergang befragt werden durfte. Während der ganzen Zeit hielt Franzis Mutter die Hand ihrer Tochter, und Franzi war froh, dass sie da war. Es kam ihr wie eine Ewigkeit vor, bis sie endlich ins Auto steigen und nach Hause fahren durften.

Vor dem Autofenster glitt die finstere Nachtlandschaft vorbei, und Franzi wurde auf einmal unendlich müde.

»Möchtest du noch etwas essen?«, fragte die Mutter, als sie endlich wieder in der Wohnung angekommen waren.

Aber Franzi wollte einfach nur schlafen. Die Mutter half ihr, aus den nassen Klamotten zu schlüpfen und saubere Schlafsachen anzuziehen. Dann klappten sie die Schlafcouch aus. Die Mutter bestand darauf, dass sie beide in dieser Nacht auf der Couch in Franzis Zimmer schliefen.

Schließlich hatte sie der Ärztin versprochen, auf ihre Tochter aufzupassen.

Als sie nebeneinander in der Dunkelheit lagen, sagte Franzis Mutter leise: »Weißt du, dass ich unbeschreiblich stolz auf dich bin, Küken?«

Franzi lächelte still. »Das hätte doch jeder so gemacht«, flüsterte sie.

Doch ihre Mutter schüttelte den Kopf. »Nein, das war nicht selbstverständlich.«

»Darf ich mir was wünschen?«, fragte Franzi, immer noch lächelnd.

»Natürlich!«

Franzi tastete nach der Hand ihrer Mutter. »Ich wünsch mir, dass du mit mir für Liv betest«, sagte sie.

Und so lagen die beiden nebeneinander auf der Couch, so innig, wie sie schon lange nicht mehr zusammen gewesen waren. Sie beteten für Liv und waren dankbar dafür, dass zumindest dieser Tag nicht mit einer Katastrophe geendet hatte.

Franzi war glücklich, dass der nächste Tag ein Sonntag war. Die Express-Zeitung berichtete von einem Beinahe-Selbstmord, der noch einmal glimpflich ausgegangen war. Das interessierte Franzi und ihre Mutter allerdings herzlich wenig.

Sie waren früh wach, frühstückten ausgiebig und machten sich dann mit dem Auto auf den Weg zum Krankenhaus. Franzi bestand darauf, wenigstens zu versuchen, ob man sie zu Liv vorlassen würde.

Auf dem Weg in die Stadt telefonierte sie mit Ben und bedankte sich bei ihm für seine Hilfe. Ihm ging es auch besser, und er wäre am liebsten ebenfalls nach Bad Godesberg gekommen, um Franzi einmal gründlich zu knuddeln. Dass er das sagte, ließ schon wieder Schmetterlinge in Franzis Bauch flattern.

»Vergiss nicht, dass du das machen willst«, antwortete sie ihm. »Dann kannst du es nämlich nachholen, wenn wir uns das nächste Mal sehen.« Sie hörte das Lächeln in Bens Stimme, als er antwortete.

»In Ordnung. Ich freue mich schon darauf.«

Frau Weber fand einen Parkplatz unweit des Krankenhauses. Es waren nur wenige Meter bis zum Eingang, aber Franzi genoss den kurzen Spaziergang mit ihrer Mutter. Die Wolken hatten sich über Nacht gelockert, und ab und an blitzte die Sonne hindurch. Die nasse Straße glitzerte genauso wie die Zweige der Bäume, an denen jetzt am Morgen noch Regentropfen hingen.

Franzi und ihre Mutter betraten die Eingangshalle und gingen zur Rezeption.

»Guten Morgen«, begann die Mutter höflich. »Meine Tochter möchte gern ihre Freundin Liv Frey besuchen, die gestern Abend eingeliefert wurde.«

Die Dame hinter dem Tresen runzelte die Stirn und begann, in ihrem Computer zu suchen. Dann nahm sie die Brille von der Nase und sah Franzi durchdringend an.

»Du bist also nicht mit Liv verwandt?«, fragte sie streng.

Franzi schüttelte verunsichert den Kopf.

»Dann darf ich dich nicht hochlassen.«

Enttäuscht hielt Franzi die Luft an und warf ihrer Mutter einen Blick zu. Die verstand.

»Ich denke, dass in ihrem Fall eine Ausnahme möglich sein sollte«, sagte Frau Weber mit einer so energischen Stimme, dass Franzi sie verwundert anschaute. »Bitte fragen Sie doch einmal auf der Station nach, ob Franziska Weber eine Besuchserlaubnis bekommt.«

»Wie Sie meinen«, erwiderte die Frau schnippisch und griff zum Telefonhörer. »Aber ich kann Ihnen jetzt schon sagen, dass das nicht funktionieren wird.« Es dauerte eine Weile, bis sich jemand meldete.

»Hier ist ein Mädchen, dass unbedingt zu Liv Frey vorgelassen werden möchte«, hörte Franzi die Dame sagen. »Ja. Nein. Franziska Weber. Aha. Aha. Gut.« Die Frau legte auf. »Sie dürfen nach oben«, erklärte sie mit einem Gesichtsausdruck, als hätte ihr jemand die Wurst vom Brot geklaut. »Ausnahmsweise.«

»Oh, vielen Dank!«, jubelte Franzi. Am liebsten hätte sie die arme Frau umarmt.

»Station vier. Die Zimmernummer wird Ihnen die Schwester sagen.«

»Danke«, sagte nun auch Franzis Mutter.

Bevor sie nach oben auf die Station fuhren, kauften sie im Krankenhauskiosk noch einen kleinen Blumenstrauß und eine Tüte Gummibärchen. Dann machten sie sich auf den Weg in den vierten Stock.

Eine freundliche Schwester zeigte ihnen Livs Zimmer. »Du bist das Mädchen, das ihr das Leben gerettet hat, nicht wahr?«, wollte sie wissen.

Aber Franzi schüttelte den Kopf. »Sie hat sich selbst das Leben gerettet. Ich habe sie nur dazu überredet«, gab sie bescheiden zurück.

Die Schwester lächelte anerkennend und wies auf die Zimmertür. »Schön, dass du sie besuchst.«

Franzi hob die Hand, um zu klopfen.

»Willst du, dass ich mit reingehe?«, fragte ihre Mutter.

Franzi überlegte kurz. »Hm – nein, ich glaube, es ist besser, wenn ich allein gehe. Ist das okay?«

»Natürlich! Ich warte hier draußen.« Sie deutete auf eine Sitzgruppe, die am Ende des Flures stand.

»Danke. Bis dann.« Damit klopfte Franzi an die Tür und drückte die Klinke herunter.

Liv lag im Bett, den Oberkörper aufgerichtet, ein Bein dick verbunden auf eine Lagerungsschiene gebettet. Es war ein winziges Einzelzimmer, in dem sie sich befand. An der Wand gab es einen Vorhang, hinter dem sich vermutlich die Waschecke befand. Auf der anderen Seite gab es ein riesiges Fenster, das den Blick über die kleine Stadt freigab.

Schüchtern trat Franzi ein. »Hallo Liv«, sagte sie, und ihre Stimme hörte sich ganz rau an.

Livs Gesicht hellte sich auf. Sie strahlte. So hatte Franzi das Mädchen noch nie gesehen. Wie hübsch sie war, wenn man von ihrem Gesicht mehr sehen konnte als nur dunkle Haarsträhnen und eine weiße Nasenspitze! »Franzi! Das ist total lieb von dir, dass du kommst.«

Franzi bewegte sich immer noch so vorsichtig, als ginge sie durch einen Porzellanladen. Die medizinischen Geräte, die um Livs Bett standen, machten sie nervös. Da war ein Ständer, an dem mehrere Infusionsflaschen hingen. Ein Schlauch schlängelte sich zum Bett hinüber und endete an einem Zugang in Livs Handrücken. Auf der anderen Bettseite stand ein Monitor, über den zackige Muster flatterten. Der wiederum schickte verschiedene Kabel zu Liv, die irgendwo unter ihrer Bettdecke oder dem Shirt, das sie trug, verschwanden.

»Lass dich davon nicht beeindrucken«, grinste Liv, als sie Franzis verunsicherten Blick sah. »Das ist alles halb so wild. Komm, setz dich doch.« Sie zeigte auf einen Stuhl, der neben dem Bett stand.

Ungelenk nahm Franzi die Einladung an. Dann fiel ihr auf, dass sie die Blumen und Gummibärchen noch in der Hand hielt.

»Ich hab dir was mitgebracht«, sagte sie unsicher. »Dabei weiß ich gar nicht, ob du das jetzt essen darfst.«

Liv strahlte noch immer. »Mal sehen, ob die mir das heute erlauben«, gab sie fröhlich zurück. »Aber selbst wenn ich noch einen Tag warten muss, so schnell werden die schon nicht schlecht werden.«

Jetzt musste auch Franzi lächeln. Sie legte die Geschenke auf den Nachttisch, und Liv griff nach dem Blumenstrauß.

»Die sind so schön«, sagte sie, und ihre Augen verdunkelten sich plötzlich. »Wie gut, dass du sie mir gibst und nicht auf mein Grab legen musst.«

Franzi zuckte bei diesen Worten zusammen, aber Livs Gesicht hellte sich schon wieder auf.

»Ich habe wirklich gedacht, dass ich heute tot bin«, fuhr das Mädchen mit den schwarzen Haaren fort.

Franzi schluckte schwer und starrte auf ihre Hände.

»Und weißt du was? Als du gestern aufgetaucht bist, da habe ich dich gehasst.«

Eine Pause entstand, in der Franzi sich fühlte, als läge sie auf einer Folterbank. Dann spürte sie, dass Liv sie mit warmen Augen ansah.

»Und heute Morgen bin ich aufgewacht und habe aus dem Fenster gesehen«, fuhr das Mädchen fort. »Der ganze Himmel war ein Farbenspiel aus Gelb, Orange und Rosa. Da hab ich erst mal Rotz und Wasser geheult, so glücklich war ich, dass ich noch am Leben bin.«

Franzi fühlte, dass sie kurz davor war, das Gleiche zu tun.

»Du weißt gar nicht, wie froh ich bin, dass du schneller warst als der Zug.«

Jetzt endlich wagte es Franzi, Liv in die Augen zu sehen. Der eisige Blick, mit dem Liv Franzi sonst immer bedacht hatte, war völlig verschwunden.

»Ich hab ein neues Leben bekommen«, meinte Liv leise. »Und du hast es mir geschenkt.«

Franzi schüttelte wieder energisch den Kopf. »Nein, nein«, wehrte sie ab. »Ich hab nur ein kleines bisschen mitgeholfen.«

Das Lächeln wich nicht mehr von Livs Gesicht, obwohl sie auch ein wenig nachdenklich wirkte. »Okay, vielleicht hast du nur mitgeholfen. Aber wenn du das nicht gemacht hättest, dann wäre das alles nicht passiert. Und ich hätte keine Chance mehr, das hier zu erleben.«

Franzi fragte sich für eine kurze Sekunde, wie Liv sich wohl vorher gefühlt haben musste, wenn sie es als wunderschön empfand, verkabelt und verbunden in einem Krankenhausbett zu liegen.

»Seit vier Jahren hab ich mich immerzu gefragt, warum Gott zugelassen hat, dass mein Vater sich das Leben nahm«, redete Liv weiter. »Ich konnte das einfach nicht verstehen, und ich war so was von sauer auf ihn. Auf Gott meine ich, nicht auf meinen Papa. Ich hab mir gewünscht, dass es Gott gibt, damit ich so richtig wütend auf ihn sein kann.« Sie lachte leise.

Franzi hatte keine Ahnung, was sie dazu sagen sollte, und beschloss zu schweigen.

Liv erwartete gar keine Antwort darauf. »Und heute Morgen wusste ich auf einmal, dass Gott keine Schuld daran hat. Ich glaube, keiner hat die Schuld. Mein Vater war einfach verzweifelt, so wie ich gestern. Es war seine eigene Entscheidung, zu gehen. Aber er hat es nur gemacht, weil er nicht weiterwusste. Vielleicht war Gott auch traurig, dass es so gekommen ist. Aber er lässt uns eben unsere eigenen Entscheidungen fällen, und das ist irgendwie gut zu wissen, oder?«

Franzi nickte, obwohl sie von Livs Gedanken gerade ein wenig überfordert war.

»Vielleicht hätten Mama und ich ihm helfen können, oder Papas ehemalige Freunde. Aber wer hat schon damit gerechnet?« Sie sah Franzi an, als erwartete sie, dass diese eine Antwort wüsste. Dann blickte sie wieder aus dem Fenster. »Aber er hatte eben keine so hartnäckigen Freunde wie ich«, lächelte Liv dann. Sie drehte sich wieder zu Franzi um. »Hast du das gestern ernst gemeint, dass du mich magst?«

Franzi musste noch einmal schlucken, bevor sie antworten konnte. »Natürlich!«, sagte sie und räusperte sich. Dann grinste sie verschmitzt. »Mal sehen, ob das auch so bleibt, wenn ich dich jetzt hoffentlich bald besser kennenlerne!«

Liv grinste breit. »Tja, das kann ich nur hoffen«, gab sie zurück. »Jedenfalls: Danke!«

»Bedank dich bei Gott«, antwortete Franzi, die froh war, dass Liv von sich aus angefangen hatte, über himmlische Dinge zu reden.

»Das hab ich schon gemacht«, stellte Liv ernst fest. »Und ich schätze, dass ich das noch oft machen werde.« Dann erzählte sie Franzi, dass sie in der vergangenen Nacht von ihrem Papa geträumt hatte und sich jetzt ganz sicher war, dass der bei Jesus war. »Er hat immer an Gott geglaubt, weißt du«, sagte sie. »Deshalb war ich ja so sauer, dass der ihm nicht geholfen hat. Aber jetzt weiß ich, dass mein Papa glücklich ist. Und das bedeutet, dass ich es auch sein darf.«

Franzi war tief beeindruckt von dem, was Liv ihr sagte. Sie hatte sich nie vorstellen können, was in dem Mädchen vorging. Jetzt begann sie zu verstehen. Doch bevor sie weiter nachdenken konnte, bat Liv sie, ihr zu erzählen, was am Tag vorher passiert war.

»Woher wusstest du, wie ich diese Statusmeldung meine?«, wollte das Mädchen wissen.

Franzi begann zu berichten. Von all den Fügungen, die dafür gesorgt hatten, dass sie rechtzeitig bei Liv sein konnte. Dass Frau von Bernheim ihr von Livs Vater erzählt hatte. Dann Bens Krankheit, die dafür gesorgt hatte, dass Franzi nicht nach Köln gefahren war. Ihr plötzlicher Impuls, bei Facebook zu stöbern, und schließlich die Verspätung des Zuges.

Liv hörte ruhig zu. Dann nahm sie Franzis Hand. »Von jetzt an werde ich jedem, der mir was von glücklichen Zufällen erzählen will, sagen, dass das totaler Quatsch ist«, seufzte sie inbrünstig. »Wow, ich bin so was von glücklich. Das ist so verrückt. Die Psychologin, die heute ganz früh schon da war, denkt, dass ich eine posttraumatische Störung habe und irgendwas verdränge. Aber ich hab noch nie so klar gedacht wie heute. Du verstehst mich, oder?«

Franzi lächelte. »Ich hab zwar noch nie so was Krasses erlebt«, bestätigte sie, »aber ich kann mir gut vorstellen, wie es dir geht.«

Liv lachte. »Und das, obwohl mein Fuß gerade wieder anfängt, übel wehzutun. Und mein Po auch.« Sie versuchte, in eine bequemere Sitzposition zu rutschen.

Franzi gab sich Mühe, ihr dabei zu helfen, aber es klappte nicht so richtig. »Soll ich eine Schwester holen?«

Aber Liv winkte ab. »Ich klingele einfach.«

Gerade als sie auf den Knopf drückte, öffnete sich die Zimmertür. Es war Livs Mutter, die die Nacht bei ihrer Tochter verbracht hatte. Sie war zum Frühstücken in die Cafeteria gegangen. Nun begrüßte sie Franzi und wollte sich überschwänglich bei ihr bedanken, aber Franzi unterbrach sie schnell.

»Es gibt wirklich keinen Grund, mir zu danken«, sagte sie fest. »Es war Livs Entscheidung, wieder von den Gleisen zu kommen. Und ich glaube, ich gehe jetzt. Ist das okay, Liv? Wenn ich darf, komme ich morgen wieder.«

Liv nickte lächelnd. »Ich freu mich drauf.«

Livs Mutter sah ihr nach, als sie aus dem Zimmer ging. Franzi hoffte, dass die beiden da drin jetzt genauso gut miteinander reden konnten, wie sie und Liv es gerade getan hatten. Mit raschen Schritten lief sie zu der Sitzecke, in der ihre Mutter auf sie wartete. Die Mutter stand auf und nahm ihre Tasche.

Franzi fiel ihr um den Hals. »Ich glaub, ich hab dir schon lange nicht mehr gesagt, dass ich dich lieb hab«, flüsterte Franzi glücklich.

»Ich dich auch, Küken.«

Gemeinsam liefen sie zurück zum Auto und machten sich auf den Weg nach Hause.

Etliche Kilometer entfernt saß Ben vor seinem Computer. Weil er sich noch ein bisschen schlapp fühlte, hatte er das Handballspiel, bei dem er heute eigentlich dabei sein wollte, abgesagt. Seine Eltern machten einen Spaziergang und wollten zum Mittagessen zurück sein. Ben schrieb gerade an einem Programm, das ihn schon lange beschäftigte. Seine Gedanken kreisten allerdings ein bisschen zu viel um Franzi, sodass er sich schlecht konzentrieren konnte.

Verrückt, was dieses Mädchen erlebte. Er fragte sich, ob er sich wohl so verhalten hätte wie sie, wenn diese Sache sich in seiner Klasse abgespielt hätte. Aber er musste sich eingestehen, dass er sich sicher nicht so für seine Mitschüler eingesetzt hätte. Wie machte Franzi das nur? Okay, sie war klug und sie konnte sich gut in andere Menschen hineinversetzen. Aber eigentlich war sie auch ziemlich zurückhaltend und schüchtern. Woher nahm sie also den Mut für solche Aktionen? Er wusste, was sie dazu sagen würde. Aber er konnte sich nicht vorstellen, wie das mit ihrem Glauben funktionierte. In einem alten Buch zu lesen und mit einer unsichtbaren Macht zu reden, konnte doch nicht solche Auswirkungen haben, oder?

Kopfschüttelnd widmete Ben sich wieder seinem Programm. Aber sein Kopf war wie blockiert. Also klickte er seinen Internetbrowser an und schaute sich ein wenig im Netz um. Automatisch gelangte er zu den Ereignissen um Rosenfels. Er hatte in den vergangenen Tagen ständig die Versteigerung des Medaillons beobachtet. Dort tat sich heute wenig.

Die Versteigerung lief noch zwei Tage, und es gab bisher nur zwei Bieter: Emmas Vater und jemanden, von dem nur der Auktionator wusste, wer es war. Die beiden steigerten sich langsam immer höher. Offensichtlich war auch der andere fest entschlossen, das Schmuckstück zu erwerben. Bis auf 5000 Euro würde er mitbieten, hatte Emmas Vater gesagt. Mehr konnte er sich angeblich nicht leisten.

Ben konnte das nicht verstehen. Schließlich war es doch ziemlich sicher, dass dieses Medaillon das Gegenstück von Sonnhilds Anhänger war! Wer konnte ahnen, welche Botschaft sich darin verbarg? Außerdem wollte Ben unbedingt ein Bild von Sonnhild sehen. Und das musste doch darin zu finden sein! Aber Emmas Vater war skeptisch. Er meinte, das Risiko, dass es sich um eine Fälschung handle, sei viel zu groß. Deshalb wollte er eigentlich überhaupt nicht mitbieten, tat es aber den Kindern zuliebe.

Noch einmal betrachtete Ben ausgiebig das Bild und die Informationen. Heute hielt Emmas Vater das Höchstgebot. Doch als Ben eine halbe Stunde später erneut die Seite aufrief, bekam er einen Schrecken: Die Auktion galt als abgebrochen!

Aufgeregt rief Ben Emmas Vater an. »Was ist los mit der Auktion?«, wollte er wissen.

Emmas Vater hatte schon mit seinem Anruf gerechnet. »Der zweite Bieter wurde als Betrüger entlarvt«, erklärte Emmas Vater.

Ben war verwirrt. Wie war das möglich?

»Es ist noch nicht endgültig geklärt«, wurde er weiter informiert. »Aber die Polizei hat festgestellt, dass die Internetdaten von der Website mit den Texten des Technikus mit denen des Bieters übereinstimmen. Und noch etwas: Auch die Kommunikation mit demjenigen, der im Sommer die Burg kaufen wollte, wurde jetzt in die Ermittlungen einbezogen. Das alles läuft in dieselbe Richtung. Wie gesagt, es gibt noch viele Fragen. Aber es sieht so aus, als gäbe es da jemanden, der ein starkes Interesse an Rosenfels hat und sich alle Mühe gibt, irgendwie an die Burg und ihre Schätze heranzukommen. Allerdings arbeitet er auf illegalen Wegen. Name und Adressdaten scheinen gefälscht zu sein. Mehr kann ich dir nicht sagen. Aber der Auktionator hat beschlossen, dass er das Medaillon nun lieber doch nicht online, sondern in seinem Auktionshaus in München versteigern will.«

Ben war sauer. Es gab so krasse Neuigkeiten, und er erfuhr nichts davon? Hätte er überhaupt Bescheid bekommen, wenn er nicht nachgefragt hätte? Bis jetzt war er immer davon ausgegangen, dass Emmas Vater ihn wirklich auf dem Laufenden hielt. Aber offenbar wollte er nicht, dass Ben alles wusste, was vor sich ging.

Nachdem er aufgelegt hatte, ließ Ben sich enttäuscht auf sein Bett fallen. Ob Emma Bescheid wusste? Seine heimliche Hoffnung, das Medaillon vielleicht doch zu bekommen, schwand dahin. Irgendwie war das unfair. Er war doch genauso ein wichtiger Teil der ganzen Geschichte wie Franzi! Schließlich hatte er den Mechanismus entdeckt, der den ersten Geheimgang geöffnet hatte. Und Franzi wäre auch bestimmt nicht allein dort hineingeklettert! Wieso bekam sie eine so besondere Erinnerung und er nicht?

Gut, er war kein Mädchen. Vielleicht kam keiner auf die Idee, dass er ein ganz persönliches Interesse an dem Medaillon hatte. Er hatte es ja schließlich nie ausgesprochen. Aber zumindest Emmas Vater wusste doch, dass er sich brennend für alles interessierte, was mit der Website und dem Medaillon zu tun hatte!

Enttäuscht zerknüllte Ben ein Stück Papier in seinen Händen, das neben seinem Bett auf dem Boden gelegen hatte. Er formte es zu einem Ball und schleuderte diesen in den Papierkorb neben dem Schreibtisch. Treffer. »Ich will wissen, ob dieses Medaillon von Ludewig IV. stammt!«, sagte er laut, obwohl ihn niemand hören konnte. Entschlossen stand er auf und ging ans Fenster. »So, und jetzt probiere ich etwas aus.« Es tat ihm gut, seine eigene Stimme zu hören. Irgendwie verlieh das der Situation mehr Bedeutung. »Ich bete hiermit offiziell zum ersten Mal«, erklärte er der Fensterscheibe feierlich. Dann räusperte er sich. Ein bisschen blöd kam er sich schon vor. Und überhaupt, wie machte man das eigentlich? Er kannte keine Gebete auswendig. Sollte es irgendwie besonders förmlich oder hoheitsvoll klingen?

Dann fiel ihm ein, dass Franzi beim Beten kein Blatt vor den Mund nahm. Er räusperte sich noch einmal, faltete die Hände – denn das machte man ja wohl so – und sagte: »Also, ähm, falls da oben grade jemand zuhört: Ich hätte gern das Medaillon von der Burg Rosenfels. Also, das sollte dann bitte an die Familie von Hohen-Emsheim versteigert werden. Der Rest klappt dann schon. Das … das war's. Danke. Ähm … Amen.«

Er runzelte die Stirn. Reichlich peinlich, was er da gerade abgezogen hatte. Aber es hatte ja keiner gesehen oder gehört. Und außerdem hatte doch wohl jeder schon mal irgendwie gebetet. Zumindest so was wie ein Stoßgebet oder so. Na ja, wahrscheinlich war das eine dieser Aktionen, über die er später mal den Kopf schütteln würde. Es sei denn, er würde tatsächlich das Medaillon bekommen. Das wäre dann natürlich ein krasser Zufall.

Ben klaubte noch ein Blatt Papier vom Boden, beförderte auch das als Kugel in seinen Papierkorb und hockte sich dann wieder vor sein Computerprogramm.

Kapitel 14 · Frieden in der Klasse

Zum Glück hatte die Presse nicht berichtet, wer das Mädchen in letzter Sekunde von den Bahngleisen gezogen hatte. So konnte Franzi am Montagmorgen zur Schule gehen, ohne wie zu Beginn des Schuljahres belagert zu werden.

Der Herbst hatte beschlossen, es noch einmal allen so richtig zu zeigen. Die paar Blätter, die es geschafft hatten, den regnerischen und stürmischen Tagen der vergangenen Wochen zu trotzen, leuchteten in unverschämt bunten Farben vor dem blauen Himmel.

Es war nicht besonders kalt. Franzi ging mit leichten Schritten die Straße zur Schule hinunter. Seit sie in Bad Godesberg wohnte, hatte sie sich noch nie so unbeschwert gefühlt wie heute Morgen. Egal, wie die Stimmung in der

Klasse heute sein würde – nichts konnte sie erschüttern. Davon war sie überzeugt.

Kurz vor dem Tor kamen Clara und Zoe ihr entgegen. Zoe begann zu laufen. Ihre blonden Haare flatterten wie eine abgerissene Fahne und ihr Schal wehte hinter ihr her.

»Hey Franzi!«, rief sie außer Atem, kaum dass sie in Hörweite war. »Hast du das von Liv gehört?«

Clara gesellte sich gemessenen Schrittes zu ihnen. Franzi nickte. Ein verräterisches Lächeln umspielte ihre Lippen, und Zoe sah sie irritiert an.

»Warum grinst du denn so?«, fragte sie verwirrt.

Franzi versuchte, ein normaleres Gesicht zu machen. »Entschuldige«, sagte sie und klemmte sich eine lose Haarsträhne hinters Ohr. »Ich freu mich einfach, dass ihr nichts passiert ist.«

Zoe war etwas beruhigt. Sie hatte schon an Franzis Verstand gezweifelt. Wer grinste denn so breit, wenn es um einen versuchten Selbstmord ging? Zu dritt stiegen sie die Treppe zum Haupteingang hinauf.

»In der Zeitung stand, dass sie schwer verletzt ist«, stellte Clara vorwurfsvoll fest. »›Nichts passiert‹ ist also etwas übertrieben!«

»Und außerdem ist sie jetzt bestimmt *noch* depressiver!«, fügte Zoe hinzu und sah Franzi herausfordernd an. Sie konnte noch immer nicht verstehen, wieso Franzi so gute Laune hatte. Schließlich hatte sich eine Tragödie mit dem Mädchen ereignet, um das sie sich so bemüht hatte!

Franzi blieb mitten im Gewusel der anderen Schüler stehen. »Nein«, sagte sie fröhlich. »Sie ist nicht mehr depprimiert. Sie ist richtig glücklich.«

Jetzt sahen Clara und Zoe sie an, als sähen sie ein Pferd.

»Woher weißt du das?«, wollte Clara wissen.

»Ich hab sie gestern besucht.« Franzi ging weiter und überließ es den beiden Mädchen, ihr in dem Gedränge auf den Fersen zu bleiben.

»Aber …« Zoe kämpfte sich mit ihrem Rucksack auf dem Rücken durch die Schüler, die sich über den Gang schoben. Endlich kamen sie in einen etwas weniger belebten Bereich. »Aber woher wusstest du, in welchem Krankenhaus sie ist? Und darf man sie überhaupt einfach so besuchen?«

Franzi überlegte, wie sie das erklären konnte, ohne zu verraten, dass sie bei dem Beinahe-Unfall dabei gewesen war. »Ich hab mir gedacht, dass sie sie ins nächstgelegene Krankenhaus gebracht haben«, sagte sie ein wenig zögerlich. »Und man kann ja fragen, ob man sie besuchen darf oder nicht.«

Clara schüttelte verwundert den Kopf. »Du bist ganz schön krass. Ich hätte mich gar nicht getraut, zu ihr hinzugehen.«

Inzwischen waren sie vor dem Klassenraum angekommen. Obwohl die meisten Schüler schon da waren, herrschte eine ungewöhnliche Ruhe. Kira saß stumm an ihrem Platz, und ihre Freundinnen unterhielten sich nur gedämpft. Die Jungen hatten eine Ausgabe der Tageszeitung und ein Klatschblatt vom Wochenende dabei und beugten sich gemeinschaftlich darüber. Clara, Zoe und Franzi gingen an ihre Plätze und warteten auf das Stundenklingeln.

Der Unterricht begann diesmal nicht wie gewohnt. Statt der Französischlehrerin tauchte die Direktorin, Frau Frey, auf. Als sie den Raum betrat, verstummten sofort alle Gespräche. Sie ging ans Lehrerpult und räusperte sich. Alle Augen waren sofort auf sie gerichtet. Es war, als hielte die ganze Klasse den Atem an, um nun aus erster Hand zu erfahren, was am Wochenende geschehen war.

Frau Frey hielt sich mit beiden Händen an der Tischplatte fest. Ihr Gesicht war blass und sie hatte tiefe Augenringe.

Bestimmt hat sie auch die letzte Nacht an Livs Bett im Krankenhaus verbracht, dachte Franzi voller Mitleid. Mit Liv selbst hatte sie gestern Abend noch einmal telefoniert. Sie sagte, dass es ihr noch immer gut ging. Der Frieden, der in ihr Herz gekommen war, war nicht von der schnell vergänglichen Sorte. Da war Liv sich ganz sicher. Für ihre Mutter hatte diese Aktion allerdings alte Wunden aufgerissen, und Liv machte sich Sorgen um sie.

»Ihr habt sicher alle gehört, warum Liv heute nicht da ist«, begann die Direktorin ihre Ansprache, und Franzi bemerkte, wie brüchig ihre Stimme klang. »Vielleicht könnt ihr euch vorstellen, dass diese Situation nicht ganz einfach für mich als Mutter ist. Ich möchte euch bitten, die Sache nicht mehr aufzubauschen als nötig. Damit es keine unnötigen Gerüchte gibt, will ich euch ein paar Fakten nennen.«

Oh nein, dachte Franzi. *Hoffentlich sagt sie nicht, dass ich dabei war.*

»Liv hat am Samstagabend, als sie schon auf dem Weg zu den Gleisen war, eine Meldung bei Facebook geschrieben, die ich zunächst nicht gelesen habe. Sie dachte, dass niemand es sehen oder verstehen würde. Aber jemand aus eurer Klasse hat geahnt, was sie vorhatte. Ich kann nicht sagen, wie dankbar ich derjenigen bin, die Livs letzte Nachricht so ernst genommen hat. Sie ist in letzter Sekunde gekommen, um das Schlimmste zu verhindern.«

Ein wildes Getuschel setzte ein, und alle Köpfe drehten sich zu Franzi um.

»Das kann ja nur Franzi gewesen sein!«, hörte man Claras Stimme aus dem Gemurmel.

»Genau!«, stimmte Justus laut zu. »Ich habe mich schon gewundert, warum sie so ein riesiges Pflaster auf der Stirn trägt!«

Franzi wäre am liebsten im Boden versunken. Ihr Gesicht lief rot an und sie spürte, wie die Naht auf ihrer Stirn zu pochen begann.

Zum Glück sprach Frau Frey jetzt weiter. »Ja, ihr habt recht, es war Franzi. Aber ich hoffe, dass jeder von euch so gehandelt hätte, wenn er die Nachricht verstanden hätte.«

Einige Köpfe senkten sich schuldbewusst, doch keiner sagte etwas.

»Jedenfalls hoffe ich, dass ihr Liv ganz normal wieder in eure Klasse aufnehmt, wenn sie gesund ist. Bis dahin könnt ihr sie gern im Krankenhaus besuchen. Sprecht aber bitte mit eurer Klassenlehrerin ab, wer wann hingeht. Von der Station her sind immer nur maximal drei Besucher auf einmal zugelassen. Liv hat sich einen Fuß kompliziert gebrochen und musste operiert werden. Ansonsten geht es ihr aber gut. Wenn ihr noch weitere Fragen habt, könnt ihr zu mir ins Büro kommen.«

Ohne ein weiteres Wort verließ die Direktorin die Klasse und Frau Neumann kam herein. Sie begann mit dem Unterricht, als sei nichts geschehen.

In der Pause verwandelte sich die Klasse in einen Bienenstock. Alle umringten Franzi und wollten wissen, was genau geschehen war. Aber Franzi wollte nichts erzählen. Sie hatte das Gefühl, dass sie niemals in Worte fassen könnte, was sie an diesem Samstagabend auf dem Bahndamm erlebt hatte. Durch eine Lücke in der Meute, die sich um ihre Bank versammelt hatte, sah sie Kira. Die saß ganz allein an ihrem Platz, den Kopf in die Hände gestützt, mit dem Rücken zu Franzi.

Ohne sich um die anderen zu kümmern, stand Franzi auf und drängte sich aus dem Schülerpulk. Verdutzt schauten die Schüler ihr nach, als sie auf Kira zuging. Als würde eine unsichtbare Mauer sie trennen, blieben sie auf Abstand und beobachteten schweigend, was jetzt geschah.

Franzi legte Kira eine Hand auf die Schulter. Das Mädchen reagierte nicht. Da ging Franzi um den Tisch herum und hockte sich vor ihr hin.

»Geh weg!«, knurrte Kira. »Lass dich feiern.«

Aber Franzi schüttelte den Kopf und blieb, wo sie war. Kira starrte auf die Tischplatte.

»Das, was ich gemacht hab, war keine Heldentat«, sagte Franzi leise. »Du hättest genau das Gleiche für deine Freundin gemacht.«

»Pfff!«, machte Kira und verharrte in ihrer Stellung.

Franzi überlegte, was sie als Nächstes sagen konnte. Sie wusste, dass dies ein wichtiger Moment war. Die anderen schauten ihnen gebannt zu.

»Liv geht es gut«, meinte Franzi und wunderte sich, warum sie genau das sagte. Doch zu ihrer Überraschung tropfte plötzlich eine Träne aus Kiras Auge auf die Tischplatte.

»Ich wusste doch nicht, dass sie sich umbringen will«, schluchzte sie auf. »Das wollte ich nicht.« Sie ließ ihren Kopf auf ihre Arme fallen. Der Rest der Klasse bewegte sich noch immer nicht.

»Es ist nicht deine Schuld«, versuchte Franzi Kira zu beruhigen. *Ein bisschen schon,* dachte sie. Aber gleichzeitig wusste sie, dass sie gar nicht wissen konnte, wie sie an Kiras Stelle gehandelt hätte. »Außerdem geht es doch nicht um das, was vergangen ist. Es kommt nur darauf an, was wir jetzt daraus machen.«

Kira wischte sich mit dem Ärmel die Nase ab. Jetzt war auf einmal ihre beste Freundin zur Stelle und hielt ihr ein Taschentuch hin. Auch die anderen kamen näher. Franzi stand auf und sah den Schülern ins Gesicht. Wie war sie nur in diese Situation geraten? Sollte sie jetzt etwa eine Ansprache halten? Sie war doch nur Franzi, die Neue, das Dorfmädchen! Aber die Klasse sah sie erwartungsvoll an.

»Hey«, sagte sie unsicher und blickte auf Kira. »Ich weiß nicht, was ihr jetzt von mir erwartet. Aber ich glaub, wir haben gerade alle zusammen die Chance, eine richtig coole Klasse zu werden. Oder?«

Einige nickten zustimmend, andere sahen sie zweifelnd an.

»Ich komme mir gerade ziemlich komisch vor«, fuhr Franzi fort und knibbelte mit den Zähnen an einem Stückchen loser Haut an ihrer Lippe. »Ich meine, ihr wisst alle viel besser als ich, was in der Vergangenheit passiert ist. Aber ganz ehrlich: Ich hab gestern gesehen, wie glücklich Liv war. Sie sieht die ganze Sache mit ihrem Papa jetzt in einem anderen Licht. Vielleicht könnt ihr das auch schaffen? Ich weiß, ich hab leicht reden, weil ich nicht von hier bin. Aber ich denke, dass Kira zum Beispiel gute Gründe hatte, sauer auf Liv zu sein.«

Wieder nickten ein paar Schüler, und Kira sah Franzi aus verquollenen Augen erstaunt an.

»Das Problem ist nur, dass es meistens alles viel schlimmer macht, wenn man lange aufeinander böse ist, ohne zu versuchen, sich zu versöhnen.« *O Mann, ich klinge wie meine eigene Mutter,* dachte Franzi und blickte unsicher in die Runde. Aber Zoe sah sie mit großen, strahlenden Augen an, und das machte ihr Mut.

Kira schniefte. »Ich glaub, ich würde mich gern bei Liv entschuldigen.« Dafür erntete sie überraschte Blicke von ihren Freunden. »Aber ich weiß nicht, ob ich mich traue.«

In diesem Moment klingelte es zum Unterricht.

»Lasst uns doch irgendwas basteln oder so, wo wir alle unsere Grüße an Liv draufschreiben können. Und dann bringen ein paar von uns das ins Krankenhaus«, schlug Zoe vor, die im Kunstunterricht immer aufblühte. Ein munteres Geplapper setzte ein, und die meisten Schüler nickten zustimmend.

Kira stand auf. »Danke.«

Franzi lächelte sie an. Kira erwiderte das Lächeln schief, und dann umarmten die beiden Mädchen sich.

»Es hat geklingelt!«, ertönte plötzlich eine Stimme hinter ihnen. »Ab auf eure Plätze!« Der Lehrer scheuchte die Schüler an ihre Bänke und begann mit dem Stoff.

Kapitel 15 · Die Einladung

Kira wartete nach der letzten Stunde am Schultor auf Franzi. Die anderen verabschiedeten sich nach und nach im Vorbeigehen. Als Franzi in Begleitung von Clara und Zoe auftauchte, machte Kira einen Schritt auf sie zu.

»Kann ich noch mal kurz mit dir reden?«, fragte sie und sah Franzi durchdringend an.

Clara verstand und zog Zoe am Ärmel mit sich. »Wir sind schon mal beim Bäcker«, sagte sie.

Franzi nickte. »Okay, bis gleich.«

Die beiden Mädchen verkrümelten sich, und Kira ging langsam mit Franzi vom Schulhof. Sie zwirbelte an einer ihrer langen orange-roten Locken und schien zu überlegen, wo sie anfangen sollte zu erzählen. »Ich hab ein Problem«, begann Kira schließlich. Die Worte kamen ziemlich schroff aus ihr heraus. »Ich hab ein echt schlechtes Gewissen, seit ich gestern diese Meldung in der Zeitung gelesen habe.«

Franzi sagte nichts. Sie wusste, dass es ihr jetzt genauso gehen würde, wenn sie die Nachricht nur aus den Medien erfahren hätte.

»Na ja, jedenfalls ist mir heute Nacht klar geworden, dass ich mich ziemlich mies benommen habe«, fuhr Kira fort, ohne Franzi anzusehen. Sie blickte im Gehen auf ihre Schuhspitzen. Die Hände hatte sie nun fest in die Manteltaschen gesteckt. »Nicht, dass ich die Einzige gewesen wäre, die Liv geärgert hat!«

Jetzt nickte Franzi. Eigentlich hatte ja die ganze Klasse mitgemacht. Kira war eben nur eine ziemlich starke Persönlichkeit. Jemand, an dem sich viele orientierten.

»Aber ich glaube, dass die ganze Sache mit mir angefangen hat. Und mit Zoe, aber die hat irgendwann die Kurve gekriegt.«

»Ich weiß nicht«, füllte Franzi die Pause, die entstand, weil Kira nicht weiterredete. »Ich meine, ich bin ja noch nicht so lange hier. Aber Clara hat mir erzählt, dass deine Eltern ziemlich stark von der Pleite betroffen waren, die durch Livs Vater mitverursacht wurde.«

Kira nahm einen tiefen Atemzug und presste die Lippen aufeinander. »Hm.« Ihr Gesicht wurde ganz verbissen. Das Thema schien immer noch stärker zu schmerzen, als Franzi vermutet hatte. »Das Problem ist, dass meine Eltern immer noch mega sauer auf die Freys sind. Sie hassen sie richtig. Mein Vater hat eine total hämische Bemerkung gemacht, als er das von Liv hörte. Mal ehrlich, ich könnte so ausflippen!«

Überrascht sah Franzi Kira von der Seite an. Das Mädchen hatte ganz rote Wangen bekommen. Ob es an der kalten Luft oder an ihrer Wut lag, konnte Franzi nicht sagen. Jedenfalls schienen die Sommersprossen auf Kiras Nase mit deren grauen Augen um die Wette zu funkeln, während sie mit einer

Hand gegen einen unschuldigen Knallerbsenstrauch schlug, der das Pech hatte, gerade hier am Straßenrand zu stehen.

»Ich will ja nicht alles auf meine Eltern schieben. Aber hey, die haben mir die ganze Zeit eingeredet, dass Familie Frey schuld an unserem familiären Desaster ist! Und sie haben sich darüber aufgeregt, dass Liv so überbetreut wird! Jetzt hab ich Schuld daran, dass sie sich beinahe umgebracht hätte.« Wütend fuhr sie sich mit der Hand über die Augen, denn sie füllten sich auf einmal mit Tränen.

Franzi stupste sie leicht an die Schulter. »Das ist nicht deine Schuld«, sagte sie sanft.

Aber Kira schüttelte den Kopf. »Ich hab die ganze Zeit Stimmung gegen sie gemacht, obwohl ich wusste, dass es ihr nicht gut geht. Aber ich dachte, sie hat es verdient.« Die Tränen ließen sich jetzt nicht mehr aufhalten, und Franzi fummelte ein Papiertaschentuch aus ihrer Jackentasche. Kira nahm es und schnäuzte sich.

Was soll ich bloß sagen?, fragte Franzi sich insgeheim. Sie kam sich heute vor wie eine Psychotherapeutin wider Willen. Sie war doch selbst in die ganze Sache nur so hineingeschlittert – wie sollte sie denn jetzt plötzlich all die Probleme lösen, die es in dieser Klasse gab? Dann gab sie sich einen Ruck. *Ich muss gar nicht alles lösen,* schalt sie sich selbst. *Nur ein bisschen zuhören. Dann werden wir schon sehen, wie es weitergeht.*

Kira hatte sich wieder gefangen.

»Zumindest weiß ich jetzt, dass ich dieses blöde Spiel nicht mehr mitmachen will. Ich hab keine Lust mehr, auf Liv oder irgendwem herumzuhacken. Na ja«, sie schnäuzte sich noch einmal und stopfte das nasse Tuch in ihre Hosentasche, »ich kann natürlich nicht garantieren, dass ich jetzt plötzlich super nett zu allen sein werde.« Sie versuchte ein Grinsen, und Franzi gab sich Mühe, sie aufmunternd anzusehen. So ganz konnte sie dem nicht folgen, was da gerade aus Kira herausbrach.

»Aber jedenfalls will ich mich bei Liv entschuldigen. Ich weiß bloß nicht, was meine Eltern dann mit mir machen.«

Franzi runzelte die Stirn. »Die werden dir doch nicht verbieten, dich mit jemandem aus deiner Klasse zu versöhnen, oder?«

Kira bekam wieder ihren gewohnt überheblichen Gesichtsausdruck. »Du kennst meine Eltern nicht.«

Franzi zuckte die Schultern. »Stimmt«, gab sie zu. »Aber ich traue dir zu, dass du deine eigenen Entscheidungen treffen kannst. Vielleicht bringst du ja damit selbst deine Eltern zum Nachdenken.«

Kira nickte. Sie war ein selbstbewusstes Mädchen, und sie wusste, was sie wollte. »Trotzdem ist da noch was.« Sie waren inzwischen fast an der Bäckerei angekommen, in der Zoe und Clara warteten. Kira blieb unter einer der Straßenlaternen stehen, die die Fußgängerzone säumten. »Ich bin vielleicht nicht gerade schüchtern, aber Krankenhäuser sind mir unheimlich. Deshalb wollte ich fragen, ob du mit mir zu Liv gehen kannst.«

Franzi lächelte erfreut. »Na klar!«, sagte sie fröhlich. »Gern sogar. Ich fühle mich geehrt.« Sie lachte, und Kira sah erleichtert aus.

»Gleich heute?«, wollte sie wissen.

»Wenn du willst?«

Sie einigten sich darauf, am frühen Abend ins Krankenhaus zu fahren. Franzi wollte bis dahin herausfinden, ob Liv noch andere Besucher hatte. In die Liste bei der Klassenlehrerin hatte sich für heute jedenfalls noch niemand außer Franzi eingetragen.

»Willst du noch mit reinkommen?«, fragte Franzi schließlich. »Wir machen hier zusammen die Bio-Hausaufgaben.«

Kira sah sie misstrauisch an. »Ich glaube nicht, dass ihr mich dabeihaben wollt«, erwiderte sie skeptisch.

Aber Franzi grinste gelassen. »Du bist doch gut in Biologie, oder?«, fragte sie verschmitzt. »Dann ist es doch für uns nur von Vorteil, wenn du mitmachst.«

Kira wusste genau, dass das nur ein Spruch war, um sie aufzumuntern, trotzdem ließ sie sich darauf ein. Mit Zoe hatte sie in der Klasse bisher nur sehr wenig geredet. Aber wenn heute nicht der Tag für Neuanfänge war, wann dann? Entschlossen folgte sie Franzi in die Bäckerei.

Einige Stunden später saß Franzi zu Hause vor dem Fernseher und ließ den Tag an sich vorüberziehen. Das Programm, das über den Bildschirm flackerte, drang gar nicht bis zu ihr durch. Neben ihr auf der Couch saß ihre Mutter, die damit beschäftigt war, einen graugrünen Schal für Franzis Bruder zu stricken. Franzi war sicher, dass er ihn nie tragen würde, fand es aber trotzdem süß.

Der Besuch bei Liv war viel besser gelaufen, als sie es gedacht hatte. Liv war immer noch wie ausgewechselt. Kira war im ersten Moment völlig verwirrt gewesen, als sie dieses Mädchen da im Bett sitzen sah. Vermutlich hatte sie Liv noch nie vorher lächeln gesehen. Liv hatte Kiras Entschuldigung angenommen, ohne mit der Wimper zu zucken. Sie hatte Kira überhaupt keine Vorwürfe gemacht und diese damit irgendwie überfordert.

»Ich wusste doch, dass du das nicht einfach nur so machst«, hatte Liv Kira gesagt. »Ich glaube, ich war nie wirklich böse auf dich. Ich hab das alles ja mit meinem Verhalten irgendwie herausgefordert.«

Franzi hatte bei diesem Gespräch im Hintergrund gestanden und sich gefragt, wie viel reife Selbstreflexion zwei Vierzehnjährige überhaupt an den Tag legen konnten. Sie war ganz schön stolz auf diese beiden Mädchen, die da gerade einen jahrelangen Streit zu Grabe trugen. Hoffentlich währte dieser Frieden auch wirklich nicht nur so lange, wie Liv im Krankenhaus lag! Aber eigentlich war Franzi sicher, dass Livs Versuch, sich das Leben zu nehmen, wirklich etwas grundlegend verändert hatte. Es war, als wäre eine Mauer eingestürzt, die die ganze Zeit zwischen Liv und dem Rest der Welt gestanden hatte. Sie konnte sich nicht vorstellen, dass diese Dinge spurlos an den Erwachsenen vorbeigehen würden.

»Mam, stört es dich, wenn ich dich allein lasse? Ich würde gern noch mal mit Ben telefonieren.«

Die Mutter sah von ihrem Schal auf und lachte. »Oh, die Liebe ruft. Nein, ist schon in Ordnung. Dann kann ich ja jetzt endlich auf meine Schnulze umschalten.«

Franzi verdrehte gespielt genervt die Augen und stand auf. »Bis dann«, sagte sie und huschte in ihr Zimmer.

Ben war nicht besonders gut gelaunt, das hörte sie sofort an seiner Stimme. Er wollte allerdings auch nicht damit herausrücken, was ihn nervte. *Ob er irgendein Problem mit mir hat?,* fragte Franzi sich beunruhigt. Eine kleine Spitze von Eifersucht pikte in ihrem Herzen. Sie hatten sich lange nicht gesehen, und die Ereignisse hatten sich für Franzi überschlagen, während er nicht live dabei war.

»Denkst du, dass wir uns an diesem Wochenende treffen können?«, versuchte Franzi das Gespräch in eine andere Richtung zu lenken.

Aber Ben blockte ab. »Ich hab ein Turnier am Samstag«, sagte er ein wenig zu schnell.

Franzi nagte an ihrer Lippe. »Okay.« Sie hoffte, dass Ben ihr die Enttäuschung nicht zu sehr anhörte. Aber er schien es doch zu bemerken.

»Hör zu«, sagte er, als habe er erst jetzt bemerkt, wie sehr er Franzi verunsicherte. »Meine miese Laune hat nichts mit dir zu tun. Ich … bin von einer Sache genervt, aber ich will dich da gerade nicht mit reinziehen. Und ich würde dich ehrlich gern bald wieder treffen. Aber ich war letzte Woche schon krank, ich kann meinem Trainer jetzt nicht schon wieder sagen, dass ich zum Spiel nicht dabei bin.«

»Okay«, wiederholte Franzi, jetzt ein bisschen beruhigter. Sie hoffte, dass er irgendwann damit herausrücken würde, was sein Problem war.

Sie redeten noch eine kleine Weile über unverfängliche Dinge, dann legten sie auf. Franzis fröhliche Stimmung des Nachmittags wurde auf einmal von einer seltsamen Unruhe verdrängt. Ben und sie waren noch nicht einmal offiziell ein Paar, und schon machte sie sich Sorgen, dass ihre Freundschaft kaputtgehen könnte. Franzi ärgerte sich über sich selbst. Es war doch gar nichts passiert, warum schob sie auf einmal Panik? Spätestens jetzt war ihr klar, dass sie sich nicht mehr damit zufriedengeben wollte, dass Ben ihr bester Freund war. Sie wollte, dass er ihr echter Freund war. Und zwar richtig. So, dass sie sagen konnte: Ich hab einen Freund.

Seufzend ließ sie sich auf ihr Bett fallen. Wäre es jetzt nicht Zeit, mal wieder Tagebuch zu schreiben? Früher hatte sie das regelmäßig gemacht. Aber seit dem Sommer hatte sie sich selten Zeit dafür genommen. Und heute wusste sie nicht, wo sie anfangen sollte zu berichten. Also rappelte sie sich wieder auf und ging zurück zu ihrer Mutter ins Wohnzimmer. Sie sah sich den Film zu Ende an und ging dann schlafen.

Vielleicht hätte der Rest der Woche einigermaßen normal verlaufen können, wenn da nicht noch Emma und ihre Familie gewesen wären.

Am Mittwoch bekam Franzi auf einmal einen Anruf von Burg Rosenfels. Es war Lisa, Emmas Schwester, die an der Rezeption der Jugendherberge arbeitete.

»Franzi, ich weiß, dass ihr Schule habt«, begann Lisa, und Franzi versuchte, ihre Jacke abzuschütteln, während sie Lisas Stimme lauschte. Sie war nämlich eben von der Schule nach Hause gekommen und hatte sich das klingelnde Telefon rasch gegriffen, kaum dass sie zur Wohnungstür hereingekommen war. »Aber nächste Woche, am Donnerstag, findet in München eine wichtige Versteigerung statt. Es geht um das Medaillon, du weißt schon. Das, was vermutlich das Gegenstück zu deinem ist.«

Franzi war ganz Ohr. Sie hatte die ganze Medaillon-Geschichte ein wenig aus dem Blick verloren, aber natürlich wollte auch sie unbedingt wissen, ob sich in diesem zweiten Schmuckstück vielleicht ein Bild von Sonnhild verbarg.

»Werdet ihr versuchen, es zu ersteigern?«, fragte sie gespannt.

Lisa lachte. »Natürlich. Mein Vater ist mittlerweile ganz heiß darauf. Vor allem, weil er hofft, dass der andere Bieter dort irgendwie auftaucht. Dann wüssten wir endlich, wer es ist.«

Franzi hatte so ihre Zweifel. Ben hatte doch erzählt, dass da irgendeine krumme Sache zu laufen schien. So ganz hatte Franzi nicht kapiert, wie die Website, der Interessent für die Burg und der Bieter auf das Medaillon zusammenhingen. Aber so weit sie wusste, konnte man davon ausgehen, dass da jemand versuchte, seine wahre Identität zu verschleiern. Derjenige würde dann doch sicher nicht persönlich bei dieser Versteigerung auftauchen, oder? Dann würde er sich doch verraten.

Lisa wischte ihre Zweifel einfach vom Tisch. »Der Typ weiß doch nicht, dass wir da schon Parallelen ziehen«, meinte sie unbekümmert. »Der denkt, dass es bei der Auktion nur um das Medaillon geht. Und wenn er es wirklich haben möchte, dann wird er da sein. Oder zumindest irgendwer aus seinem Freundeskreis.«

Das klang einleuchtend. Aber Franzi wusste immer noch nicht, was sie damit zu tun hatte.

»Wir würden es super finden, wenn Ben und du auch dabei sein könntet«, klärte Lisa sie jetzt auf. »Eigentlich wünscht Emma sich das. Sie will euch unbedingt sehen.«

Franzi schmunzelte zufrieden. Wer hätte damals gedacht, als sie sich kennengelernt hatten, dass sie einmal Freunde werden würden? Dann überlegte Franzi, was diese Einladung bedeutete. »Ich weiß nicht, ob ich schulfrei bekomme«, gab sie zu bedenken. Sie war ziemlich sicher, dass das nicht so einfach werden würde.

»Die Versteigerung findet am Donnerstagabend statt«, erläuterte Lisa die Details. »Wir haben schon Hotelzimmer für die Nacht danach gebucht. Und wenn ihr beide freibekommt, würden wir für euch Bahntickets besorgen: Ihr könntet am Donnerstag an- und am Freitag wieder abreisen. Das würde also bedeuten, dass ihr zwei Tage schulfrei braucht.«

Franzi wiegte besorgt den Kopf hin und her. »Ich rede mal mit meiner Mutter.«

Lisa bat sie, so bald wie möglich zurückzurufen und ihr zu sagen, ob es klappte. Dann verabschiedete sie sich. »Ich rufe jetzt auch Ben an«, sagte sie zum Schluss. »Also, bis bald. Ich wünsch dir noch einen schönen Nachmittag.«

»Dir auch«, sagte Franzi und legte nachdenklich auf. Sie wollte natürlich unbedingt bei dieser Versteigerung dabei sein. Aber sie hatte so eine Befürchtung, dass dieser Plan bei ihrer Mutter nicht unbedingt auf Gegenliebe stoßen würde.

Weil sie ihre Mutter um diese Uhrzeit sowieso nicht bei der Arbeit stören durfte, setzte sie sich erst einmal an ihre Hausaufgaben. Für morgen stand eine Klassenarbeit in Physik auf dem Plan. Weil sie in diesem Fach eine Niete war, versuchte sie, so viel wie möglich von dem Stoff auswendig zu pauken. Allerdings konnte sie nicht lange arbeiten. Ihr Handy klingelte. Natürlich war es Ben, der anrief.

Franzi klappte ihren Physikhefter zu und nahm den Anruf an. »Hey Ben.« Sie hoffte, dass er diesmal bessere Laune haben würde als bei ihrem letzten Gespräch. Das war definitiv der Fall.

»Franzi! Ich bin total von den Socken! Du kommst doch mit nach München, oder?«

Er klang, als hätte er eben einen Lottogewinn über mehrere Millionen gemacht. Franzi wunderte sich ein wenig, dass er wegen des Medaillons so aufgeregt war. Bisher hatte er sich doch eher für die technischen Errungenschaften interessiert, die der Technikus der Nachwelt hinterlassen hatte.

»Na ja«, antwortete sie deutlich weniger enthusiastisch. »Ich würde natürlich super gern mitfahren. Aber ich glaube kaum, dass ich freibekomme. Meine Mutter ist nicht so der Typ, der spannenden Unternehmungen eine höhere Priorität einräumt als der Schule.«

Ben lachte darüber, wie gestelzt Franzi sich ausdrückte. »Komm schon, du wirst es doch schaffen, sie zu überreden, oder? Sonst rufe ich sie an!«

»Nein, lass mal«, wehrte Franzi ab. »Ich versuche es nachher schon selbst. Haben deine Eltern etwa schon Ja gesagt?« Sie konnte hören, wie Ben in seiner Wohnung auf und ab ging.

»Nein«, antwortete er gelassen. »Aber ich werde es definitiv schaffen, sie dazu zu bringen.«

Franzi bewunderte seinen Optimismus. Gerade Bens Eltern waren schließlich nicht gerade besonders gut auf Emma und die Dinge, die mit Burg Rosenfels zu tun hatten, zu sprechen. Aber für Ben gab es keinen Zweifel. Er würde definitiv nach München fahren, und wenn er dafür die Schule schwänzen müsste. Dazu war er fest entschlossen. Er hoffte allerdings, dass das Schwänzen nicht nötig werden würde. Schließlich wusste er genau, wie Franzi das fände.

»Ich bin so was von gespannt, wer dieser Bieter ist«, redete er weiter, während Franzi gedankenverloren mit dem Fingernagel an Pfiffs Käfigstangen entlangraffelte. Pfiff versuchte, den Finger zu erhaschen, und Franzi zog ihn weg.

»Ich bin eigentlich eher skeptisch, ob er auftaucht«, gab sie zu bedenken.

Ben dagegen war vollkommen davon überzeugt. Sie einigten sich darauf, dass jeder den anderen anrufen würde, sobald geklärt war, ob sie von der Schule freigestellt würden oder nicht. Dann legten sie auf.

Ben sprang übermütig auf seinem Bett herum und ließ dabei ein wildes Urgeschrei hören. »Ich werde dieses Medaillon bekommen!«, sagte er in die Luft hinein. »Zumindest werde ich erfahren, was sich darin verbirgt.«

Dann fiel ihm sein Gebet von vor ein paar Tagen ein, und er hielt inne. Sollte das wirklich eine Antwort von oben sein, dass auf einmal wieder Bewegung in die Geschichte um das Schmuckstück kam? Er bekam ein etwas mulmiges Gefühl im Magen.

»Erst mal abwarten«, erzählte er seinen Zimmermöbeln, um sich selbst etwas herunterzuregeln. Ihm wurde auf einmal bewusst, was es für ihn bedeuten würde, wenn das Medaillon tatsächlich von der Familie von Hohen-Emsheim zurückersteigert werden würde. Es würde bedeuten, dass er die Existenz Gottes, wie sie für Franzi sowieso feststand, tatsächlich näher in Betracht ziehen musste.

Kapitel 16 · Auf nach München!

Mit Liv ging es immer mehr bergauf. Sie wurde schon zum Wochenende aus dem Krankenhaus entlassen. Am Samstag besuchte Franzi sie zum ersten Mal zu Hause bei ihrer Mutter.

»Ich werde mein Zimmer neu streichen müssen«, grinste Liv, als sie Franzis Blick sah. Die fühlte sich ziemlich seltsam in dem großen Raum, den Liv bewohnte.

Zwei Wände waren in einem tiefen Dunkelgrau gestrichen, und die roten Samtvorhänge an den Fenstern sorgten für eine gedrückte Atmosphäre. Überall hingen Poster von Mädchen mit weißen Gesichtern, in denen viel zu viel schwarze und rote Schminke verwendet worden war. Ansonsten war der Raum eher kahl. Keine Deko-Artikel, keine Stofftiere. Nur ein riesiger Schreibtisch, der allerdings wirklich beeindruckend war. Er hatte eine Glasplatte, die von unten beleuchtet werden konnte. Jede Menge Stifte, Tusche, Pinsel, Skizzenblöcke und Leinwände stapelten sich auf dem und um den Schreibtisch herum. In der Ecke neben dem Schreibtisch stand eine große Staffelei, auf der eine Leinwand stand. Die war mit einem weißen Tuch verhangen. Eine Wand des Zimmers war ausschließlich Bildern gewidmet, die von Liv selbst stammten.

Liv saß mit hochgelegtem Bein auf dem Bett und beobachtete Franzi, als sie die Bilder und Zeichnungen betrachtete. »Wenn die Psychologin aus dem Krankenhaus das gesehen hätte, wäre ich bestimmt noch nicht entlassen worden«, spottete Liv fröhlich über sich selbst. »Aber die Sachen stammen ja auch alle aus einem anderen Leben. Zurzeit bin ich bloß noch nicht beweglich genug, um das Zeug wegzuräumen.«

Franzi drehte sich zu ihr um. Wirklich unglaublich, dass dieses gut gelaunte Mädchen da auf dem Bett Liv war. Noch vor ein paar Tagen hatte sie kaum ein Wort gesagt und sich immerzu hinter ihren schwarzen Haaren versteckt. Außerdem hätte sie damals um nichts in der Welt ein kurzärmeliges Shirt getragen. Und jetzt saß sie da mit einer Haarklemme, die den Pony beiseite hielt, und in einem ärmellosen Oberteil. Die Narben auf ihren Armen schimmerten von Weiß über Rosa bis Rot, aber es war keine frische dabei.

»Ich könnte dir helfen, die Bilder abzunehmen«, schlug Franzi vor. »Aber dann sind die Wände ganz kahl.«

»Das macht nichts«, meinte Liv zufrieden. »Ich glaube, das wäre gut. Dann kann ich anfangen, sie im Kopf neu zu gestalten.«

Froh, etwas tun zu können, begann Franzi mit der Arbeit. Liv wollte, dass sie alle Bilder und Poster komplett abnahm, damit ihre Wände so frei wurden, wie ihr Kopf sich gerade anfühlte. Zu jedem Bild, das Franzi auf den wachsenden Stapel am Boden legte, erzählte Liv ihr eine kleine Geschichte. Am Ende waren die Wände des Zimmers leer und Franzis

Kopf gefüllt mit ganz vielen Ereignissen aus Livs Leben. Sie fühlte sich irgendwie erschöpft, aber glücklich.

»Wow, das ist wunderbar!«, sagte Liv und hüpfte etwas ungelenk auf ihren Gehhilfen durch das Zimmer. »Du bist ein Schatz.«

Es klopfte an der Tür, und Livs Mutter kam herein. Franzi fühlte sich immer noch ein wenig unwohl in ihrer Gegenwart, schließlich war und blieb sie die Direktorin der Schule.

»Hallo, ihr beiden«, begann sie und sah sich staunend in dem Zimmer um. »Oh, ihr habt klar Schiff gemacht.«

Liv strahlte sie an. »Die ganzen Bilder hier können auf den Dachboden. Aber erst morgen, glaube ich. Von ein paar muss ich mich noch in Ruhe verabschieden.«

Franzi sah Liv nachdenklich an. Sie konnte sich kaum vorstellen, was in dem Mädchen jetzt vor sich ging. Sie hoffte einfach, dass es Liv gelang, ihr neues Leben wirklich richtig durchzuziehen und eine richtige Basis zu finden, um nicht noch einmal abzustürzen. Aber Liv war sich ganz sicher, dass es nicht noch einmal so schlimm mit ihr werden würde. Sie hatte erlebt, dass Gott sich um sie kümmerte, obwohl sie vor dem gewissen Abend genau vom Gegenteil überzeugt gewesen war.

»Ich wollte eigentlich etwas mit dir besprechen, Franziska«, sagte Livs Mutter jetzt.

Franzi sah sie erstaunt an. Was konnte das denn sein? Sie musste nicht lange warten, bis sie es erfuhr.

»Deine Mutter hat mich eben angerufen«, erklärte die Direktorin.

Das überraschte Franzi noch mehr. Ihre Mutter hatte das Thema Versteigerung direkt abgelehnt. Sie wollte nichts davon wissen, gleich zwei schulfreie Tage zu beantragen. Ihrer Meinung nach war es genug, wenn Franzi nach der Versteigerung erfuhr, wie es gelaufen war.

»Sie hat gefragt, ob du möglicherweise nächste Woche am Donnerstag und Freitag von der Schule freigestellt werden könntest«, fuhr Livs Mutter fort. Franzi wagte es kaum, neue Hoffnung zuzulassen. »Ich genehmige so etwas eigentlich nicht, aber für dich mache ich eine Ausnahme.«

Franzis Augen weiteten sich vor Überraschung. »Ehrlich?« Sie konnte ihre Begeisterung nicht verbergen. »Das ist unglaublich!« Sie machte einen kleinen Freudensprung und wäre der Direktorin beinahe aus Versehen um den Hals gefallen.

»Du hast es verdient«, erklärte Livs Mutter milde. Dann wurde sie wieder ernst. »Aber mach bitte keine große Sache daraus«, bat sie. »Es ist nicht geheim, aber es wäre mir lieb, wenn nicht unbedingt jeder Schüler an der Schule von dieser Ausnahmeregelung erfährt.«

Franzi versicherte ihr, dass sie es nur denen sagen würde, die direkt fragten, warum sie an diesen Tagen nicht da war. Livs Mutter ging wieder aus dem Zimmer und Franzi sah Liv entschuldigend an.

»Das muss ich kurz meinem Fr…, ich meine, Ben, berichten«, erklärte sie und griff nach ihrem Handy.

Liv nickte verstehend und wandte sich dem Stapel mit Bildern zu, den Franzi auf ihren Schreibtisch gelegt hatte.

Ben freute sich erwartungsgemäß extrem, als Franzi ihm von den Neuigkeiten berichtete. Er hatte längst das Okay von seiner Schule bekommen. Seine Eltern hatte er leicht überzeugen können, indem er versprach, dass er in München ganz sicher keine Geheimgänge erforschen würde.

Franzi blieb noch eine Weile bei Liv. Sie saßen einfach gemeinsam auf Livs Bett und quatschten. Sie merkten gar nicht, wie die Zeit verging. Auf dem Heimweg wunderte sich Franzi darüber. Es fühlte sich an, als wären sie und Liv schon seit Ewigkeiten befreundet. Franzi war glücklich, dass das Eis zwischen ihnen gebrochen war.

Als Franzi und Ben am nächsten Donnerstag gemeinsam in München aus dem Zug stiegen, rannte ihnen schon eine aufgedrehte Emma entgegen.

»Da seid ihr ja endlich!«, rief sie atemlos und fiel Franzi um den Hals. »Ich dachte schon, der Zug käme nie an!«

»Er hatte ja auch eine unglaublich große Verspätung von ganzen sechs Minuten«, grinste Ben, als er mit der Umarmung an der Reihe war.

Emma schaute ihn empört an. »Du hast ja keine Ahnung, wie eiskalt es hier auf diesem Bahnhof ist«, verteidigte sie sich.

Franzi und Ben folgten ihr amüsiert durch das Bahnhofsgebäude nach draußen. Dort wartete Emmas Vater, der gleich ein Taxi heranwinkte. Gemeinsam fuhren sie zu einem ziemlich nobel aussehenden Hotel in der Innenstadt.

»Du meine Güte«, meinte Franzi mit gedämpfter Stimme, als sie die feudale Eingangshalle betraten. »Ich komme mir gerade ein bisschen fehl am Platze vor.«

»Das liegt nur an deinen Klamotten«, behauptete Emma mit einem abschätzigen Blick auf Franzis Jeans und die dicke Winterjacke, die vor etwa drei Jahren einmal modern gewesen war. Franzi nahm ihr den Kommentar nicht übel. Sie musste sich eingestehen, dass Emma recht hatte. Die trug einen Wollmantel mit Pelzkragen über einem figurnah geschnittenen Kleid. Ihre Beine steckten in teuer aussehenden Strumpfhosen. Dazu trug sie hohe Stiefel, die sie noch größer und schlanker wirken ließen, als sie ohnehin schon war.

Emmas Vater holte die Zimmerschlüssel von der Rezeption und lotste die drei Teenager in den Fahrstuhl. »Unsere Zimmer liegen in der dritten Etage«, gab er zur Auskunft.

Sie fuhren nach oben und gelangten in einen hohen Flur, der Ben an einen dieser Actionfilme erinnerte, in denen der Held inkognito in einem teuren Hotel absteigt, das nach der anschließenden Schießerei im Treppenhaus grundsaniert werden muss.

Der Fußboden war mit einem weichen Teppich ausgelegt. Die Wände, die oben mit Stuck verziert waren, hielten viel zu viele große Spiegel mit dickem Goldrand. Franzi versuchte zu ignorieren, dass ihre Jeans zerschlissen und ihr Haar ziemlich zerstrubbelt wirkte. Ben erwischte sie bei einem kritischen Blick auf ihr Spiegelbild und grinste.

»Du siehst super aus!«, flüsterte er ihr ins Ohr, und Franzi fühlte eine Armee Ameisen über ihre Haut krabbeln.

Emma blieb vor einer der Zimmertüren stehen. »Ta-da, hier wohnen wir!«, sagte sie mit einer theaterreifen Geste und ergänzte mit einem Augenzwinkern: »Franzi und ich, meine ich. Dein Zimmer ist gleich gegenüber, Ben.« Sie klatschte in die Hände wie eine Diva, die ihre Leute zusammentrommelt. »Los, los, es dauert nicht mehr lange bis zum Abendessen. Ihr habt genau eine Stunde Zeit, um euch umzuziehen.«

Franzi und Ben starrten sie mit großen Augen an.

»Ich … hab gar keine anderen Klamotten dabei«, murmelte Franzi verlegen.

Und Ben protestierte: »Ich brauche doch keine ganze Stunde, um mich umzuziehen!«

Emma winkte ab. »Ich habe natürlich vorgesorgt. Wir müssen heute Abend glaubwürdig wirken. Also habe ich für euch ein paar schicke Sachen besorgt. Ben, alles liegt in deinem Zimmer bereit. Benutze alles! Franzi, komm mit. Auf dich wartet eine Überraschung.« Sie war völlig in ihrem Element.

Franzi warf Ben einen gequälten Blick zu. Der hob grinsend die Arme und bedeutete ihr mit dem Kopf, Emma einfach widerspruchslos zu folgen.

»Du wirst deine Freundin nicht wiedererkennen!«, versprach Emma Ben frohlockend und schob die arme Franzi vor sich her in das Hotelzimmer.

Ben öffnete kopfschüttelnd die Tür zu seinem Zimmer. Er war gespannt, was Emma sich für ihn ausgedacht hatte.

Franzi konnte sich nicht entscheiden, ob sie sauer auf Emma war oder ob sie sich über deren verrückte Ideen freuen sollte. Hätte sie nicht einfach sagen können, dass sie gute Klamotten zum Umziehen mitbringen sollten? Okay, sie war nicht adlig, aber ihre Mutter verdiente genug, um Franzi Sachen zu kaufen, in denen sie sich sehen lassen konnte. Sie hatte einfach nicht weit genug gedacht, sonst wäre sie von allein auf die Idee gekommen, sich in Schale zu schmeißen! Aber jetzt war es zu spät.

In dem Hotelzimmer, das traumhaft eingerichtet war, wartete Lisa, Emmas Schwester, auf sie. Sie saß an einem Frisiertisch, auf dem Kämme und Bürsten, ein Glätteisen,

Make-up und Accessoires und – zu Franzis Entsetzen – eine Haarschere aufgereiht waren.

»Willkommen in der Vorher-Nachher-Show der Von-Hohen-Emsheim-Schwestern!«, strahlte Emma.

Franzi sah sie vorwurfsvoll an. »Ich hab doch letztens schon gesagt, dass ich für so was nur zu haben bin, wenn ich es freiwillig möchte, oder?«, sagte sie ein bisschen patziger, als sie es eigentlich wollte.

Aber Emma bemerkte zum Glück selten, wenn jemand sich unwohl damit fühlte, anderer Meinung zu sein als sie. »Komm schon, sei kein Spielverderber«, bat sie und bedachte Franzi mit einem so herzerweichenden Blick, dass diese ihren Widerstand aufgab.

»Na gut.« Gegen ihren Willen musste sie lachen. »Aber wehe, wenn ihr meine Frisur verderbt! Ich bin froh über jeden Zentimeter, den sie wachsen!«

Lisa lächelte und nahm ihr die Jacke ab.

»Vertrau uns«, flötete Emma. Sie drückte Franzi auf einen Stuhl, der vor dem Frisiertisch stand. »Schau, du sitzt vor einem Spiegel. Du siehst also, was wir tun.«

Franzi nickte ergeben und ließ Emma und Lisa freie Hand. Die begannen augenblicklich, wie zwei aufgescheuchte Bienen um sie herumzuwuseln.

»Ich hab eine Ausbildung zur Kosmetikerin«, behauptete Lisa und zückte eine Pinzette, mit der sie sich an Franzis Augenbrauen heranmachte.

»Das war, bevor sie als Sekretärin auf der Burg einspringen musste«, erklärte Emma und fuhr mit der Bürste durch Franzis Haar. »Wow, sind die verfilzt.«

Während Franzi von Lisa und Emma bearbeitet wurde, begutachtete Ben sein Zimmer. Es war ein Einzelzimmer, das nobler war als jede Unterkunft, in der er bisher geschlafen hatte. Der Schatz, den sie auf der Burg gefunden hatten, schien also eine Menge abgeworfen zu haben. Aus dem Fenster konnte Ben ein ganzes Stück der Münchner City überblicken.

Er ging ins Bad und fand dort jede Menge Kosmetikartikel auf dem Waschtisch. »Benutze alles!«, hatte Emma ihm befohlen. Skeptisch nahm Ben die Fläschchen eine nach der anderen in die Hand. Duschgel und Shampoo, okay. Rasierzeug? Na gut. Er strich sich mit der Hand übers Kinn. Na ja, ein paar Stoppeln hatte er schon vorzuweisen. Das Aftershave, das Emma besorgt hatte, roch nicht schlecht. Dazu passend stand ein Herrenduft dabei, mit dem er sich wohl einsprühen sollte. Natürlich fehlten auch Stylingprodukte für das Haar und eine Zahnbürste nicht. *Also, die Grundreinigungsmittel hab ich schon selbst dabei,* dachte Ben ein wenig genervt. Was dachte Emma denn von ihm?

Nun war er wirklich gespannt, was die »Chefin« sich als Garderobe für ihn ausgedacht hatte. Er ging zurück in das Zimmer und sah sich suchend um. Da lag nichts. Er überlegte kurz, dann öffnete er den Wandschrank. Und siehe da: Auf einem Bügel hing fein säuberlich ein silbergrauer Anzug. Ben zog die Augenbrauen in die Höhe. War das nicht ein bisschen übertrieben? Hoffentlich hatte sie nicht auch noch ein pinkfarbenes Hemd für ihn ausgesucht. Er öffnete die zweite Schranktür. Erleichtert stellte er fest, dass das Hemd dunkelgrün war. Eine passende Krawatte lag auch dabei. Zufrieden registrierte er, dass er wohl wenigstens seine eigenen Boxershorts tragen durfte. Dann entdeckte er unten im Schrank ein paar Schuhe und neue Socken. Grinsend fuhr er aus seinem eigenen Schuh. Hatte sie etwa geahnt, dass seine Socke ein Loch hatte? Er nahm die Klamotten aus dem Schrank, legte sie auf sein Bett und ging unter die Dusche.

Drüben im anderen Zimmer waren die Mädchen mit den groben Vorbereitungen, wie sie es nannten, fertig. Sie hatten Franzi ein Bad eingelassen und schickten sie hinein. Seufzend ließ sie sich in das warme Wasser gleiten, das süß nach Vanille duftete.

»Du hast zehn Minuten!«, rief Emma ihr zu. »Und komm dann im Bademantel raus, er hängt an der Tür. Die restlichen Klamotten haben wir hier!«

Franzi tauchte ab. Unglaublich, diese Emma. Trotzdem war sie wirklich gespannt darauf, wie sie aussehen würde, wenn Emma und Lisa mit ihr fertig waren.

Auf die Minute genau eine Stunde, nachdem sie die Zimmer betreten hatten, öffnete Emma feierlich die Tür zum Flur. Ben kam eben auch aus seinem Zimmer. Er sah wirklich gut aus. Anzug und Schuhe passten so genau, dass Ben vermutete, Emma könnte mit seiner Mutter telefoniert haben. Genau das hatte sie auch getan.

»Sehr gut, Herr Fallob«, lobte Emma ihn. »Und jetzt präsentiere ich Ihnen Ihre Freundin.«

Franzi hörte Emmas Ansage und wurde noch nervöser, als sie ohnehin schon war. *Ihre Freundin!* Sie waren immer noch kein offizielles Paar. Aber schön, dass Emma es so sah.

»Los, raus mit dir!«, drängte Lisa und gab ihr einen leichten Schubs.

Franzi atmete tief durch und ging auf den Flur. »Hi Ben«, sagte sie verlegen.

Der sah sie an und war sprachlos. Emma hatte Franzi ein Kleid gekauft, das wunderbar elegant war, ohne übertrieben zu wirken. Es war aus einem moosgrünen, glänzenden Stoff, der die Farbe ihrer Augen unterstrich. Die braunen Lederstiefel und die warme Jacke aus einem weichen Lederimitat sorgten dafür, dass das Ganze nicht zu förmlich aussah. Außerdem hatten Emma und Lisa für ein paar freche Accessoires wie Gürtel, Armband und Halskette gesorgt. Damit sah Franzi immer noch wie Franzi aus – nur irgendwie edler. Das Medaillon der Burg Rosenfels trug sie an der alten Goldkette um den Hals. Es verbarg sich allerdings unter dem Kleid, denn Franzi wollte nicht, dass es zu sehen war.

»Du sagst ja gar nichts«, murrte Emma enttäuscht.

Ben hob die Hände. »Ich bin sprachlos! Franzi, du bist ja eigentlich immer schön – aber ich muss zugeben, dass du jetzt gerade echt … umwerfend aussiehst!«

Die Spiegel zeigten Franzis Gesicht, das vor Verlegenheit rot anlief. »Du aber auch«, gab sie zurück.

Emma rieb sich zufrieden die Hände. »Na, dann können wir ja losgehen.«

Im Fahrstuhl nahm Ben heimlich Franzis Hand. Die lächelte ihn glücklich an, sagte aber nichts. Er ließ ihre Hand auf dem ganzen Weg zu dem Restaurant, in dem sie vor der Auktion zu Abend essen wollten, nicht los. Emma plapperte fröhlich drauflos und erzählte Franzi und Ben alle möglichen Begebenheiten aus ihrem Internat. Die beiden waren froh, dass sie einfach zuhören konnten und nichts sagen mussten. Franzi kam sich auf dem Weg zum Restaurant vor wie eine

Prinzessin in einem Zeichentrickfilm. Fehlte nur noch, dass Ben anfing, ihr vor allen Leuten hier auf der Straße ein Liebeslied vorzusingen. Na ja, wenn sie es sich genau überlegte, würde das die Stimmung vielleicht doch ein wenig verderben.

Als ihnen im Restaurant die Speisekarte präsentiert wurde, kam die Aufregung zurück, die Ben die letzten paar Tage beherrscht hatte. »Ich glaube, ich kann jetzt nichts essen«, sagte er ein wenig kleinlaut.

Emmas Vater sah ihn irritiert an. »Wieso denn das?«

Ben schaute verlegen auf die Kerze, die in der Mitte des Tisches stand. »Ich fürchte, ich bin ziemlich aufgeregt wegen der Versteigerung.«

Der Vater lachte. »Das wird schon schiefgehen. Mach dir da mal keine Sorgen.«

Wenig später betraten sie das Auktionshaus. Von außen sah es nicht besonders spektakulär aus, aber die Innenräume wirkten beinahe noch nobler als das Hotel. Franzi war froh, dass Emma ihnen so schicke Klamotten besorgt hatte. Sie bekamen einen Platz in den vielen Stuhlreihen zugewiesen, die mit Blick auf ein leicht erhöhtes Rednerpult aufgestellt waren.

»Heb bloß nicht im falschen Augenblick die Hand«, scherzte Emma.

Franzi sah sie erschrocken an. »Ich hab ehrlich keine Ahnung, wie so eine Auktion funktioniert«, warnte sie die Freundin.

Doch Emma beruhigte sie. »Keine Sorge, du kannst nichts falsch machen. Das Bieten überlassen wir sowieso meinem Papa.«

Das war Franzi schon klar gewesen, aber sie hörte sich dennoch dankbar einen kleinen Vortrag über die Gepflogenheiten in einem Auktionshaus an, den Emma Ben und ihr jetzt hielt. Es war immer noch ziemlich viel Zeit bis zum Beginn der Auktion. Emmas Vater war ins Gespräch mit irgendjemandem vertieft, den er anscheinend kannte. Emma, Ben und Franzi beschlossen, noch einmal aufzustehen und ein wenig herumzuschlendern, um die Fotos anzuschauen, die die Wände des Saales zierten. Emma und Franzi waren gerade in eine besonders schöne Fotografie vertieft, als Ben sie plötzlich anstupste.

»He Leute, guckt mal unauffällig dort rüber!«

Auffällig synchron flogen die Köpfe von Franzi und Emma in die angegebene Richtung. Ein Mann im Nadelstreifenanzug hatte den Raum betreten und suchte seinen Platz. Er trug eine randlose Brille und eine Aktentasche unter dem Arm. Die Mädchen hielten die Luft an.

»Der Typ aus dem Turm!«, japste Franzi.

»Der Makler, der unser Schloss verkaufen wollte!«, stellte Emma erstaunt fest.

Auch Ben wunderte sich. »Was will der denn hier?«

Ein Glockenton ertönte und eine Stimme forderte die Gäste über das Lautsprechersystem auf, sich an ihre Plätze zu begeben. Emma setzte sich neben ihren Vater und berichtete ihm flüsternd von ihrer Entdeckung.

»Das ist wirklich seltsam«, gab dieser zu und suchte mit seinem Blick den Mann mit der randlosen Brille. Der saß ein ganzes Stück vor ihnen und tippte auf seinem Smartphone herum. »Mit dem hätte ich hier nun wirklich nicht gerechnet.«

Eine junge Frau in einem cremefarbenen Kostüm betrat den Saal und ging an das Rednerpult. Mit klarer Stimme und gewandten Worten eröffnete sie die Auktion.

Kapitel 17 · Die Auktion

Ben war gespannt wie ein Flitzebogen. Doch er merkte bald, dass es eine ganze Weile dauern würde, bis sich die Auktion zu der Position vorgearbeitet hatte, die das Medaillon betraf. Anfangs beobachtete er interessiert, wie die Leute gepflegt, aber teilweise dennoch erbittert boten und schließlich triumphierend grinsten oder enttäuscht dreinblickten, je nachdem, ob sie das gewünschte Stück ersteigert hatten oder nicht. Die Auktion zog sich in die Länge und schließlich war Ben froh, als es eine Pause gab. Man bekam Snacks und Getränke an kleinen Stehtischen, und die Mädchen nutzen die Gelegenheit, um zur Toilette zu gehen.

Dann war es endlich soweit. Nach der Pause wurden nur ein paar Stücke versteigert, dann präsentierte die Dame das Medaillon. Die meisten Bietenden hörten interessiert zu. Schließlich war die Burg durch den Presserummel im Sommer bekannt geworden.

Zu Anfang bot auch eine große Anzahl von Leuten und der Preis schoss schnell in die Höhe. Nach einer Weile blieben nur zwei Männer übrig, die fleißig weiterboten: Emmas Vater und der Makler, den Franzi und Ben im Sommer auf der Burg und im Schloss gesehen hatten. War er der geheimnisvolle Mann hinter all den seltsamen Vorgängen? Hatte er die Internetseite erstellt? Wollte er die Burg und das Schloss selbst kaufen? Franzi konnte es sich nicht vorstellen. Auch Emma hatte ihre Zweifel. Ben hingegen verschwendete in diesen Augenblicken keinen Gedanken an die Geschichten, die mit dieser Versteigerung in Verbindung standen. Er wollte nur eines wissen: Wer bekam am Ende das Medaillon?

Mit in den Sitz gekrallten Händen saß er auf dem Stuhl und … betete. Zu seiner eigenen Überraschung ging es ihm immer wieder durch den Kopf: *Wir brauchen das Medaillon! Bitte, Jesus, wenn Franzi recht hat, dann kannst du so was beeinflussen …*

Franzi hingegen beobachtete den Makler gespannt. Er bot, blickte dabei aber immer wieder auf sein Handy und tippte unablässig irgendetwas darauf herum.

Die gebotene Summe wurde immer höher, und Ben sank der Mut. Wie weit würde Emmas Vater gehen?

»Ich sehe 7900 Euro«, sagte die Dame am Rednerpult. »8000.«

Ben biss sich auf die Unterlippe. 8000! Dieses Gebot hielt Emmas Vater.

Der Makler starrte auf sein Smartphone und schüttelte fast unmerklich den Kopf.

»Sehe ich mehr als 8000?« Die Dame wartete kurz und machte ihren üblichen Spruch. Dann fiel der Hammer auf den Tisch.

Ben konnte sich kaum auf seinem Sitz halten. Er hielt sich die Hand vor den Mund, um nicht laut aufzuschreien. Das Medaillon war wieder im Besitz der Familie von Hohen-Emsheim! Franzi, Emma und Lisa strahlten. Auch Emmas Vater wirkte zufrieden, obwohl die Summe deutlich höher war, als er es erhofft hatte. Jetzt war es schwierig, das Ende der Auktion abzuwarten. Die Mädchen hatte wirklich Mühe, ihre Münder zu halten. Sie brannten darauf, ihre Freude in Worte zu fassen.

Ben dagegen saß ruhig an seinem Platz. Langsam begann ihm zu dämmern, dass sie das Geheimnis um das Medaillon wahrscheinlich schon bald lüften konnten – wenn es denn das Original war. Ansonsten wäre die Enttäuschung natürlich riesengroß. Aber Ben wollte nicht über diese Möglichkeit nachdenken.

Als die Auktion endlich beendet war, schoben sie sich mit der Menge nach draußen. Emmas Vater erklärte ihnen, dass er das Medaillon am nächsten Morgen im Auktionshaus abholen konnte.

»Jetzt lade ich euch erst mal auf einen kleinen Umtrunk zur Feier des Tages ein«, verkündete er. »Es kann allerdings nicht die nobelste Bar am Ort werden«, fügte er schmunzelnd hinzu. »Schließlich habe ich gerade 8000 Euro für ein Familienerbstück ausgegeben.«

»Ich hoffe, das ist es auch wert«, seufzte Ben inbrünstig.

Emmas Vater legte ihm beruhigend die Hand auf die Schulter. »Das werden wir morgen sehen.«

Sie verließen das Auktionshaus und gingen die Straße ein Stück hinunter. Herr von Hohen-Emsheim lotste die kleine Schar in ein Brauhaus, das trotz seiner Ansage von vorhin ziemlich teuer aussah.

»Ich habe einen Tisch reserviert«, teilte er dem Kellner mit. Der zeigte ihnen einen Tisch in der hinteren Ecke des Raumes.

»Hey, seht mal, wer da sitzt!«, sagte Franzi plötzlich und stieß Emma an. Die folgte ihrem Blick und entdeckte den Makler. Neben ihm saßen zwei weitere Männer.

Emma bedeutete Franzi und Ben, unauffällig weiterzugehen. Sie setzten sich, und Emma flüsterte ihrem Vater etwas ins Ohr. Von ihrem Tisch aus konnten sie die Männer noch immer sehen. Franzi und Ben erkannten nur den Makler, aber Emma, Lisa und ihr Vater schienen auch die anderen zu kennen.

Ein Kellner kam, um die Bestellung aufzunehmen. Rasch entschieden sie sich für ihre Getränke und baten um ein wenig Bedenkzeit, was die Speisen betraf. Der Kellner verschwand, und Emmas Vater begann zu erklären. Er war sichtlich nervös, und Ben fragte sich, wer die beiden Männer sein mochten.

»Es ist nicht zu fassen«, begann Herr von Hohen-Emsheim und warf einen ungläubigen Blick auf die bewussten Herren. »Der Mann im hellblauen Hemd, der neben dem Makler sitzt, hat vor einigen Jahren auf der Burg gearbeitet. Er behauptete, ein entfernter Verwandter unserer Familie zu sein, irgend so eine Großonkel-Stiefmutter-Geschichte, ich weiß es nicht mehr genau. Jedenfalls war er in der Verwaltung angestellt und wollte uns die ganze Zeit sagen, wie wir arbeiten sollten. Das wäre an sich ja nicht so schlimm gewesen, auch wenn es wirklich genervt hat. Aber dann hat er Geld veruntreut, und da mussten wir natürlich handeln.«

Ben nickte verständnisvoll, und Franzi besah sich den Mann kritisch. »Also wurde er gefeuert?«, fragte sie nach.

»Ja«, bestätigte Emmas Vater. »Es war alles eine ziemlich unschöne Geschichte. Ein paar Wochen später gab es dann diesen Einbruch in die Bibliothek, aber … bisher habe ich das nie miteinander in Verbindung gebracht. Jetzt allerdings …« Er hielt inne und schien zu überlegen. »Er hatte immer ein gesteigertes Interesse an der Geschichte der Burg. Aber das fand ich eigentlich immer gut. Schließlich zeugte das nur von einer guten Motivation bei der Arbeit.«

»Und jetzt?«, wollte Ben ungeduldig wissen. »Müssen wir nicht irgendwas unternehmen?«

Emmas Vater lachte. »Nicht so eilig, junger Mann«, dämpfte er Bens Eifer. »Ich mache jetzt erst mal ein schönes Familienbild von euch vier. Und vielleicht sind die drei Männer dann ja zufällig auch darauf zu sehen.« Er zwinkerte verschmitzt und zückte sein Smartphone. »Mehr können wir jetzt nicht machen. Morgen teile ich den Ermittlern unseren Verdacht mit. Mal abwarten, was sie dann machen.« Damit war für ihn das Thema erledigt, und Ben musste sich wohl oder übel damit zufriedengeben.

Franzi war froh, als die drei Männer kurze Zeit später das Brauhaus verließen, ohne die von Hohen-Emsheims bemerkt zu haben. Sie hatte schon befürchtet, dass es zu einer Schießerei oder zumindest einer Schlägerei kommen könnte. Vermutlich hatte sie zu viele Actionfilme gesehen.

Es war sehr spät am Abend, als sie schließlich ins Hotel

zurückkehrten. Obwohl sie alle aufgekratzt waren, gingen sie gleich ins Bett. Am nächsten Morgen würden sie endlich herausfinden, ob es sich bei dem Medaillon um das Original handelte.

Den folgenden Tag würde Ben in seinem ganzen Leben nie vergessen. Und daran war nicht unbedingt nur das Medaillon schuld.

Nach einem Frühstück, das sehr üppig war, bei dem sie alle jedoch nur wenige Bissen hinunterwürgen konnten, machten sie sich wieder auf den Weg zum Auktionshaus. Nervös warteten Emma, Lisa, Franzi und Ben in einem Flur in der ersten Etage darauf, dass der Vater endlich aus dem Raum zurückkommen würde, in den ein älterer Herr ihn geführt hatte.

Und dann trat Herr von Hohen-Emsheim wieder auf den Flur. Mit dem Medaillon. Oder besser gesagt: mit einem kleinen Karton, der in einer unscheinbaren Tasche steckte.

Emmas Vater lächelte zufrieden. »So, nun seid ihr mit hierhergekommen, weil ihr es im Hotel nicht ausgehalten habt. Aber ich werde das gute Stück ganz sicher nicht gleich hier auf dem Flur auspacken.«

Also liefen sie durch den kalten Oktobermorgen zurück zum Hotel. Die Luft war dicsig und die kahlen Bäume ließen keinen Zweifel daran, dass der November kurz bevorstand. Mit rot gefrorenen Nasen erreichte die kleine Gruppe das Hotel. Sie beschlossen, in Emmas Zimmer nachzusehen, ob der kleine Karton wirklich das enthielt, was sie alle sich erhofften.

Emmas Vater ließ es sich nicht nehmen, die Kiste selbst zu öffnen. Das Medaillon steckte in einem ähnlichen Kästchen wie das, welches Franzi um ihren Hals trug. Das machte Mut! Mit ungeschickten Fingern versuchte Herr von Hohen-Emsheim, das kleine Schloss zu öffnen, doch er schaffte es nicht einmal, den Schlüssel hineinzustecken.

»Das ist mir zu filigran«, stellte er fest und gab Lisa den Schlüssel. »Mach du das.«

»Nur zu gern«, freute sich Emmas Schwester und öffnete das Schloss des kleinen Holzkästchens.

Der Inhalt war Franzi überraschend vertraut. Auch hier ruhte das Medaillon auf einem Samtpolster, nur dass dieses dunkelblau statt rot war. Ehrfürchtig schauten die fünf in die Schatulle.

»Jetzt nimm es schon heraus«, drängte Emma ihren Vater.

Aber der schüttelte den Kopf. »Ich finde, das sollte Franzi machen. Sie trägt ja auf jeden Fall ein Original um ihren Hals. Vielleicht kann sie schon rein vom Fühlen her beurteilen, ob das hier echt ist oder nicht.«

»Ich weiß nicht …«, gab Franzi zögerlich zurück. Doch dann nahm sie das Schmuckstück beherzt in die Hand.

»Und?« Emma war ungeduldig.

»Es fühlt sich gut an«, meinte Franzi und betrachtete das Medaillon eingehend. »Und es hat auch diesen seltsamen Kratzer!«, rief sie triumphierend.

Jetzt waren die anderen nicht mehr zu halten.

»Wir brauchen die Kette!«, rief Emma aufgeregt.

Lisa rüttelte an der Schublade in der Schatulle. Doch die war leer. Enttäuscht stellte Lisa die Schachtel zurück auf den Tisch.

»Und jetzt?« Emma sah aus, als würde sie gleich anfangen zu heulen.

Aber Franzi blieb gelassen. Sie legte das Medaillon in Bens Hand und nahm ihr eigenes ab. Dann ließ sie auch die alte Halskette, die zu ihrem Stück gehörte, in Bens Hand gleiten. »Probier es mal aus«, bat sie leise.

Ben sah sie dankbar an. Wusste sie, wie viel ihm daran lag, das Geheimnis selbst zu lüften? Er sah in ihre Augen und war sicher, dass sie ihn gut genug kannte, um das zu ahnen. Seine Finger zitterten, als er das Medaillon umdrehte, sodass das Rosenmuster zu sehen war. Die Steine, die darin eingelassen waren, leuchteten blau. Ben nahm den Verschluss der Kette und drückte die Stacheln auf die Steine. Es klickte leise. Er spürte den sanften Druck, mit dem der Deckel aufsprang. Alle hielten den Atem an. Dann klappte Ben das Medaillon auf.

Kapitel 18 · Das zweite Medaillon

Wie er es sich erhofft hatte, befand sich ein Bild von Königin Sonnhild in dem Medaillon. Es war also tatsächlich das Original! Ben schaute es lange an, dann reichte er das Schmuckstück an Franzi weiter, die neben ihm stand. Franzi nahm das Medaillon ehrfürchtig entgegen. Sie konnte sich vorstellen, wie erleichtert Emmas Vater war, für die 8000 Euro keine billige Kopie, sondern das echte Medaillon ersteigert zu haben.

»So sah Sonnhild also aus«, stellte Franzi begeistert fest. Sie fühlte sich, als würde sie das Bild einer nahen Verwandten ansehen. Emma, Lisa und der Vater beugten sich ebenfalls über das kleine Bild und bestaunten es.

Dann klinkte Ben sich wieder ein. »Da gibt es doch bestimmt auch einen Bibelspruch, oder?« Er hoffte, dass seine Stimme cool genug klang, um ihn nicht zu verraten.

»Lukas 4, Vers 18 und 19«, sagte Franzi und freute sich, dass ausgerechnet Ben danach gefragt hatte.

»Und was steht da?«, wollte der nun wissen. »Du hast doch bestimmt deine Bibel dabei.«

Franzi grinste. »Natürlich. Ich bin vorbereitet.« Sie zog das Buch aus ihrem Rucksack, blätterte kurz darin herum, las leise und schürzte anerkennend die Lippen.

»Jetzt lies schon vor!«, forderte Ben ungeduldig.

»Das ist ein ganz schön inhaltsschwerer Text«, warnte Franzi ihn.

»Ich will ihn trotzdem hören!«

Franzi räusperte sich und las: *»Der Geist des Herrn ist auf mir, weil er mich gesalbt hat, Armen gute Botschaft zu verkünden; er hat mich gesandt, Gefangenen Freiheit auszurufen und Blinden, dass sie wieder sehen, Zerschlagene in Freiheit hinzusenden, auszurufen ein angenehmes Jahr des Herrn.«*

Ben sah verwirrt aus, und Emmas Vater kratzte sich am Kopf.

»Das ist die Message, die Sonnhild ihrem Liebsten ans Herz gelegt hat?«, fragte Emma verständnislos.

Aber Lisa war ganz angetan. »Das ist doch cool für einen König«, meinte sie. »Er soll nett sein, Gefangene freilassen, Blinden helfen und so … Also, ich finde es nicht schlecht.«

Franzi las, was in den Versen um diesen Text herum in der Bibel stand. »Hm, das sagt Jesus hier. Der liest den Leuten was aus der Bibel von damals vor«, meinte sie dann. »Ich bin mir nicht so ganz sicher, aber ich glaub, ich habe mal gehört, dass die Leute daran erkennen sollten, dass er der Messias ist, von dem die alten Schriften reden.«

»Der was?«, hakte Emma nach, die nicht ganz mitkam.

»Der … Retter«, versuchte Franzi zu erklären. »Also … also grob gesagt bedeutet es, glaube ich, dass er denen deutlich machen wollte, dass er wirklich Gottes Sohn ist.«

»Und warum schreibt Sonnhild ihm ausgerechnet so was in sein Medaillon?« Wie immer konnte Emma diesen religiösen Dingen nichts abgewinnen.

Aber Ben sah immer noch nachdenklich drein. »Ich finde das gut«, stellte er fest.

Franzi blickte überrascht auf. »Ehrlich?«

Ben nickte, dann klappte er das Medaillon zu und legte es zurück in die Schatulle.

Franzi hätte ihn gern gefragt, was er zu dem Bibelvers dachte, aber sie spürte, dass er nicht vor den anderen mit ihr darüber reden wollte.

Ben schob die Schatulle über den Tisch zu Emmas Vater hinüber. Der nahm sie in die Hand und gab sie Emma. Die wiederum baute sich vor Ben auf und sah ihm feierlich in die Augen.

»Für dich, Ben«, sagte sie mit einem strahlenden Lächeln. »Ein Geschenk des Hauses.«

Franzi machte einen kleinen Freudensprung, während Ben völlig überwältigt dastand und fassungslos von einem zum anderen sah.

»Ist das euer Ernst?«, fragte er schließlich, als er seine Sprache wiedergefunden hatte.

Die drei von Hohen-Emsheims nickten einstimmig.

Ben schüttelte, noch immer ungläubig, den Kopf. Dann nahm er die Schatulle entgegen. »Ich glaube, ich kann euch nicht sagen, was mir das bedeutet. Von all dem Geld mal abgesehen, das ihr da hineininvestiert habt … Danke.«

»Nur ein Bruchteil von dem, was ihr für uns gefunden habt«, stellte Emmas Vater einmal mehr schmunzelnd fest. »Und jetzt sollten wir uns alle auf die Socken machen, sonst verpassen Franzi und Ben ihren Zug!«

Später, als sie nebeneinander im ICE zurück nach Köln saßen, erzählte Ben Franzi von seinem Gebet, das ihm so peinlich gewesen war. Und jetzt war genau das passiert, worum er gebeten hatte.

»Ich schätze, du musst mir von jetzt an mehr von diesem Jesus erzählen«, stellte er zum Schluss fest. »Seit ich dich kenne, hab ich den Eindruck, dass es doch nicht ganz so abwegig ist, an ihn zu glauben.«

Franzi war so glücklich, dass sie Ben am liebsten um den Hals gefallen wäre. Warum eigentlich nicht? Sie tat es einfach. Und Ben hielt sie fest. Sehr lange. Und das, obwohl all die Leute im Zug sie sehen konnten.

»Sind wir jetzt eigentlich ein Paar?«, traute Franzi sich schließlich zu fragen, während ihr Kopf so wunderbar an Bens Schulter lehnte.

»Das will ich hoffen«, lächelte Ben in ihr Haar. »Und wenn du bis dahin nicht längst genug von mir hast, dann heirate ich dich vielleicht sogar irgendwann.«

»Okay«, murmelte Franzi zufrieden. »Aber ich will mindestens sieben Kinder.«

»Darüber werden wir uns in den nächsten fünf Jahren bis zu unserer Hochzeit vermutlich noch mehrmals streiten müssen«, grinste Ben und gab Franzi einen kleinen Kuss auf die Stirn.

Dann fasste er an seine Hosentasche. Sein Handy hatte vibriert. Rasch kramte er es hervor. »Eine Nachricht von Emma«, erklärte er Franzi, die neugierig auf das Display schaute.

»Was schreibt sie?«

Ben tippte auf die Nachricht. *»Leute, es stimmt tatsächlich! Die Polizei hat den Typen überprüft, der mal bei uns gearbeitet hat. Er hat einige krumme Dinger unter falschem Namen abgezogen. Und das Beste: Die haben das gestohlene Buch bei ihm entdeckt! Der Makler und er werden jetzt wegen Diebstahl und Betrug und Beihilfe dazu angeklagt. Genaueres kann euch mein Vater später erklären.«*

Ben hielt Franzi die Hand hin und sie schlug ein. »Das ging schneller als gedacht!«, stellte Ben triumphierend fest.

Auch Franzi war erleichtert. Nachdenklich sah sie aus dem Fenster. Endlich war diese Geschichte geklärt! Hoffentlich zog sie keinen Zwist in der Nachbarschaft der Burg Rosenfels nach sich. Franzi gönnte dem kleinen Ort nach all dem Trubel etwas Ruhe. Zu der Faszination der Burg gehörten irgendwie die verschlafene Gegend und das Gefühl, dass die Welt hier noch in Ordnung war.

»Woran denkst du gerade?«, wollte Ben wissen.

Franzi zuckte mit den Schultern. »Ich hab über die Burg nachgedacht«, antwortete sie und lächelte ihn an. »Ob sie wohl noch mehr Überraschungen zu bieten hat?«

»Sicher«, grinste Ben. »Und jetzt, da wir quasi zur Familie gehören, werden wir doch bestimmt auch wieder einmal hinfahren und nach dem Rechten sehen, oder?«

»Das will ich hoffen«, erwiderte Franzi und lehnte sich zufrieden in den Sitz zurück. »Aber für dieses Jahr war das erst einmal genug Aufregung. Jetzt genieße ich den schnöden Alltag und meinen neuen Freund.« Sie zwinkerte Ben zu und kuschelte sich an seine Schulter.

Ben drückte sie fest an sich. »Einverstanden«, murmelte er glücklich.

Band I

Anni E. Lindner

Franzi und das Geheimnis von Burg Rosenfels

Bei einer Klassenfahrt auf Burg Rosenfels lernt Franzi Ben kennen. Sie stolpert mit ihm in ein Abenteuer, das die beiden in einen Geheimgang unter der Burg führt. Dort stoßen sie auf die Spuren einer längst vergangenen Liebesgeschichte. Und Franzi erlebt, dass es vor hunderten von Jahren ebenso schwierig war, in Sachen Liebe die richtige Entscheidung zu treffen wie heute. Sie entdeckt aber auch, dass Gott oft eine überraschende Wendung für denjenigen bereit hält, der ihm vertraut.

Gebunden, 13,5 x 20,5 cm | 192 Seiten | Nr. 228.509

SCM Kläxbox

November 2012
Nummer 11/2012
Kläx
Spielen · Glauben · Rätseln · Wissen
Die Bibelseite: Ist Gott echt ungerecht?
Coole Spenden-Idee: Das Pizza-Taxi
Thema: Das ist sooo unfair!
Wusstest du, dass Kaninchen ...
Weiterlesen? Heft aufschlagen! Seite 8!
Mit Mister-Kläx- und Schlunz-Comic!

Oh! Lukas!
Klick!
???
Jeder kriegt Talente!
Einfach riesig